LES VILLES DU SILENCE

Corrézien, Michel Peyramaure est l'auteur de très nombreux romans historiques qui en ont fait l'un des tout premiers romanciers de l'histoire. Il a obtenu le prix de la Société des gens de lettres et le prix Alexandre Dumas pour l'ensemble de son œuvre.

MICHEL PEYRAMAURE

Les Villes du silence

Le roman des Étrusques

ROMAN

CALMANN-LÉVY

ISBN : 978-2-253-16222-3 – 1re publication LGF

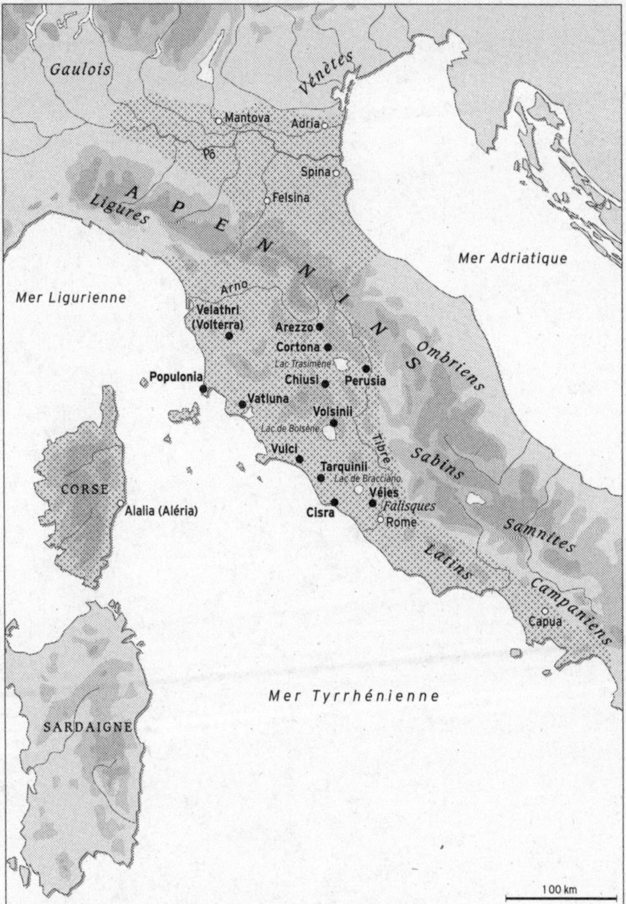

L'ÉTRURIE À SON APOGÉE

Expansion maximale étrusque (vers 500 avant Jésus-Christ)

● Ville de la Ligue étrusque

○ Autre ville étrusque

PREMIÈRE PARTIE

1

La panière d'osier

Récit d'Aulus Laristal, 250 av. J.-C., Spina (Vénétie)

Il est descendu de sa colline par une chaleur à tuer les mouches, a attaché son bourricot à la grosse branche de mon figuier, comme il le fait à chacune de ses visites, et s'est laissé tomber avec un soupir sur le banc où j'achevais ma sieste. Je lui dis en bâillant :

— Salut, Péga. Tu n'as pas oublié mes fromages ?

La tête renversée contre le mur, il me répond :

— Ne t'inquiète pas, Aulus. Ils sont au frais dans ma baste, sous des feuilles de vigne. Si tu les trouves habités, je t'en fais cadeau, mais je ne crains rien.

— Je serais plus rassuré si tu les rangeais dans ma cave, avec le poisson.

Nouveau soupir. Il abandonne ses mains sur ses genoux, se lève, va chercher ses fromages, déplace la dalle qui protège ma réserve, la referme et se récompense de quelques rasades de vin de Trévise que j'entends glouglouter dans mon gobelet de terre cuite. Il me dit en se rasseyant :

— Tu as des nouvelles de Spina ?

Question absurde. Il sait fort bien que les bruits de notre communauté ne parviennent pas jusqu'à ma masure. Argus ne vient pas me corner aux oreilles les échos de la ville. Je ne tarde pas à deviner que cette interrogation n'est qu'un moyen de me faire comprendre qu'il a des choses à m'apprendre. Il se rend chaque jour ou presque en barque à Spina et en rapporte chaque fois sa récolte d'événements ou d'observations :

— Les nouvelles, lui dis-je, c'est de toi que je les attends, tu le sais bien. Alors, vide ton sac, et bois encore un coup, si ça peut t'aider. De quoi est-ce qu'on parle dans le delta ?

— Tu connais le marchand de graines de la rue du Temple, Samos ? Il a fermé boutique après que sa femme a foutu le camp avec un éphèbe de Chioggia. Les autorités ont affiché un nouveau règlement pour éviter qu'on ne défèque dans le canal au vu de tous. Il en coûtera une amende.

Il ajoute en se versant du vin qu'il se garde de couper d'eau :

— Ça, c'est de la bouillie pour mon chien. Le pire, c'est que ça commence à chauffer du côté de Mantova.

— Et qu'est-ce qui se passe « du côté de Mantova » ?

Péga s'essuie lentement les moustaches et rote bruyamment avant d'ajouter :

— Les Gaulois... On en a repéré un groupe dans la montagne, pas loin de la ville. C'est notre boulanger, Soustro, qui m'a annoncé la nouvelle. Il la tient d'un marchand d'amandes ambulant. Ces barbares ont massacré des paysans qui leur fermaient la porte au nez. Ils arrivent par bandes, avec des chevaux de la taille de mon âne et de bonnes armes. Si tu veux mon avis, ils ne vont pas tarder à arriver à nos portes. Pour le coup, je reprends la mer avec ma famille, dans mon vieux rafiot, et adieu Spina ! J'ai plus l'âge de jouer les héros. Tu ferais bien d'en faire autant.

Il s'est animé en parlant, comme si le danger était visible. Je lui fais signe de la main de se calmer.

— Tu connais la tactique de ces hordes, Péga. La plupart ne font que traverser le pays en faisant des dégâts sur leur passage. Celles qui décident de rester ne sont guère dangereuses. Aux environs, les Rhètes se sont établis dans la montagne du nord de Chioggia et les Ligures à l'ouest, le long du Pô, mais ils ne font pas parler d'eux.

— Je sais, Aulus ! Ce qui intéresse la plupart, c'est Rome, mais, avant d'y arriver, ces envahisseurs trouveront à qui parler. Cisra, Véies, Tarquinii ne sont pas des villages. Elles ont une armée, une milice, des remparts… En fin de compte, je te donne raison : m'étonnerait que ces voleurs de poules fassent un crochet par Spina.

Il bâille, laisse pendre sa barbe sur sa poitrine et entame l'une de ses siestes qui aurait pu durer tout l'après-midi si son âne ne l'avait rappelé à l'ordre par un braiment d'impatience. Il se lève pour lui porter de l'eau et une brassée d'herbe, avec une litanie de mots doux, comme s'il parlait à sa femme, la négresse Gouma.

Mon ami Péga impose autant par sa taille que par son allure de galérien. La première fois qu'il a débarqué dans mon îlot de Strena pour une visite de bon voisinage, je me suis dit qu'il ne ferait pas bon le rencontrer à la corne d'un bois, au crépuscule et sans arme, mais j'ai vite compris mon erreur, après qu'en guise de bienvenue il m'a offert un fromage, des œufs et la moitié d'une miche qui avait le goût de l'amitié. Cette rude pâte d'homme, nourri de l'expérience de ses navigations, est d'une générosité sans défaut. C'est le genre de créatures dont on ne peut que souhaiter la compagnie quand, comme moi, on arrive dans un milieu inconnu, sinon hostile, du moins indifférent, et dans une contrée qui ne passe pas pour être la plus attrayante et la plus saine du nord de l'Étrurie, sur les côtes marécageuses de l'Adriatique, dans le delta du grand fleuve Pô.

Par son apparence, mon ami Péga me rappelle un des personnages de l'*Odyssée*, le cyclope Polyphème. Il a son domaine sur une île lagunaire à quelques coups de rames de la mienne, où il vit en famille. Gouma, ancienne esclave africaine acquise sur le marché de Spina, qui se tient deux ou trois fois l'an sur le forum, fait avec Péga un couple en parfaite adéquation. Si elle est aussi grande que lui, elle est également plus massive, ce qui lui donne, lorsqu'elle prend son bain dans la lagune, l'aspect d'un cachalot.

Il s'étire, semble prendre plaisir à respirer l'air encore brûlant qui stagne sur la lagune et fait lever une sorte de brume délicate et bleutée sur la lointaine nécropole de Valle Treba, entourée de bosquets d'ifs et de cyprès.

— Porte-toi bien, Aulus ! me lance-t-il en prenant son bourricot par la bride. Faut que je parte. Tu connais Gouma. Elle se fait du souci quand je rentre en retard. Ce n'est pas ton cas, heureux homme…

Il ajoute en faisant monter son âne dans sa barque :

— Merci pour le vin ! Mes fromages, tu me les paieras plus tard, sinon ce sera un cadeau de ton ami Péga...

La première chaleur du printemps s'est répandue depuis une semaine sur Spina, avec une haleine qui semble sortir du four de potier du canal de Chioggia. Protégée du soleil par un rideau de peupliers et un énorme figuier, chapeautée de roseaux et d'argile craquelée, ma masure de pisé ne souffre pas trop de la canicule. Je n'en sors guère que pour ma sieste quotidienne et mes repas du soir, quand s'étouffe le brasier. Si la journée a été éprouvante, la soirée promet d'être agréable, malgré les nuées de moustiques libérés par les marécages qui occupent l'extrémité de mon îlot de Strena, dont je supporte la nuisance grâce aux crèmes de Gouma.

Après mon repas d'anguilles grillées pris dans la pénombre du soir, à chacun de mes mouvements, comme d'aller distribuer les restes de mon repas à ma volaille, j'ai l'impression de déplacer une masse inerte. C'est pourtant le moment délicieux où la brise fait faseyer les peupliers et agiter les massettes des roseaux.

Il faut pourtant que je repousse la tentation du sommeil pour me remettre à la tâche que je me suis fixée, avec une audace et une imprévoyance inouïes ; me replonger dans l'histoire de notre race et de l'Étrurie. Je vais m'y livrer ce soir encore, avec autant d'alacrité qu'un rameur qui regagne son banc de galère.

Je me suis fait cette promesse depuis des mois, après une visite à ma terre natale, Tarquinii, dont mon père, Petrus Laristal, mort depuis des lustres, était le lucumon, vénéré de tous dans cette province devenue romaine après les événements tragiques dont j'aurai à faire état.

J'ai allumé ma chandelle de cire rouge et effectué mes prières vespérales à Menerva, la Minerve des Étrusques, déesse de mes modestes pénates. Une nuée d'insectes bourdonne autour de ma chandelle, mon encre s'est liquéfiée au point de n'être qu'une eau couleur de suie, mais il faudrait bien d'autres soucis pour me priver d'accomplir, comme chaque soir, le devoir de mémoire que moi, humble reliquat de la grandeur des Étrusques, je me suis imposé, avec l'intention de m'éviter l'ennui qui menace la vieillesse.

Chaque fois que mon regard se porte sur la panière d'osier où s'entassent les documents qui m'aideront dans ma tâche, j'éprouve le sentiment d'avoir à creuser à main nue dans une mine…

J'ai mis du temps avant d'entreprendre ce que je considère comme un défi à mon âge, à mes compétences et à mes moyens.

Rien ne disposait l'homme ordinaire que je suis aujourd'hui, aux connaissances vaguement teintées d'érudition, à s'attacher à ce projet surhumain. Formé aux lettres par mon précepteur, assidu aux travaux de l'Académie savante de Tarquinii, ma carrière semblait toute tracée, mon père ayant décidé de me faire entrer dans la magistrature. J'accédai sans réticence à son désir, bien que ma nature me portât à la fortune des mers. Si je m'en étais tenu aux confidences intimes que j'échangeais avec Menerva dans ma jeunesse, je me serais contenté d'écouter la voie de la sagesse, mais le destin allait me proposer d'autres perspectives.

Pour me persuader que cette tâche n'excède pas mes moyens, j'occupe mes matinées, alors que la chaleur est encore supportable, à compulser mes documents.

Au cours de ces dernières années, je me suis attaché à collecter des éléments susceptibles de constituer une base solide à mes recherches. J'ai eu en ma possession de nombreux ouvrages d'auteurs anciens, grecs de préférence, comme Hérodote, et, ce qui m'est plus précieux encore, des papiers de famille relatifs à la religion, aux mœurs et au commerce. Ils se présentent sous forme de feuilles de papyrus, de toile de lin, de parchemin, de tablettes d'argile gravées... Nombre de ces pièces ont souffert du temps, celles, notamment, qui ont subi les caprices de la navigation. En retrouver le sens n'est pas une sinécure, d'autant que beaucoup sont écrites dans la langue des origines, qui tient du grec ou d'autres langues aujourd'hui oubliées.

Ce qui m'a encouragé dans ce projet est la découverte que j'ai faite dans la cave de notre palais de Tarquinii, dévasté par les hordes gauloises puis les légions romaines, d'une panière d'osier. Un miracle ! Cachée dans une cave, au milieu de détritus divers, elle avait échappé à la convoitise des pillards ; ils l'avaient ouverte mais son contenu les avait rebutés.

J'ai recueilli ce trésor et, seul au milieu de cette ruine, j'ai distraitement feuilleté les documents dont elle était pleine. Mon attention a été retenue dans un premier temps par une correspondance entre ma famille et les responsables des comptoirs disséminés sur les côtes de la mer Tyrrhénienne, de l'Adriatique, de la Corse, de la lointaine péninsule Ibérique, de la mer Égée, et sur l'île de Lemnos, où mon frère aîné, Verthur, a formé une petite colonie étrusque.

Je venais, par un pur hasard, de découvrir la clé d'or qui allait m'ouvrir la porte d'un domaine que je croyais condamné à jamais par les autorités occupantes, et me permettre de redonner vie à un passé volontairement étouffé par Rome.

Cette panière d'osier allait m'accompagner dans mes pérégrinations en terre vénète, jusqu'à la cité lacustre de Spina où je me suis retiré.

Dans ma jeunesse, mon père m'avait placé chez un magistrat de Rome, ancien Étrusque de ses amis, proche des autorités consulaires. Quelques années plus tard, à la suite d'une affaire scabreuse à laquelle je me trouvai mêlé à mon insu, je jugeai prudent de retourner à Tarquinii dans l'intention de m'intéresser à l'administration de notre domaine.

Décision absurde ! Mes parents étaient morts, mon frère aîné installé à Lemnos, ma sœur mariée à Rome, mes deux autres frères en Corse, à Massalia ou je ne sais plus où… Quant au palais familial, ravagé, pillé et en partie incendié, il était peu accueillant. La porte de bronze de notre tombeau, au sein de la vaste nécropole occupant une colline voisine, avait été forcée, mais les sarcophages n'avaient pas été ouverts et saccagés.

Repoussant l'idée saugrenue de m'installer dans ces décombres, je n'y passai que deux ou trois semaines, occupant tant bien que mal l'ancienne demeure de nos esclaves. J'explorais les profondeurs mystérieuses de ma panière et vivais de ce que j'achetais à des familles voisines qui avaient récemment recouvré leur maison et leurs terres.

Doté de quelques économies mais dépourvu de projets, l'idée me vint de trouver refuge chez mon frère Verthur, qui, à Lemnos, vivait grassement d'un commerce d'huile d'olive, de blé et de vases grecs.

J'y avais fait, avant mon voyage à Rome, un séjour de quelques semaines. Verthur m'avait reçu avec chaleur et m'avait proposé de créer un comptoir sur l'île voisine d'Ayios, mais n'ayant jamais eu la fibre commerciale, je refusai son offre. Il en prit ombrage et nos relations en souffrirent, si bien que je repris sans regret, par un de ses navires, le chemin de l'Étrurie, toujours aussi incertain de mon avenir.

Je faillis céder à la sollicitation d'un navigateur massaliote, rencontré dans le port de Tarquinii, Graviscae, auquel les Romains s'attachaient à redonner vie. Il m'invitait à le suivre pour un voyage « de commerce » autour de la Grande Grèce comprenant le sud de la péninsule, la Sardaigne et la Sicile.

Cette île proche des côtes africaines dessinait dans mon esprit un mirage fascinant. Un ami romain m'avait parlé des palais de Syracuse, des temples lumineux dressés à flanc de montagne, au pied de l'Etna, des immensités de champs de blé et de vignobles, de la beauté des femmes et des éphèbes.

J'étais sur le point d'embarquer comme subrécargue, malgré le peu de connaissances que j'avais de la navigation, mais ne tardai pas à comprendre que le capitaine « de commerce » n'était qu'un vulgaire pirate. Son navire à vingt rameurs portait les traces de ses combats.

J'échappai à sa colère par une fuite honteuse.

Il était temps, la quarantaine largement entamée, de me résoudre à choisir, sinon un état rémunérateur, du moins un lieu de retraite propice à ma tâche d'*historien*, un titre qui m'effrayait à l'avance.

Mon pécule ne pouvait m'assurer une existence de sybarite, mais, modeste que je suis dans mes besoins, j'avais de quoi subsister. Ce que je souhaitais, c'était un environnement paisible, qui ne puisse troubler mon travail et ma réflexion, sans être isolé au point de faire figure d'anachorète. Je le voulais assez éloigné de Rome pour échapper à la curiosité insane des autorités consulaires, et suffisamment éloigné des frontières du nord pour ne pas subir de plein fouet les épreuves redoutables d'une éventuelle invasion.

Qui, le premier, me parla de Spina ? Je crois me souvenir que ce fut mon frère, Verthur. Selon lui, cette cité, qui faisait concurrence à Chioggia au nord et à Ravenna au sud, était appelée à un bel avenir. L'intérêt commercial m'importait peu ; restait la situation, sur les rivages d'une Vénétie pour laquelle Rome, plus attirée par les territoires du Sud, ne marquait pour l'heure qu'un médiocre intérêt.

Étrange cité que Spina…

Bâtie sur des pilotis d'arbres venus de la Dalmatie, contrée encore à demi sauvage occupée par Athènes, elle est fille de la terre et de l'eau. Amphibie, elle occupe le centre du gigantesque delta du Pô, inextricable dentelle d'eaux mortes, accrochée à sa boue comme une araignée à sa toile. Les rues sont rares, les Spinaliens se déplaçant, pour le commerce et la promenade, surtout en barque, par des canaux, des chenaux, et autres couloirs aquatiques. Selon les quartiers et jusqu'au débouché du grand canal sur le port maritime, ces voies sont bordées d'habitations, palais ou demeures de notables, de bâtiments publics, de boutiques, d'auberges et d'entrepôts de planches peintes de couleurs vives.

J'arrivai à Spina un jour de printemps où les amandiers étaient en fleur. D'emblée, je fus en proie à l'étrange séduction qui émane de cette cité lacustre, loin, me semblait-il alors, des tempêtes politiques qui secouaient Rome à cette époque et, *a fortiori*, de la haine jalouse qu'elle voue depuis des lustres à notre nation.

En cours de route, on m'avait prévenu du climat malsain, qui faisait de cette lagune un nid de fièvres paludéennes, et du risque d'invasion par les turbulentes tribus barbares du Nord, mais, séduit par le caractère insolite de cette cité des eaux, je décidai de m'y fixer.

Après une prospection dans un bateau de louage, mon choix se porta sur un îlot appelé Strena, occupé naguère par une famille de pêcheurs qui avait émigré vers l'intérieur. Il restait encore de ce petit domaine une masure, un jardinet envahi par la végétation sauvage, une pâture délimitée par des oseraies et un espace abandonné à la faune et à la flore des marécages.

Pour une somme modique, j'en fis l'acquisition devant le tabellion local.

Je préparais mon installation quand, un matin, je vis sortir d'un paquet de brume et de pluie une longue barque plate, presque un radeau. À l'avant, un géant barbu maniait la perche. À l'arrière se tassaient sur la banquette une négresse obèse, emmitouflée dans un manteau bigarré, et un chien roux. Le centre de cette embarcation, abrité par une natte de roseaux, était occupé par un monceau de légumes, de fromages, d'œufs et de volailles vivantes.

J'aurais pu me croire en présence du batelier des morts, le sinistre Tuchulcha, mais je n'avais pas reçu de coup de massue annonçant sa venue, et d'ailleurs j'étais en bonne santé et lucide.

Je laissai mon étrange visiteur amarrer sa barque contre la mienne, à ma petite jetée délabrée. Jambes nues, poilues comme celles d'un singe, il pataugea dans la vase de la berge pour s'avancer vers moi et me lancer avec jovialité :

— Salut, Rasenna ! Je ne te dérange pas trop ? Je vais au marché vendre mes salades. Et, quand je dis salades… Il y a de tout là-dessous. Si tu veux me suivre… Voyage gratis !

Rasenna… Il m'avait donné le nom par lequel les gens de notre race se reconnaissent. Il en était donc, ce qui me rassura. J'acceptai son invitation, d'autant que je commençais à être dépourvu du nécessaire. Il me dit en cours de route, sans cesser de manier sa perche, à bâbord et à tribord :

— À Spina et dans les environs, on t'appelle l'Étrusque. Ton vrai nom, c'est quoi ? Le mien, c'est

Péga et celui de ma femme Gouma. C'est une Africaine, comme tu peux le voir.

Je lui jetai mon nom, sans ajouter de commentaire. Il était pressé d'arriver au marché qui se tient sur la place principale, devant la maison commune, au centre d'un écheveau de rues aquatiques. Mon batelier eut du mal à amarrer, les pontons étant déjà envahis par les barques des pêcheurs et des paysans. Ce fut pire encore pour trouver un endroit où déployer son éventaire, d'autant qu'une procession à la déesse locale, Nortia, tournait en rond autour de la place. Les participants défilaient en dansant, brandissaient des branches de mimosa, faisaient sonner les crotales et gronder les tambours.

Nous passâmes la matinée dans cette cohue, abasourdis par les rumeurs montant de la foule, les musiques, les chants religieux et les cris stridents des animaux que l'on égorgeait ou décapitait derrière l'auberge, lieu d'abattage habituel très fréquenté par les enfants et les chiens.

Selon mon habitude, je me promenais pour mes emplettes à travers cette masse grouillante de populations urbaines et rurales mêlées. Alors, surgit, de cette marée humaine, l'image pathétique d'une femme de l'aristocratie, drapée dans une robe pourpre, au visage austère sous son bonnet conique, le *tutulus*, droite comme un lis sur son char à deux roues attelé d'un cheval à la robe éblouissante de blancheur. Un esclave la précédait en agitant une claquette de bois pour s'ouvrir un passage, d'autres, armés de bâtons, lui faisant escorte. Je la suivis longtemps de l'œil avec, ancrée en moi, l'idée qu'un jour la demeure de cette dame s'ouvrirait pour moi.

J'invitai Péga à l'auberge où il avait beaucoup d'amis parmi la clientèle et dont le patron d'origine crétoise, Photidès, avait en partage une même générosité. Nous nous gavâmes de ragoût de poisson aux herbes, de galettes de froment et bûmes un vin noir d'Étrurie, digne des dieux.

Au retour, ses affaires faites, repu, Péga s'allongea dans la barque et dormit en ronflant jusqu'à mon îlot de Strena, Gouma maniant la perche.

C'est de ce jour que date notre amitié sans nuages.

Sans ce témoignage de bon voisinage et d'amitié, j'aurais sûrement quitté ce nid de fièvres. Les chaleurs humides succédant à la brume et à la pluie, les miasmes affleuraient sur la lagune. Il ne se passait pas de jours sans que je visse passer des barques chargées de cadavres destinés à l'incinération.

Mes nouveaux amis perdirent dans ce fléau deux de leurs enfants, métis ou négrillons. Je leur exprimai ma compassion ; ils parurent indifférents. Péga me confia que, depuis qu'ils habitaient leur langue de terre, Gouma, chaque année, accouchait d'un nouveau-né. Il leur en restait six. Je lui demandai ce qu'il comptait en faire, son petit domaine ne nécessitant pas une main-d'œuvre d'une telle importance.

— Je les ai confiés, me dit-il, à notre lucumon, maître Euphronios.

Alors que je lui demandai innocemment à quoi le propriétaire les destinait, il éclata d'un rire volcanique.

— Que veux-tu qu'il en fasse ? Des esclaves, pardi ! Rassure-toi. Ils ne sont pas malheureux. C'est une bonne maison. J'ai obtenu qu'ils restent à Spina. Je ne tiens pas à les voir vendus sur les marchés de Chioggia ou de Ravenna pour les galères des Grecs ou des Carthaginois ! Chez le lucumon, ils sont plus heureux qu'avec nous.

Je suis donc resté à Spina, mais comme l'oiseau sur la branche.

À défaut d'une présence humaine, je vivais en compagnie d'un chien, de quelques volailles, de pigeons et d'un porc que je comptais sacrifier à l'automne. J'avais organisé, avec l'aide de Gouma, un potager qui m'exemptait d'aller quérir à la ville de quoi faire ma soupe. Quant au fromage, dont je fais une large consommation, mes voisins y pourvoyaient. Je fis également l'acquisition de quelques ouailles pour le lait et la viande. Autant de travaux et d'occupations pour lesquels je ne me sentais aucune disposition naturelle, mais auxquels je finis par prendre goût.

J'appris à pêcher les poissons de la lagune, les anguilles et les écrevisses. Ma patience compensait ma maladresse et j'avais en Péga un initiateur incomparable.

Après la visite de Péga, au cours de laquelle il m'avait révélé les inquiétudes que lui occasionnait la proximité des tribus gauloises, je passai trois nuits sans sommeil, agité de soubresauts sur ma couche de roseaux, à me demander quel comportement m'inspirerait cette invasion.

Il va sans dire que, s'il fallait se battre, je ne serais pas le dernier à reprendre le glaive. Je n'étais pas un novice. Durant mon séjour de quelques années à Rome, j'ai appris sur la palestre proche du Tibre, entre deux exercices physiques, à manier les armes, et j'y excellais. À titre de volontaire, j'ai même participé à une expédition contre de turbulentes tribus de Samnites et en ai ramené quelques paillettes de gloire à la tête d'une décurie civile de dix cavaliers.

Rome a mis la main sur notre pays, réduisant en cendres et en ruine les villes qui lui résistaient mais s'imprégnant de notre civilisation, beaucoup plus ancienne que la leur, pâle reflet de la nôtre. Que ne nous ont-ils pas pris ? Notre religion, notre mode de vie, nos vêtements, nos jeux, la formation de l'armée en légions… Leurs consuls se déplacent avec des licteurs porteurs des faisceaux comme nos lucumons. Il n'y a guère que notre langue qu'ils n'ont pu ou pas voulu adopter !

Le pire reproche que puisse leur faire le sage que je suis devenu est d'avoir ignoré et détruit les œuvres de nos auteurs, historiens, philosophes et poètes. Qui, aujourd'hui, se souvient de Vulnius, un tragédien dont les pièces étaient jouées dans toute l'Étrurie et que certains comparaient à Euripide ou à Sophocle ? Il est de nos jours méprisé, même de nos compatriotes. Que sont devenus les ateliers d'écriture de nos grandes cités, notamment de Tarquinii, où, en compagnie de mon précepteur, j'allais puiser quelques bribes de nourriture spirituelle ? Les lourdes légions romaines et les censeurs qui les accompagnaient ont piétiné ces jardins de la pensée. Ils me manquent comme un paradis perdu.

Au cours des pérégrinations qui ont précédé mon arrivée à Spina, je n'ai jamais retrouvé trace d'une académie, d'une bibliothèque ou d'un livre écrit dans notre langue. Tout a été jeté au bûcher ou au fleuve. La seule littérature qui reste ce sont les bulletins de victoire des légions ou les décrets consulaires qui inondent les lieux publics. Je songe avec tristesse aux archives ainsi détruites qui m'auraient aidé dans mon travail. Un espoir demeure ; que, dans certaines familles aristocratiques, on ait songé à mettre à l'abri ces richesses, témoignages de la puissance et de la qualité de notre civilisation.

Protester ? J'y ai souvent songé, mais cette rébellion, outre qu'elle eût été inutile, m'eût fait risquer une relégation dans quelque ergastule, et peut-être la mort. N'est-ce pas suffisant de chercher à rompre ce mutisme implacable en sortant de l'ombre tout ce qui peut être sauvé de notre passé et d'en tirer une somme ?

Un matin, au premier chant du coq, animé d'une énergie subite, je me suis jeté sur ma petite table, avec l'idée de consacrer cette journée à mon travail.

J'avais pris soin, la veille, d'aller visiter l'haruspice de Spina, le vieux Ramthas, dans l'intention de consulter les augures et d'obtenir la faveur des dieux par des offrandes et le sacrifice d'un mouton acheté à Péga, dont j'ai confié l'égorgement au préposé de service au temple. Cet esclave affranchi a retiré des entrailles encore palpitantes le foie qu'il a déposé sur le linge recouvrant une tablette.

Ramthas a fait brûler une poignée d'herbes odoriférantes dans une cassolette, en a respiré longuement la fumée avant de se pencher sur l'organe, support de l'art divinatoire, le *mantiké*, microcosme des forces qui gouvernent nos destins, dont il possède la réplique en terre cuite pour ses consultations à domicile.

Il est resté un long moment à promener son index sur cette chair brunâtre, en marmonnant des invocations dans une langue d'initié, dont le sens m'échappe.

Son examen achevé, il m'a dit :

— Je ne vois rien qui puisse contrarier ton projet, sinon des difficultés dont tu ne viendras pas à bout sans mal. Les dieux ont parlé. Bonne chance à toi, Aulus Laristal !

En paiement de ses services, je lui laissai la dépouille du mouton et une poignée de monnaie dont il parut satisfait.

D'un cœur léger, j'ai regagné mes pénates et, comme la journée touchait à son terme, je suis allé pêcher une anguille pour mon repas du soir, que je prenais par temps clair sous le figuier. Gouma m'avait appris comment tuer, dépouiller ces poissons reptiliens et les accommoder des herbes aromatiques de mon jardin.

Je ne me suis guère attardé à table. Pris d'un soudain accès de fébrilité, j'ai jeté à mon chien les reliefs de ces agapes pour me ruer dans ma cabane, fouiller dans la panière d'osier et en extraire des poignées de documents. Je les ai répandus en vrac sur la table pour en faire un premier tri.

Ce n'était pas une mince affaire, la plupart de ces documents, souvent fort anciens et rédigés dans une écriture archaïque, étant presque illisibles ; encre ternie par le temps, feuilles écornées ou souillées, eût-on dit, par du sang séché… Quelques rasades de vin de Trévise m'ont redonné la volonté et l'énergie d'ouvrir cet énorme chantier, à la lumière de ma chandelle de cire rouge.

2

Les migrants

Sur l'ascendance de ma famille et celle de la race étrusque, je demeure perplexe. Des entretiens qui se déroulaient à ce propos, notamment au cours des repas entre amis, à Tarquinii, je garde des souvenirs si lointains et confus que je ne puis rien en retirer, sinon qu'ils étaient l'objet de controverses animées, parfois virulentes.

Parmi nos convives se trouvaient des érudits, détenteurs d'une bibliothèque et d'archives familiales. Pour certains d'entre eux, nos origines étaient à chercher en Lydie, cette province ouverte sur la mer Égée. Ils hasardaient une hypothèse séduisante ; des esclaves grecs, envoyés dans la péninsule aujourd'hui romaine pour y travailler la terre, auraient créé une colonie. Selon d'autres, ce serait à la suite d'une menace d'invasion des Perses que cette migration de masse aurait eu lieu.

Quoi qu'il en soit, comment concevoir que cette tourbe d'ilotes ait pu donner naissance, *ex nihilo* et en un laps de temps aussi bref, à la plus brillante civilisation de la péninsule ?

À leur arrivée dans les parages de l'actuelle Bologna, ils avaient trouvé le pays occupé par des tribus primitives. Ce n'est pas d'elles qu'on aurait pu attendre le surgissement d'une culture digne de ce nom. Elles n'ont laissé dans le sol que des outils et des armes de pierre ainsi que des urnes d'argile grossières contenant des cendres humaines. Au-dessus, aucun monument, rien…

Au secours, Hérodote !

Cet illustre historien hellène, qui vivait deux siècles avant le nôtre, semble avoir découvert la clé de cette énigme. J'ai lu le texte qu'il a consacré aux premiers Étrusques. Peu de surprises ; selon lui, nous sommes bel et bien originaires de la Lydie et non des indigènes.

Une ancienne carte, peu fiable en apparence, m'a éclairé sur cette province de l'Asie Mineure. Elle se situe non loin de la ville de Troie, sur l'Hellespont, aujourd'hui à l'état de ruine, et du fleuve Méandre, voie de communication pour Athènes vers les territoires barbares du plateau. La capitale, Sardes, sur le fleuve Pactole, est connue par ses immenses nécropoles… qui rappellent les nôtres.

Selon lui, le roi de Sardes, à la suite d'une famine, aurait suscité un mouvement migratoire de sa population en direction de l'Occident. Non de la Grèce, qui n'aurait pas souhaité accueillir ces milliers d'affamés, mais pour la péninsule, au-delà de l'Adriatique, où il y avait des terres à prendre et à cultiver.

Si l'on accepte cette supposition, nos ancêtres devaient faire partie de cette horde de migrants. On avait frété pour eux des navires dans le port de Smyrne, proche de Sardes. Après une longue et difficile navigation, ils avaient accosté sur la côte occidentale de l'Adriatique occupée par des tribus ombriennes, et s'étaient répandus de part et d'autre de la chaîne des Apennins où ils s'étaient mêlés aux primitifs, avant de les absorber.

Aucune date, dans le texte d'Hérodote, ne permet de situer cette migration dans le temps, mais son récit est convaincant et, à défaut de mieux, c'est ce qu'il convient de retenir de cet exode. Mieux vaut privilégier la logique que la légende.

Je me souviens qu'un matin, à Tarquinii, alors qu'il s'apprêtait à faire ses ablutions, mon père reçut la visite d'un de ses paysans, porteur d'une urne funéraire qu'il venait de découvrir en labourant. Ses flancs d'argile étaient ornés d'étranges motifs ; animaux fabuleux, palmes et rosettes. Mon père vit dans cette découverte une résurgence miraculeuse de nos aïeux, l'inséra dans nos pénates et voua aux cendres, pieusement recueillies, une sorte de culte.

J'ignore ce qu'est devenu ce legs précieux, témoin des origines de notre famille, du premier peut-être des Laristal.

Alors que nos cités s'épanouissaient en Étrurie, ce lieu incertain des bords du Tibre, proche de la mer Tyrrhénienne, n'était pas encore une ville, mais un conglomérat de tribus pastorales occupant les collines dominant le fleuve.

Notre civilisation a précédé de plusieurs siècles celle de Rome.

Les Barbares, fléau comparable au choléra ou aux fièvres paludéennes, allaient devenir notre ennemi commun.

Un siècle avant celui où nous vivons, alors que Rome était déjà une puissance, la péninsule a vu descendre des montagnes, des steppes et des forêts du Nord des hordes de Barbares qui ont traversé nos provinces comme une tornade saisonnière. Nos villes d'Étrurie, ne disposant pas d'une force armée susceptible d'assurer leur défense, furent les premières à subir ces ruées sauvages.

Par chance, si je puis dire, les Barbares du Nord ne firent que passer, se gavant au passage des produits de nos domaines, violant nos femmes et nos filles, pillant tout ce qui était métallique, avant de fondre sur Rome qui fut, dans la lueur des incendies, le terme de leur invasion.

J'ai encore dans l'oreille les éclats de voix de mon père au souvenir de ce désastre. Il pestait contre le manque de solidarité de nos douze cités de l'Étrurie, la Dodécapole, leur seul intérêt se bornant aux jouissances triviales et aux affaires. Les seuls liens qui unissaient les grandes familles étaient les mariages capables d'assurer la pérennité de ces dynasties mercantiles. Aucune d'entre elles ne s'était souciée de prendre les mesures nécessaires pour contrer la ruée gauloise. Mon père se trouvait seul ou presque à tenter de faire renaître le naturel belliqueux de notre race. C'était prêcher dans le désert.

Je me souviens d'une visite que je fis avec mon père, lors d'un été radieux, à une riche famille d'Arezzo, les Cilnii, au nord de l'Étrurie, afin, autant qu'il m'en souvienne, de traiter d'une livraison d'armes forgées dans nos ateliers de Populonia.

Les Cilnii avaient conservé au cœur de l'atrium, sur un socle de marbre noir digne d'une divinité, l'effigie de bronze d'un animal fabuleux, chimère ou dragon. Sa tête de lion paraissait prête à mordre qui tenterait de l'attaquer. La queue démesurée se terminait en tête de serpent tout aussi agressive. Une excroissance sortie du flanc de cette créature mystérieuse représentait un cervidé insolite, aux bois généreux.

Je restai subjugué par cette image dans laquelle les Cilnii voyaient le coup de folie d'un artiste. Peut-être s'agissait-il d'une représentation du dieu des orages, Tinia, le Jupiter des Romains. Je tentai de déchiffrer une inscription gravée sur la patte droite du monstre, mais son sens m'échappa ; elle était écrite en langue étrusque archaïque, et celle que nous parlons couramment est à ce point truffée de latin qu'elles n'ont que peu de termes en commun.

Plus tard, de nouveau confronté à ce fétiche, une idée me vint : cette image devait fonctionner comme un avertissement contre une nouvelle invasion des Barbares. Notre religion, que Rome n'a pas totalement asservie en dépit de sa volonté, est riche de symboles auxquels les artistes, en y ajoutant leur propre inspiration, donnent parfois une valeur politique.

On me pardonnera de m'être attardé sur les origines de notre race et de notre nation. Ce préambule était nécessaire à la compréhension d'une histoire mouvementée, compliquée par la concurrence de nos rivaux dans la conquête des terres favorables à l'installation de colonies. Mère d'enfants querelleurs, la Méditerranée est témoin depuis des siècles de conflits qui en font un champ de bataille où s'affrontent tous les peuples qui l'habitent.

En matière de colonisation, c'est la Grèce qui détient la palme. Elle possède encore de nos jours des chaînes de comptoirs sur toutes les côtes. Le choix des lieux n'est pas laissé au hasard. Il fait l'objet d'une consultation des oracles, de cérémonies rituelles ordonnées par la métropole pour procéder à la pose des premières pierres en présence du feu sacré venu d'Athènes par la mer. À partir de là, les colons, libres d'agir à leur guise, ne se privent pas d'acheter ou de voler des terres et de réduire les indigènes en esclavage selon leurs besoins. La prospérité de la colonie et la civilisation des peuplades primitives sont à ce prix. Les autorités de la métropole ferment les yeux, chacun y trouvant son compte.

Les premiers personnages dont Rome a gardé la mémoire surnagent entre histoire et légende. À l'époque où les deux frères jumeaux, Romulus et Remus, ont fait leur apparition, les sept collines dominant le Tibre n'étaient encore que l'ébauche d'une ville.

Des plaquettes d'argile à cadre d'ivoire, gravées par un certain Arnth Laristal, lointain ancêtre de notre famille, m'ont révélé les événements qui ont donné naissance à la première royauté romaine sous un jour assez différent des légendes romaines.

Un soir de printemps, alors qu'elle respirait le serein sur une rive du Tibre, une jeune vierge, Rhéa

Silvia, vouée au culte de Vesta, à qui tout commerce charnel était interdit, s'allongea dans l'herbe et – je cite le texte d'Arnth Laristal – « laissa son sein découvert pour savourer la brise montant du fleuve, et s'endormit ».

Ce qui se passa durant son sommeil est sujet à caution.

On imagine sans peine la fureur des vestales sacrées en apprenant, quelque temps plus tard, que l'une des leurs dissimulait une proéminence sous sa ceinture ! On allait condamner Rhéa Silvia au châtiment suprême ; le renvoi dans sa famille, quand elle déclara en pleurnichant que l'auteur de ce viol n'était autre que le dieu Mercure, qui, errant dans les parages, n'avait pu résister à l'attrait de la jeune vierge et l'avait prise de force.

La crut-on ? Toujours est-il que le fruit du scandale prit la forme de deux jumeaux. Qu'en faire ? Les sacrifier eût été cruel. Rhéa Silvia eut l'idée de les sauver en confiant leur berceau au fleuve.

Alors que l'esquif improvisé flottait sur le Tibre, une femme occupée à laver son linge l'aperçut. Acca Larentia, c'est son nom, recueillit les naufragés et les ramena à la hutte où elle vivait, libre et seule, se donnant à qui la voulait, si bien qu'on l'appelait la Louve. Généreuse, elle prit soin des rescapés, et, déjà mère d'un enfant en bas âge, les nourrit de son lait.

L'ombre enveloppe la vie des fils adoptifs de la Louve, jusqu'au jour où, apprenant les circonstances de leur abandon, ils décidèrent de se venger de leur famille. Déguisés en marchands de fromages, ils pénétrèrent dans la demeure d'Amulius, l'oncle de la vestale, et le poignardèrent. La victime, alors roi d'Albe-la-Longue, étant honnie du peuple pour sa tyrannie et sa corruption, la justice fut clémente. On se contenta de rendre le trône au grand-père des jumeaux, Numitor.

Satisfaits de leur exploit, les jumeaux se retirèrent chez leur mère adoptive, non sans nourrir une ambition ; rassembler autour d'eux quelques familles de pasteurs et s'emparer du pouvoir. Leurs espoirs allaient être comblés. Maîtres de la cité, ils se trouvèrent bientôt à la tête d'une petite armée destinée à faire face aux peuplades turbulentes des parages et à la confédération des villes étrusques qui, peu à peu, en grignotant des terres dans le sud, menaçait la ville aux sept collines qui allait prendre le nom de Rome.

Y eut-il des affrontements ? Le texte d'Arnth ne le mentionne pas, tout comme il omet de raconter les débuts du règne des fils de la Louve.

Ce qu'il m'a appris, en revanche, c'est la fin tragique de Romulus. Alors qu'il chevauchait dans les collines de Campanie, il avait été surpris par un orage et emporté dans les nuées comme un fétu de paille ! Le peuple porta le deuil de ce souverain magnanime, sans s'interroger sur les conditions réelles de sa disparition.

Son frère lui survécut-il longtemps ? Arnth n'en dit rien, sinon qu'il eut pour successeur Numa Pompilius. Il laissait en héritage une fédération solidement structurée, avec un Sénat, une petite armée à l'image des nôtres, et un esprit de conquête dont nous aurions à pâtir dans la suite des siècles.

Arnth est peu prolixe à propos de Numa. Il mentionne seulement sa fidélité inconditionnelle à la religion et la construction des temples et des monuments publics à laquelle il se voua. Il organisa la caste des prêtres et réforma le calendrier en divisant l'année en douze mois, mais ne se livra à aucun exploit militaire susceptible de donner du panache à son règne, ce que je ne puis regretter.

Détail insolite le concernant… Numa se disait doué pour la prédiction. Il tenait cet étrange pouvoir de la nymphe Égérie, laquelle, chaque nuit, le retrouvait dans sa chambre pour lui porter conseil. Je suis de ceux qui, faisant fi de cette fable, pensent que ces rendez-vous nocturnes n'étaient pas motivés par des préoccupations spirituelles…

Les origines de Rome éclaircies, je ne saurais me lancer dans le détail des événements qui ont marqué l'ascension de ce ramassis de tribus devenu une véritable nation dont nous allions avoir à surveiller les appétits de conquêtes. D'autres que le modeste historien que je suis ont parlé ou parleront de ces héros plus ou moins mythiques, de ces rois et de ces dictateurs qui ont fait de Rome une marmite en constante ébullition. Là n'est pas mon propos. Je ne le reprendrai que pour saluer l'avènement de la dynastie étrusque qui allait régner sur Rome quelques siècles plus tard.

Je ne mentionnerai que le règne d'un grand bâtisseur, Ancus Martius, qui lança sur le Tibre le pont Sublicius, donna son essor au port d'Ostia sur la mer des Étrusques et aux salines côtières dont la ville a tiré une part de sa richesse, pour devenir la capitale du plus puissant empire d'Occident.

3

Fête de nuit dans les jardins d'Euphronios

Au début de l'été, après des journées éreintantes passées à louvoyer dans les méandres de l'histoire de Rome comme un naute prisonnier de la nuit ou de la brume, mon destin allait prendre un nouveau chemin.

Si discrète fût-elle, ma présence dans le delta et mon vœu de solitude n'avaient pu échapper à l'aristocratie, et notamment au lucumon de Spina, Euphronios Velcha.

Un matin, alors que je relevais mon casier à anguilles sous un saule, je vis une élégante embarcation peinte de couleurs vives progresser dans ma direction et s'engraver à quelques pas dans les roseaux. Il en descendit un homme sobrement vêtu qui, après s'être présenté comme un émissaire du lucumon, me remit un pli dont il me dit attendre la réponse. J'en pris connaissance en me demandant s'il n'y avait pas une erreur quant au destinataire, mais mon nom y figurait, correctement orthographié.

Euphronios se disait « flatté à l'avance » de ma présence à une soirée qu'il allait donner dans ses jardins, le lendemain. J'y trouverais, ajoutait-il, « la meilleure société de la ville et des environs ». En quel honneur ? Le message ne le précisait pas.

Cette invitation me laissa perplexe. Je donnai pourtant mon accord à l'émissaire, non sans lui faire part de ma gêne ; je n'avais pas de tenue convenable et pas le temps nécessaire pour m'en faire confectionner une. Il sourit et me rassura. Son maître avait prévu cet inconvénient et avait de quoi y remédier. Je ravalai mon humiliation en me demandant ce qui me valait cette faveur insolite.

À peine l'émissaire était-il remonté dans sa barque, je regrettai d'avoir accepté. J'allais me trouver à mon corps défendant mêlé à une société aristocratique qui ne présentait pour moi ni attrait ni intérêt, en risquant d'être considéré comme un métèque par ces xénophobes, alors que nous étions de la même race, soumis à la même religion et aux mêmes lois.

Devenu de par ma volonté une sorte d'anachorète, je ne souhaitais pas sortir de ma condition, bien que j'eusse pu me prévaloir d'autant de titres que la plupart des grandes familles de Spina. À chaque tentative de Péga pour me trouver de la compagnie, j'opposais une farouche réticence. Il m'en coûtait bien davantage encore d'être confronté à la « meilleure société de Spina et des environs ».

L'émissaire d'Euphronios m'avait informé qu'une barque passerait me prendre et me ramènerait. J'appréciai cette délicatesse : arriver chez mon hôte dans mon embarcation pourrie qui sentait le poisson m'eût été pénible.

Le lendemain, je pris soin de faire brûler des herbes propitiatoires sur le petit autel de Menerva, de mâcher des feuilles de menthe, de confier à Gouma le soin de peigner ma chevelure et ma barbe en vérifiant qu'elles ne fussent pas habitées, de nettoyer mes mains et mes ongles, d'oindre ma peau d'une huile fine et odorante. J'ornai ma poitrine du talisman hérité de ma mère ; un cheval ailé taillé dans l'ivoire et serti d'or. Je renonçai à glisser mon poignard dans ma ceinture, ce geste risquant d'être jugé vexatoire par mon hôte.

La demeure d'Euphronios Velcha, qu'il appelle son « palais », n'a rien de comparable à celles que j'ai connues dans mon enfance, à Tarquinii.

Bâtie en pierres des Alpes sur deux étages, elle occupe, avec ses jardins et ses dépendances, un vaste espace sur la rive gauche du grand canal. Des haies de cyprès et de peupliers la cernent de toutes parts. Peu de recherche artistique dans ce grand cube d'une implacable géométrie. Le grand perron porte les traces d'une crue du fleuve, avec des lézardes comblées d'un mortier blanchâtre.

Sur la façade, flanquée d'une colonnade cannelée à chapiteaux éoliques, la porte principale s'orne d'un fronton figurant l'image échevelée d'une Méduse ou d'une Gorgone entourée d'un joli friselis de palmettes.

Drapé dans mon manteau pour échapper à d'éventuels sarcasmes, j'ai gravi les marches de bois verdâtre qui font accéder à la longue et large allée menant au portail. L'entrée principale était largement ouverte sur une rangée de vases grecs en terre noire, à la panse rebondie, ornés de dessins.

Des invités se pressaient dans le corridor menant vers l'atrium à la romaine, ouvrant sur le ciel d'été où brillaient les premières étoiles. Avant de me conduire vers mes hôtes, un esclave me fit signe de le suivre jusqu'à une salle où m'attendaient un bassin d'eau chaude, un lit étroit et une tablette encombrée de linge, de pots d'onguents et de fioles de parfums. Il agita une clochette de bronze qui fit apparaître de derrière un rideau la servante chargée de ma toilette. Depuis des années, je n'avais pas subi ce traitement préliminaire aux festins. Je m'y abandonnai avec délices et, mon corps remis à neuf, me laissai masser puis revêtir d'une tunique blanche brodée de pourpre, retenue à l'épaule par une fibule d'or à tête de lion, et chausser de souliers de cuir lacés aux mollets. Une main indifférente orna mon front d'une couronne de laurier.

C'est parmi le groupe des derniers invités, des gens venus de la ville voisine d'Adria, que je fus présenté à dame Ega. Elle me souhaita la bienvenue et me confia à un esclave qui me conduisit aux jardins.

Créature singulière, elle semblait condenser en elle plusieurs types de beautés féminines glanées sur les pourtours de la Méditerranée. Cet aspect composite ne manquait pas d'agrément en dépit de l'âge mûr que trahissaient quelques ridules en éventail au coin des paupières. De petite taille, forte de la poitrine et mince des hanches comme les Massaliotes, elle avait l'œil de biche des Égyptiennes, le menton aigu des Carthaginoises, la bouche mince des Étrusques et le teint basané des Ibères. À sa vénusté s'ajoutaient une belle voix grave et une agréable volubilité.

Son époux, colosse barbu comme un prince assyrien mais chauve sous son bonnet conique liséré d'or, à gros cabochon d'émeraude, paraissait vieux comme Hérode mais conservait un œil vif sous de gros sourcils roussâtres.

Dame Ega parut prendre intérêt à ma présence. J'en eus la preuve lorsque, me libérant de mon guide, elle me prit par le bras pour me conduire sur le lieu des agapes, dans le jardin foisonnant de plantes étranges, venues des confins du monde oriental. Des auvents de toile blanche avaient été dressés autour d'un gigantesque eucalyptus qui embaumait et des mûriers garnis de fruits que l'on écrasait du pied sur la pelouse.

Elle me dit sur un ton familier :

— Sais-tu, mon ami, que tu es pour nous une énigme vivante ? Depuis combien de temps résides-tu à Spina ? Un an, davantage peut-être, et nous ne nous sommes jamais rencontrés.

— De quelle énigme veux-tu parler ? Je ne vis pas entouré de mystère comme un vieux sage dans le désert !

— Ne fais pas l'innocent, Aulus Laristal ! Crois-tu que j'ignore tes origines ? Ta famille est connue de toute l'Étrurie, et n'est pas des moins illustres. Alors, pourquoi vis-tu comme…

— Tu peux le dire, comme un sauvage ! Te raconter comment j'ai échoué à Spina serait trop long et te lasserait.

— Asseyons-nous et bavardons quelques instants, veux-tu ? Parle-moi de toi.

Je lui rappelai brièvement mon départ de Tarquinii, après la mort de mon père emporté par une épidémie de choléra, et de ma mère, une année plus tard. Nous étions une famille prospère : des mines à l'île d'Elbe, des fonderies à Populonia, des salines à Tarquinii, des navires dans le port de Graviscae, quelques comptoirs en Corse et en Ligurie...

— Autant de richesses, ajoutai-je, dont il ne reste rien aujourd'hui. Les Gaulois et les Romains ont provoqué notre ruine, comme celle de presque toutes les familles d'Étrurie.

— Tu es jeune encore, à ce qu'il semble. Alors, pourquoi n'avoir pas tenté de redonner son lustre à ce patrimoine ?

— Je ne m'en suis pas senti le courage. J'ai imité ma sœur et suis parti pour Rome. Cette ville me fascinait. J'y ai vécu des années, protégé par un ami de mon père, mais je ne m'y sentais pas à l'aise. Alors j'en suis parti pour des pérégrinations dont le récit serait fastidieux.

— Était-ce la seule raison de ton départ ?

Je lui relatai en quelques mots cette affaire scandaleuse ; un festin terminé par une querelle au cours de laquelle le fils d'un notable avait été tué. Ce voyage était en fait une fuite. Ma vie était en danger.

Ega donna quelques ordres au maître de cérémonie qui, figé à quelques pas, les attendait en silence.

— Pardonne-moi, me dit-elle, de rompre cette confidence. On m'attend aux cuisines. Aimes-tu le paon ?

— J'aurai plaisir à en faire l'expérience.

Elle me quitta en jouant de son éventail et me jeta, après quelques pas :

— Je vais te faire un aveu, Aulus Laristal. Je te trouve jeune et beau comme un Apollon !

J'en restai muet.

Lorsqu'une place me fut assignée, la plupart des convives occupaient déjà la leur, allongés sur des banquettes surchargées de coussins et de couvertures pour atténuer la fraîcheur de la nuit. Des tablettes aux pieds chantournés de volutes étaient chargées de boissons et de plats de friandises suintantes de miel.

Ce que je redoutais n'allait pas tarder à se produire ; les musiciens au nombre d'une dizaine, hommes et femmes, venaient de surgir et avaient entamé un concert assourdissant de trompes, de flûtes, de cithares, de tambourins à clochettes et de crotales.

Ce n'était pas une surprise. En quelque endroit où je me fusse trouvé jadis pour ce genre de réjouissances, ils étaient là. Je ne déteste pas la musique mais j'en abhorre les abus. Vous retirez-vous, pressé par un besoin naturel, un musicien accompagne votre délivrance. Souhaitez-vous honorer une femme ? Il se trouve toujours quelque fifre pour rythmer vos ébats. Autant j'apprécie la mélopée des flûtes de roseau des bergers, autant ce déchaînement de stridences m'importune.

Groupés autour de l'eucalyptus, ils s'en donnaient à cœur joie en se trémoussant comme des damnés, si bien qu'il fallait s'égosiller pour se faire entendre. Je me souviens de ce que me disait mon précepteur ; le plus difficile à trouver dans une maison étrusque ou romaine est le silence.

À peine étais-je allongé sur ma couchette qu'une fille, nue sous sa robe translucide, portant une colombe sur son épaule et agitant des crotales, se livra à des gesticulations autour de moi. Ignorant qui seraient mes voisins ou voisines, je m'attendais au pire. Un couple de quadragénaires obèses et vulgaires prit place à ma gauche et, peu après, un élégant éphèbe, au long visage fardé encadré d'un discret collier de barbe brune, me demanda la permission d'occuper ma droite. Je hochai la tête. Il s'installa et demanda à boire à un esclave en grignotant un gâteau au miel.

Ega et son époux venaient de s'allonger à la place d'honneur, sous le *flabellum* de plumes agité par un nègre.

Je me fis servir un cratère de vin. Il me changeait de celui des auberges, mais il était parfumé à la menthe, ce que je considère comme un manque de respect pour cette boisson des dieux et une hérésie capable de mettre en fureur Dionysos ou le plus humble de ses silènes.

Des servantes apportèrent les premiers mets ; cœurs d'artichauts à la crème, œufs durs, tranches de melon et autres préludes succulents auxquels je fis honneur.

J'attaquai une épaule d'agneau grillé au romarin quand mon jeune voisin m'interpella. La musique ayant pris de l'amplitude, je lui demandai de réitérer son propos. Il glissa sur sa couchette pour se rapprocher et haussa le ton.

— Je n'ai jamais eu le plaisir, me dit-il, de faire ta connaissance, mais je sais qui tu es, Aulus Laristal, de Tarquinii. Dame Ega m'a parlé de toi il y a quelques instants.

— Et toi-même ?

— Mon nom est Hocha, de la famille des Partunii. Mon domaine est voisin de celui de nos hôtes, sur le grand canal.

Loquace, il me confia que sa famille faisait commerce de bois de construction importé des côtes de l'Istrie et de la Dalmatie. Il avait son propre navire pour visiter les chantiers d'abattage.

Il ajouta :

— Sais-tu que, pour la plupart des gens qui nous entourent, ta présence à Spina constitue un mystère ?

— J'en ai déjà été informé, et cette invitation m'a surpris. J'en suis cependant honoré. Être, pour une soirée seulement, en aussi prestigieuse compagnie m'est agréable.

— Il ne tient qu'à toi de te mêler à notre société. Vivre comme un sage retiré du monde est un choix que je respecte. Les dieux nous ont tracé une voie, mais il n'est pas interdit d'en choisir une autre. Moi-même, si j'écoutais ma nature…

— Que veux-tu dire ?

— Que le négoce n'est pas une activité qui me convient. Si j'en avais eu le choix, j'aurais consacré ma vie à la piraterie. Cela te surprend ?

— Pourquoi le serais-je ? À ton âge, je l'ai moi-même pratiquée un certain temps.

Il s'approcha jusqu'à m'effleurer, écarta une joueuse de flûte et me glissa à l'oreille :

— Toujours en confidence, je m'y livre de temps à autre, à l'insu de ma famille, cela va de soi. Nos chantiers de Dalmatie ne sont que prétexte à satisfaire le besoin d'aventure qui m'obsède depuis ma jeunesse. Mes proies préférées sont les navires de Carthage. Dès qu'un de leurs bateaux passe à ma portée, je l'arraisonne, le livre au pillage, et la revente des esclaves à Chioggia me rapporte gros. Il y a des risques. Parfois il faut se battre, mais, à ce jour, les dieux m'ont été favorables.

— Je ne puis te juger, mais le trafic du bois devrait te suffire. Platon parle du négoce dans *La République*. Il a écrit…

— Fais-moi grâce de Platon ! Je n'ai pas ouvert un livre depuis que j'ai échappé à la férule de mon précepteur, et je m'en passe fort bien. Les seuls que je connaisse sont mes livres de comptes. Vive l'aventure, Aulus ! L'aventure et l'amour… Au diable la philosophie !

La présentation du paon revêtu de son plumage, portant haut sa petite tête à aigrette et sa queue en éventail, souleva des murmures flatteurs. Entouré d'un parterre de volailles à la chair suintante de graisse, il répandait de délicats effluves de chair grillée et de truffe. Les musiciens saluèrent le plat d'un crescendo tonitruant et de danses qui lui firent escorte jusqu'à la couchette de nos hôtes. Euphronios l'entama, distribua quelques morceaux autour de lui avant de l'abandonner aux autres convives. Je me contentai d'un pigeon au basilic, Hocha d'une moitié de chapon.

Il me cria en attaquant sa part :

— Aulus, mon ami, crois-tu aux augures ?

— Oui et non. Je tiens compte de leurs révélations dans la mesure où ils ne sont pas contraires à la raison, soit une fois sur deux, mais nous ne pouvons nous en passer. Les dieux nous parlent à travers eux et je les respecte. Je t'avoue qu'avant de quitter mon îlot de Strena j'ai interrogé Menerva. Elle m'a annoncé une soirée agréable et d'heureuses rencontres. Je suis comblé !

Le couple de quadragénaires qui se tenait à ma gauche ne semblait être présent que pour se remplir la panse. Ils mangeaient et buvaient comme s'ils venaient d'échapper à la famine, avec des grincements de mâchoires, des bruits de déglutition et des flatulences incongrues dont je dissipais les relents avec mon éventail.

Cette écœurante boulimie n'avait pas échappé à mon compagnon. Il lança d'une voix forte, destinée à être entendue de nos voisins :

— Ce repas n'est pas fait pour des porcs ! Le ventre plein, qu'ils retournent à leur bauge !

Il ajouta à mon intention :

— La maîtresse de maison devrait montrer plus de discernement dans le choix de ses invités. Je ne manquerai pas de lui en faire le reproche.

Il se redressa sur sa couche, saisit sa carcasse de volaille entamée et, par-dessus ma tête, la projeta dans l'assiette du goinfre, lequel, lui ayant jeté un regard furibond, le traita d'insolent. Le maître de cérémonie s'interposa pour ramener le calme et, après un bref conciliabule avec le couple, dit à Hocha :

— Tes voisins sont fort mécontents, mais ils consentent à considérer ton geste comme un enfantillage. Daigne leur présenter tes excuses et l'affaire sera close.

Indigné, Hocha répliqua :

— Mes excuses ? Ils pourront les attendre longtemps ! Ces gens sont des pourceaux. Leur place n'est pas dans cette assemblée.

Il fallut l'intervention de dame Ega pour éviter que cette querelle ne finît en pugilat. L'obèse ayant menacé Hocha de sa canne, ce dernier lui jeta le contenu de son cratère de vin au visage, tandis que sa femme s'égosillait pour réclamer du secours.

Je poussai un soupir de soulagement en constatant que le couple quittait les lieux, non sans emporter les reliefs de leur repas et quelques pâtisseries en jurant que cette affaire aurait des suites.

— Bon débarras ! cria Hocha. Allez vous vautrer ailleurs et faites-nous de beaux petits gorets bien roses !

Interrompue par l'altercation, la musique, sur un signe du maître de cérémonie, reprit de plus belle. Ega s'assit près de Hocha et le sermonna.

— Tu es allé trop loin, mon garçon. Cet incident risque de nous brouiller avec ces gens qui sont utiles à nos affaires. Je crains que mon époux ne refuse de te pardonner. Suis-moi !

Le visage encore rouge de colère, Hocha se leva et la suivit. Ils restèrent debout, face à face, sous un péristyle, se livrant à une sorte de ballet, agitant les bras, faisant mine de se séparer, puis revenant à la charge, tête en avant, pareils à des fauves. À son retour, encore frémissant, Hocha me confia que l'affaire se réglerait à l'amiable ; un cadeau à la femme suffirait.

— Tout est bien qui finit bien, lui dis-je. Parle-moi d'Ega. Elle n'a pas l'air d'une femme ordinaire.

— Elle ne l'est pas, je puis en témoigner…

Sans que je l'en eusse prié, il me raconta qu'Euphronios l'avait découverte dans le port d'Emporiae, sur la côte ibère, une vingtaine d'années auparavant, alors qu'il négociait l'achat d'un navire. Ce n'était alors qu'une esclave, mais qui jouissait des faveurs de son maître. Euphronios l'avait achetée pour une forte somme et, veuf depuis peu, l'avait ramenée en Vénétie pour en faire sa favorite puis son épouse, ce qui avait soulevé une vague d'indignation dans la bonne société de Spina.

— Telle que tu la vois aujourd'hui, ajouta Hocha, elle n'est que le reflet de ce qu'elle était. À ce qu'on m'a dit, il n'y avait pas de plus belle femme entre Chioggia et Ravenna. Elle a toujours eu de nombreux soupirants, et j'en ai fait partie. Il faut dire que son vieil époux ne se montre guère assidu auprès d'elle. Il ne lui propose que des flammèches, alors que c'est d'un brasier de passion dont elle a besoin. J'avais de quoi l'alimenter, et aujourd'hui encore… mais le temps a fait son œuvre.

J'attribuai au vin, dont il avait abusé, cette propension à se livrer qui me choquait un peu mais me flattait et m'intéressait. Il ajouta :

— Nous n'avons pas rompu. Nos rapports se bornent désormais à de banales coucheries dans des lieux de hasard, mais notre amitié est demeurée intacte.

Au milieu de la nuit, alors que la brise brassait les ramures de l'eucalyptus et des peupliers, un groupe de danseuses surgit. Je n'en fus pas surpris. À Tarquinii, puis à Rome et en d'autres villes, j'avais déjà assisté à ce genre de festins qui tournaient souvent à l'orgie, vulgaire chez les Romains, raffinée chez les Étrusques, et y avais pris plaisir, conscient que les dieux, en nous donnant l'exemple de leurs turpitudes, nous exonèrent de tout scrupule.

C'est sur le bord du Tibre que je me suis initié à l'inversion sexuelle sans pour autant en faire une pratique courante. J'avoue avoir apprécié ces échanges virils, malgré l'impression d'inachevé qu'ils engendrent. Des débats amoureux auxquels je me suis livré durant quelques mois avec un éphèbe de mon âge, Sergius, fils d'un fonctionnaire du Sénat, je garde un goût âpre. Ils m'ont fait comprendre que seules les femmes peuvent répondre pleinement à nos désirs.

Les esclaves ayant volontairement négligé de renouveler l'huile, les lampes n'empêchaient plus la pénombre, propice à l'orgie, de se répandre.

Le maître de maison et son épouse s'étaient discrètement retirés, peu avant la fin des agapes. Hocha persistait à s'enivrer, et, comme si ma présence lui eût soudain échappé, il me tournait le dos et s'entretenait à voix basse avec un adolescent roux et chevelu comme un Celte, qui le caressait sous sa tunique. Une danseuse s'en prit à moi et, en dépit de mes réticences, poursuivit ses agaceries, fouillant sous ma robe et jouant avec mon pénis. Il montait autour de moi, par bouffées, des odeurs de chairs moites.

Nous n'étions plus qu'un petit groupe de convives, hommes et femmes, jeunes pour la plupart, qui se prenaient les uns les autres en toute liberté, dans une rumeur de gémissements et de rires étouffés. Groupés sous l'auvent du fond pour finir leur soirée, des couples âgés discutaient, chantaient ou déclamaient des poèmes, indifférents à nos jeux pervers. Je me dis que ma place était parmi ces gens mais, à demi enfoui dans les coussins, je me sentais comme rivé à ma banquette.

Ma virilité en éveil, je donnai à ma partenaire le plaisir qu'elle attendait de moi, et j'en fus assez fier. En revanche, lorsque Hocha me sollicita pour participer à une partie triangulaire avec son Celte, je refusai. À moitié ivre, encore embrumé de plaisir, enveloppé dans ma couverture, j'allai m'allonger sur la pelouse, malgré les odeurs de vomi. Les yeux à peine clos, je sombrai dans le sommeil.

Combien de temps ai-je dormi ? Je ne saurais le dire. Quand Hocha me réveilla, il faisait froid et humide, la pelouse exsudant sa rosée.

— La fête est finie, me dit-il d'une voix pâteuse, et le jour va se lever. Veux-tu que nous marchions ? Un peu de fraîcheur nous remettra les idées en place, et j'ai à te parler.

Il m'aida à me lever et me soutint par les épaules jusqu'au bord du canal. Des pêcheurs dans leurs barques, lampe encore allumée, revenaient du port et voguaient vers le marché dans une brume légère. L'« aurore aux doigts de rose » dont parle Homère commençait à poindre sur la mer. C'était l'heure où Péga et Gouma remplissaient leur embarcation de leurs produits et où mes bêtes réclamaient leur pâture.

J'allais refuser à Hocha de lui tenir compagnie, quand, me prenant le bras, il me dit :

— J'ai des choses importantes à te confier, mon ami. Avant ma querelle avec les obèses, je me suis entretenu de toi avec Ega, et j'ai appris les raisons qui ont incité Euphronios à t'inviter à cette soirée.

— Pourquoi ne m'en a-t-il pas informé lui-même ?

— Il souhaitait d'abord te voir de plus près et savoir si tu serais digne des projets qu'il nourrit à ton sujet. Je peux te dire que tu as produit sur lui le meilleur effet.

— Parle plus clairement, Hocha. De quels projets s'agit-il ?

Il me rappela que la Vénétie, épargnée à ce jour par les ruées gauloises et romaines, était sur le qui-vive. La semaine précédente, des hordes gauloises avaient été signalées dans la vallée du Pô et aux environs de Mantova, soit à quelques journées de marche de Spina. Les édiles de toutes les villes côtières frisaient la panique.

Il ajouta :

— Ils veulent s'emparer de nos villes, Spina, Chioggia, Adria et Ravenna, avant de marcher sur Rome.

— Je le regrette, mais qu'y puis-je ?

— Tu y peux beaucoup, Aulus ! Le bruit de tes états de service dans les légions romaines est parvenu aux oreilles d'Euphronios. Tu t'es conduit, paraît-il, en héros.

— C'est exagéré. Je n'ai servi que quelques mois et je n'ai pas eu droit au triomphe sur le forum. Précise ta pensée.

— Les autorités de Spina sont décidées à faire appel à toi pour organiser la résistance. Nous n'avons pas d'armée, tu le sais, et notre milice n'est bonne qu'à donner la chasse aux brigands. Euphronios te convoquera sans tarder. Que lui répondras-tu ?

J'éclatai de rire.

— Que veux-tu que je lui réponde ? Je n'ai plus aucune compétence pour assumer une telle tâche, et d'ailleurs mon âge me l'interdit. Si je dois affronter ces barbares, je défendrais mon petit domaine du mieux que je pourrais. Quant à faire office de chef d'armée, c'est une autre affaire ! Et d'ailleurs, cette armée, où va-t-on la trouver ? Et les équipements ?

— C'est l'affaire des autorités lucumonales. Prends le temps de réfléchir, mais dis-toi que les jours nous sont comptés et que tu es le seul qui puisse nous tirer d'embarras. Cela dit, salut ! Nous ne tarderons pas à nous revoir.

Il posa ses mains sur mes épaules et déposa un baiser sur mes lèvres.

Alors que je m'apprêtais à restituer ma tenue de gala et à récupérer mes hardes, mon attention fut attirée par une voix. En me retournant, j'aperçus dans le demi-jour une masse confuse, agitée de gestes violents accompagnés de cris et de vociférations. À mon approche, trois ombres sautèrent dans une barque et s'éloignèrent précipitamment, laissant leur victime sur les planches. Je n'eus pas de peine à reconnaître Hocha. Il était vivant mais en proie à des convulsions.

Je l'aidai à se relever. Il tenait à peine sur ses jambes et me dit dans un halètement :

— C'est un coup du pourceau ! Il veut ma mort. Si tu n'étais pas intervenu, ces brigands m'auraient massacré. Aide-moi à revenir chez moi.

— D'où souffres-tu ?

— De la tête, des jambes, de partout ! Ils m'ont brisé des côtes et m'ont assommé. Cela se paiera, tu peux en être sûr… Quant à toi, prends garde. Tu n'échapperas pas à cette vengeance.

Je confiai Hocha à ses domestiques et me précipitai chez Euphronios, alors que, les derniers convives partis, on s'apprêtait à fermer les portes. Je demandai à un esclave d'aller réveiller son maître pour lui raconter l'attentat dont j'avais été témoin. Il s'en montra outré, jura que ce méfait aurait son châtiment et alla finir sa nuit. Je repris mes effets et me fis reconduire en barque à Strena alors que le soleil était au zénith.

Une terrible surprise m'y attendait.

Me considérant comme complice de sa querelle avec Hocha, le pourceau avait envoyé ses nervis ravager mon petit domaine. Ils avaient assommé mon chien, raflé quelques oies et des lapins, saccagé mon jardin. Dans ma masure, ils avaient renversé ma table de travail, fracassé mon amphore d'huile, bu mon vin et pillé ma réserve de vivres.

J'étais à ce point harassé que je me laissai choir sur ma couche et m'endormis, remettant à plus tard le relevé des dégâts. Je dormis comme une pierre jusqu'au soir. Mon chien avait survécu ; c'est lui qui m'éveilla.

Le lendemain, je me rendis à Spina pour me réapprovisionner et prendre des nouvelles de Hocha. Je le trouvai alité, la tête bandée, sa jambe brisée dans une éclisse, mais encore animé par une colère qui s'enflamma de plus belle lorsque je lui racontai l'attentat dont j'avais été victime.

— Ce brigand ! s'écria-t-il. S'en prendre à toi alors que tu n'es pour rien dans cette affaire…

Il prit un air mystérieux pour me dire que sa propre vengeance était prévue et que je n'allais pas tarder à en entendre parler. Il ne m'en dit pas plus, mais, quelques jours plus tard, j'appris par Péga que l'entrepôt de céréales de l'obèse avait brûlé pour des raisons inconnues et qu'il était fou de rage.

Lorsque je retrouvai Hocha dans sa chambre, je lui fis part de mes craintes d'une escalade. Il me rassura :

— Il n'en fera rien, Aulus. Ce pourceau est un lâche. La leçon lui aura été profitable. S'il s'obstine, je le tue.

Il se proposa de me dédommager de mes pertes ; je refusai.

Plus tard, il me demanda si j'avais réfléchi à l'idée d'Euphronios. Je ne sus que lui répondre. Si je ne tenais pas à risquer ma vie dans un nouveau combat, je me refusais à donner de moi l'image d'un lâche. J'avais interrogé Menerva entre deux fumigations et n'avais obtenu qu'une réponse dilatoire. Je songeai à consulter l'haruspice Ramthas et à sacrifier un mouton pour chercher une réponse à mon dilemme dans ses entrailles, puis y renonçai devant les dépenses qu'engageait cette pratique aléatoire.

Moins d'une semaine après l'attentat dont j'avais été la victime, les choses étaient rentrées dans l'ordre, avec le concours de Péga et de Gouma. J'avais eu du mal à reconstituer mes dossiers, en raison de l'état pitoyable de certaines pièces que mes agresseurs avaient souillées d'urine. Je trouvai dans une boutique de Spina des feuillets de papyrus, une plante que des propriétaires cultivaient dans les marécages, et me remis au travail, comme si la menace de l'invasion n'était plus qu'un souvenir.

Ce en quoi je me trompais.

4

Ici étaient des villes

J'ai évoqué les origines de Rome ; il me reste à faire de même pour celles de ma race.

Que l'on imagine la surprise des tribus primitives devant l'irruption sur leurs terres, au cœur de la péninsule encore sauvage, de ces navigateurs venus d'un autre monde avec leur langue, leurs coutumes et leurs croyances ! Auraient-ils brandi leurs haches de pierre contre les armes de fer et les cuirasses des migrants, c'eût été un massacre, prélude à un génocide. Soumises puis absorbées par leurs conquérants, ces peuplades accédèrent à leur corps défendant à la civilisation que les colons apportaient avec eux.

Les tribus firent place à des bourgades, les bourgades à des villes, et ces villes prirent des noms que l'histoire allait pérenniser. Les vastes espaces sans nom du centre de la péninsule allaient devenir l'Étrurie alors que Rome n'existait pas encore.

Cette migration d'un groupe de Lydiens affamés, évoquée dans un précédent chapitre, était le résultat d'une suite de séismes. Sur les frontières de l'Asie, la guerre de Troie achevée, des invasions barbares avaient consommé la ruine de ces contrées prospères. Les galères égyptiennes avaient sombré sous le coup des autres peuples de la mer, Grecs, Phéniciens et Carthaginois. Les armées du roi de la Perse, Cyrus, déferlaient sur l'Occident.

J'ignore dans quel état d'esprit se trouvaient nos ancêtres en abordant la péninsule. Une rude tâche les attendait sur ces terres vierges à mettre en culture, entre l'Arno et le Tibre, entre montagnes et forêts, autour des lacs nombreux dans ces parages. Il leur fallut, je suppose, des décennies d'efforts surhumains pour faire de ces déserts une terre au climat rude et capricieux mais fertile. L'histoire (ou la légende) a gardé le nom d'un de leurs chefs, Tyrrhénus. Il allait donner son nom à la mer Tyrrhénienne, notre peuple occupant la façade occidentale de la péninsule. On dut attendre des siècles pour que, des douze villes principales unies en une confédération, la Dodécapole, puisse naître un semblant de nation prête à défendre des limites territoriales floues.

J'ai la fierté de savoir que la première cité digne de ce nom fut celle de mes aïeux, Tarquinii. Un mythe a persisté dans cette ville. Alors qu'elle n'était qu'un hameau, un mystérieux personnage lui aurait donné son essor.

Un matin d'automne, un laboureur était à sa charrue, quand il faillit, sous le coup de la surprise, lâcher ses mancherons et abandonner ses bœufs. Il venait de voir surgir d'un buisson de bruyère un nabot en train de croquer une pomme. Son visage, creusé de rides, lui donnait un âge avancé, démenti par le reste de sa personne à l'allure juvénile. Ce vieillard-enfant dit au laboureur :

— Mon nom est Tagès. Je ne te veux aucun mal. Ce sont les dieux qui m'envoient auprès des tiens et de ta tribu. Tu vas réunir tout le monde. J'ai à faire des révélations dont dépendra l'avenir de cette région.

Le paysan obéit mais, dès qu'il arriva, précédant le nain, en vue de la bourgade, les habitants affolés s'enfermèrent dans leurs maisons. Le nain demanda à voir le premier magistrat, Tarchum, qui consentit à le recevoir et, à sa demande, qui obligea la population à se réunir sur la place centrale. Assis sous un mûrier, Tagès leur tint ce discours dont j'ai retrouvé le texte gravé sur une plaque d'argent dans mes documents :

— Ne croyez pas, dit Tagès, que le hasard ait guidé vos pas dans cet endroit. Il a été choisi par ceux qui m'envoient et auxquels je dois rendre compte de ma mission. Sachez que ce genre de révélation n'est donné qu'à ceux qui la méritent…

À la demande de Tarchum, il avait consenti à évoquer ses origines ; il était le fils du dieu Génie et le petit-fils du maître des orages, Tania, dont les Romains ont fait Jupiter. Il insista sur l'obligation de révérer les dieux et de consulter les haruspices, détenteurs des secrets de l'univers, et termina son discours par cet épilogue :

— Votre ville va connaître un grand destin, mais il faudra prendre une charrue et en tracer les limites par un sillon. D'autres cités naîtront de son exemple, comme des bourgeons d'une même branche. Ne prononcez jamais mon nom, sous peine d'être foudroyé et de voir retirées les faveurs des dieux à votre communauté. Dites simplement, en parlant de moi, l'Envoyé…

« À la stupéfaction de l'assistance, écrit l'auteur de ce récit, l'Envoyé fut soudain enveloppé d'une brume épaisse ; quand elle se dissipa, il avait disparu, et il ne restait à sa place qu'une pomme à peine entamée. »

On peut de nos jours, et depuis des lustres, prononcer le nom magique de Tagès sans risquer la mort. Le vieillard-enfant, symbole du passé et de l'avenir, aurait eu plaisir à constater l'énergie déployée par les pionniers de l'Étrurie. Alors qu'à Tarquinii on dressait, à l'entrée principale, une porte colossale, faite de blocs cyclopéens, qui a résisté au cours des siècles aux envahisseurs, Rome se battait pour élargir sa sphère d'influence.

Après la mort des fils de la Louve, Tarquinii, assurée de la faveur des dieux, connaissait un développement foudroyant. Elle exploitait la moindre parcelle cultivable et, persuadée qu'une grande partie de son destin se jouait sur la mer, elle construisait un port qui allait devenir Graviscae.

Nos premiers édiles avaient compris qu'il fallait rompre avec le monopole de l'huile d'olive, détenu par les Grecs, et assurer notre production. Il fallut attendre des années avant que les pressoirs ne fonctionnent.

Le premier moulin à huile fut inauguré avec faste. Quelques mois plus tard, durant une nuit sans lune, un groupe de brigands pénétra dans le local abritant le pressoir, massacra le gardien et les ânes, puis fracassa le moulin. On parvint à rattraper un de ces énergumènes. Pour garder la vie sauve, il révéla le pot aux roses ; cette expédition avait été organisée par un groupe de marchands grecs d'Alalia, en Corse.

Les Étrusques de Tarquinii et d'autres cités allaient avoir d'autres occasions de démontrer, par leur esprit d'initiative et leur énergie, qu'ils honoraient la confiance des dieux.

Des générations de Rasennas, nos ancêtres étrusques, ont prouvé que les armes ne sont pas le moyen le plus efficace pour s'assurer puissance et prospérité. La terre était leur mère nourricière ; la mer leur ouvrirait de nouvelles perspectives, mais ils allaient avoir affaire à de redoutables concurrents : Phéniciens, Carthaginois, Grecs... L'exemple leur était donné par les Phocéens qui avaient créé sur la côte des Ligures un port de première importance, Massalia.

Mes documents restent muets sur la chaîne de rois qui ont succédé à Tarchum. Peut-on, d'ailleurs, parler de rois à propos de représentants de grands propriétaires terriens ? Y avait-il, d'ailleurs, un gouvernement central capable d'assurer des relations suivies entre les douze cités principales de la confédération ? Tout ce que m'apprennent mes archives, c'est que, chaque année, à la même date, les dirigeants de ces villes se réunissaient à Volsinii pour la cérémonie dite du *forum Vultumnae*, assortie de sacrifices et d'offices religieux dans le temple de Tinia, dieu des orages. J'y assistai dans ma jeunesse, ma main dans celle de mon père, lucumon de Tarquinii.

Un mot des lucumons. C'étaient des chefs de grandes familles ou de clans, des magistrats suprêmes, reconnus de la communauté pour leur sagesse et leur fortune. J'ai relevé quelques appellations de leurs subordonnés, selon leurs fonctions spécifiques : *zilath*, *praetor*, *marus*, des titres dont la signification m'échappe…

Volsinii rivalisait de puissance avec Tarquinii et Véies. Gardienne du sanctuaire confédéral et de nos traditions civiles et religieuses, elle pouvait s'enorgueillir de ses somptueuses demeures patriciennes dominant le lac de Bolsena et de ses îles volcaniques où l'on situe la demeure de Charun, dieu des morts, et de ses séides infernaux.

Par devoir et par plaisir, j'eus à diverses reprises l'occasion d'effectuer des promenades dans la ville et ses environs, où domine, dans un paysage tourmenté, l'exploitation des châtaigneraies et des oliveraies. Un jour d'automne, alors que je traversais cette petite mer intérieure, je fus surpris par une tempête qui faillit renverser ma barque et me livrer aux mains de Charun.

Il émane encore aujourd'hui de ces lieux, alors que Volsinii est à l'état de ruine, une impression de mystère sacré à la fois fascinant et rebutant, comme si les dieux infernaux l'avaient marqué à jamais d'une empreinte indélébile.

Lorsque les légions de Rome ont soumis cette ville, leur premier soin a été de la piller de fond en comble, sans oublier la nécropole. Vases grecs et étrusques, statuettes de bronze, bijoux et objets sacrés ornent aujourd'hui les résidences patriciennes de Rome.

Peu avant ces événements, je fus reçu par une des grandes familles de la ville, dans leur demeure secondaire, au bord du lac, entre de gigantesques convulsions rocheuses. Je garde de cette soirée sur la grande terrasse un souvenir de joie intense mêlée d'amertume. Malgré la présence des musiciens et des danseuses, le festin rappelait une cérémonie funèbre. Je pris ma part de plaisir au cours du repas somptueux et de l'orgie qui l'accompagnait, mais je devinais sous ce faste la décadence et l'adieu. Les menaces de Rome se précisaient. On avait vu passer sur la rive du lac des groupes patibulaires. Moins d'un an plus tard, c'était la fin. Les habitants de Volsinii, dépouillés par les armes de leurs demeures et de leurs terres, avaient été contraints à l'exil.

Du temple de Volumnae, siège du Forum confédéral, il ne restait que quelques colonnes et une carcasse hantée par des sauvagines et des reptiles, et de cette civilisation séculaire qu'une image symbolique ; un zodiaque incrusté dans la muraille du temple. Il m'apprit que la vie d'un homme est de sept fois douze ans et que le monde a une durée de vie de douze millénaires…

Véies n'est éloignée de Rome que d'une journée de cheval. Cette proximité allait décider de sa perte.

Dans cette ville, située sur une colline escarpée surplombant le cours de la rivière Crémère, on célébrait jadis le culte de la déesse Uni, la Junon des Étrusques. On y entrait par une porte cyclopéenne, ornée de têtes de lions, égale en puissance à celle de Tarquinii. Impuissants à la forcer, les Romains pénétrèrent dans la ville par le temple d'Uni.

La cité tenait en partie sa réputation de son site agreste et de ses eaux thermales réputées dans toute la péninsule contre l'obésité, maladie endémique du peuple étrusque. On y menait joyeuse vie. Une autre partie de sa richesse lui venait des salines qu'elle possédait à l'embouchure du Tibre.

Les démêlés de Véies, cité pacifique, avec sa turbulente voisine étaient monnaie courante, mais ce n'était rien d'autre que des escarmouches entre postes frontaliers pour la possession d'une cité voisine, Fidenae. Les Romains avaient conquis cette place sans coup férir, mais la population s'était rebellée et les avait chassés.

Prendre d'assaut Véies, fortement campée entre murailles et falaises, était illusoire, mais les Romains n'y avaient pas renoncé. Ils mirent plus de dix ans à s'en rendre maîtres.

Ville mère de l'Étrurie, Tarquinii n'allait pas tarder à attirer elle aussi la convoitise de Rome.

Mon plus lointain souvenir concerne une visite, faite en compagnie de mon frère Verthur, à notre temple dit de l'Ara. J'étais resté figé de stupeur devant un groupe de chevaux de terre cuite aux couleurs vives, posés devant l'autel, ailes déployées. Malgré le silence et les odeurs d'herbes aromatiques montant des trépieds, l'émotion que je ressentais n'était pas d'ordre religieux mais profane. Ces chevaux ailés semblaient prêts à m'emporter dans leur course sans retour, le long de la plage puis à travers les nuages. J'y rêvais des nuits durant.

J'ai grandi à Tarquinii dans une famille dont la modestie n'était pas la qualité majeure. Il est vrai que nous étions les principaux détenteurs de la richesse et du pouvoir, grâce au fer de l'île d'Elbe, aux fonderies de Populonia et aux salines côtières. Le port de Graviscae nous devait la plus grande part de son trafic. Notre père répondait aux jalousies des autres familles par une morgue insupportable et traitait sa propre famille comme ses esclaves.

Installée sur l'emplacement primitif de Corneto, la ville s'étale sur une vaste colline dominant d'immenses espaces de plaine littorale et de salines bordés de falaises de marbre blanc. Dans ma jeunesse et mon adolescence, j'ai passé des heures à galoper à cheval entre les marais salants ou à rêvasser sous les tamaris en regardant passer au loin, cinglant vers la Corse, des galères grecques ou carthaginoises.

C'est dans ces parages, un soir d'été, alors que le crépuscule embrasait la mer, que j'ai connu mes premiers émois sensuels. Une patronne d'auberge de type africain s'est fait un plaisir de me déniaiser sur son grabat. Personnage singulier, elle constituait à elle seule un répertoire de toutes les langues pratiquées dans la Méditerranée. Cette initiation me fut si agréable que je ne manquai aucune occasion de la perfectionner, jusqu'au jour où mon père, informé de mes frasques, y mit bon ordre. Le fouet me fit comprendre que tout plaisir a son prix.

Par orgueil autant que par intérêt, mon père savait recevoir. Les soirs où il offrait un festin à ses invités on m'envoyait coucher de bonne heure. Je m'endormais dans une rumeur de musique, de chants et de rires. Une nuit, après avoir satisfait un besoin naturel, j'ouvris ma fenêtre donnant sur le jardin, et ce que je vis m'emplit de stupeur. Sous les auvents de toile, dans la pénombre, l'orgie battait son plein.

Cette période de déliquescence marquait la fin d'une civilisation heureuse, mais nul autre Tagès ne surgirait de la bruyère pour nous annoncer une nouvelle ère de prospérité. La guerre allait bientôt déchaîner ses démons sur mon paradis d'enfance, mais j'étais alors à Rome ou je ne sais où, loin en tout cas de Tarquinii et de ma famille.

J'aurais aimé parler longuement des autres villes de notre confédération étrusque alors qu'elles étaient à l'apogée de leur puissance, avant de sombrer dans la décadence et la ruine, mais il faudrait leur consacrer des livres, et les documents dont je dispose ne sont guère loquaces à leur sujet. Je me contenterai d'en effleurer l'histoire.

Dans la nécropole de la belle Cisra, on trouve encore de nos jours, respectées par l'envahisseur, des hypogées fort anciens, dont certains sont encadrés de hauts phallus de pierre noire qui laissent supposer l'existence de rites consacrés aux dieux de la fécondité plus qu'à ceux du plaisir. J'ai découvert cette cité morte dans la stridence des cigales et l'odeur des fleurs dont elle est couverte. Son port rivalisait naguère avec le nôtre. Il était réputé pour ses bordels où mon frère aîné, Verthur, allait sacrifier à Turan-Vénus avant de partir pour les îles de la mer Égée.

J'ai peu connu Velathri, sinon par un séjour d'une semaine que j'y fis dans la famille des Cecina, nom éponyme de la rivière voisine. Cette ville, fière et austère, est nichée sur un piton volcanique témoin des convulsions telluriques de la contrée. Du haut de ses falaises et de ses murailles vertigineuses, on découvre à perte de vue un paysage tourmenté, entre la mer et les monts Apennins.

C'est là que j'ai rencontré, peu de temps après l'invasion romaine, dans une grotte de la montagne, un personnage des plus singuliers. Encore dans la force de l'âge, vivant nu et barbu jusqu'au nombril, il proclamait son aversion pour les Romains au point de refuser de parler leur langue. Ce qui me confirma dans l'idée qu'il avait perdu la raison, c'est la cachette qu'il me révéla dans une faille contenant des armes destinées, me dit-il, à reconquérir son patrimoine…

Je ne garde que peu de souvenirs de ma dernière visite à Vulci, avant sa mise à sac par les légions. Cette ville en forme de forteresse, dans une position identique à Velathri, au-dessus du torrent Fiora, possède entre autres curiosités un labyrinthe creusé à même le tuf, la Cucumella. Mon guide ayant refusé de me suivre, je m'y engageai seul, à la légère, avec une lampe à huile, et faillis n'en jamais sortir. Il me raconta qu'on avait récemment procédé à l'ouverture d'une tombe. On y avait trouvé intact, allongé sur une banquette de pierre, avec des cheveux et des ongles démesurés, un soldat entièrement équipé et armé. En quelques instants, il avait été réduit en poussière par l'air du dehors.

5

Batailles dans les marais

Ce matin, le soleil avait du mal à s'extirper du brouillard stagnant, si épais que je ne voyais passer sur le chenal que les ombres spectrales de rares pêcheurs d'anguilles allant relever leurs casiers dans les vasières. Il ne me restait plus de pain, mais j'hésitai à prendre ma barque pour aller m'en procurer à Spina, les brumes d'été étant réputées favorables aux fièvres.

Ce n'est qu'au milieu de la matinée, alors que j'achevais la partie de mon récit relative à ce que j'appelle les « villes du silence », tant celui qui y règne est poignant, que Péga est venu me rendre visite.

Il venait de livrer quelques moutons et des oies à la famille des Partunii, dont on allait marier une fille. Il s'était attardé, sur le chemin du retour, à l'auberge de Photidès. On n'y parlait que de la menace que les Gaulois faisaient peser sur la vallée du Pô et toute la Vénétie. Je lui demandai ce qui ressortait de ces discussions.

— Que veux-tu que je te dise ? On m'a dit… Il se pourrait… Il paraît… Aucun de ces ivrognes n'était capable de rapporter le moindre témoignage indubitable ! J'ai bien envie de remonter le Pô pour savoir de quoi il retourne !

Il a ajouté en se servant un gobelet de mon vin :

— Toi qui as des connaissances en histoire, qu'est-ce que tu penses de la situation ? Est-ce qu'il y a des raisons d'avoir la frousse ?

Je ne pouvais que lui répondre que mon expérience m'incitait à imaginer le pire. Il a ajouté :

— Et ta confidente, Menerva, qu'est-ce qu'elle en dit ?

J'ai protesté.

— Crois-tu qu'elle soit en permanence à l'écoute du simple mortel que je suis ? Elle a d'autres chats à fouetter, ou des caprices, comme toutes les femmes. Elle me parlera quand elle le voudra.

J'ai évoqué en revanche la proposition des édiles, transmise par Hocha, de constituer une armée et d'en prendre la tête pour défendre la ville et ses alentours. Il a éclaté de rire puis a ajouté d'une voix grave :

— À tout prendre, c'est une bonne idée. Tu es le seul qui puisse nous sauver, mais tu auras du mal ; nous n'avons pas d'armée et pas la moindre muraille pour nous protéger de ces sauvages ! Quoi qu'il en soit, tu peux compter sur moi. Je me battrai à tes côtés, et foutre ! s'il faut mourir, nous mourrons ensemble, les armes à la main…

Dans la soirée, le temps ayant retrouvé sa limpidité, je sautai dans ma barque pour me rendre en ville faire quelques emplettes et m'informer de la situation en amont du Pô.

Le boulanger Soustro était en train de fermer sa boutique, le mariage des Partunii ayant absorbé toute sa production et une fournée supplémentaire. Je n'obtins qu'une moitié de miche rassie qu'il ne me fit pas payer.

— Reviens demain, me dit-il, tu auras du pain frais.

Dans les parages de la demeure patricienne des Partunii, la fête battait déjà son plein. Il en montait des musiques et des chants ; des groupes d'esclaves déguisés en sauvages d'Afrique, aux masques de bois coloriés, importunaient les femmes en agitant des grelots de cuivre. Sur le chenal longeant le palais de la mariée s'alignaient des barques ornées de fleurs et de verdure, chargées de joueurs de flûte double et de tambourin. Debout à l'avant de l'une d'elles, une grande fille nue, couronnée de roses, jetait à la volée, sur les passants et sur le fleuve, des poignées de pétales.

Me souvenant de la promesse faite à Hocha de lui donner la réponse qu'attendaient le lucumon Euphronios et les notables, je me rendis à sa demeure, proche de celle des Partunii, sur le grand canal.

Il était absent. Parti de bonne heure, me dit-on, pour la chasse aux hérons pourprés et aux gravelots, dans une grande île de la lagune, il ne serait pas de retour avant la tombée du jour et aurait à se préparer pour la noce. Cette absence me laissait un répit bénéfique ; je n'étais toujours pas certain de la réponse que j'allais lui donner…

On me proposa de l'attendre. J'en profitai pour visiter une parcelle du domaine de sa famille, les Partunii, sur la grande île de Salinas.

Dès son arrivée, Hocha, à peine descendu de cheval et avant même de se livrer à sa toilette, nous fit servir à boire et me demanda si j'avais vaincu mes incertitudes et pris un parti. Penaud, je me tirai d'affaire en lui disant que je ne déciderais de mon comportement qu'en cas de certitude quant au danger qui nous menaçait.

— Eh bien ! me dit-il, te voilà au pied du mur. L'ennemi est aux portes de Mantova et ne va pas en rester là. Dois-je te rappeler que cette cité est à deux jours de cheval de Spina ? J'attends de toi une réponse sans ambiguïté ; c'est oui ou c'est non ?

Je m'entendis soupirer :

— C'est oui.

Il s'écria en trinquant :

— Je n'en attendais pas moins de toi, Aulus ! Je sais que ce n'est pas la peur qui te faisait hésiter mais le doute sur tes compétences et les moyens que nous avons à te proposer. Dès ce soir, Euphronios sera prévenu de ta décision. Reviens demain matin, nous prendrons notre repas ensemble. Je te transmettrai les dernières consignes et tu m'exposeras ton plan. Laisse-moi à présent. Je dois me préparer pour les agapes de ce soir.

Le lendemain, il avait fait dresser une table sous une charmille, dans le chant des cigales et des merles. La matinée était radieuse. De grosses bouffées de vent de mer qui sentaient le goudron nous venaient de la côte. Le vin qu'il nous fit servir était un de ces falernes de Campanie que l'on ne consomme que dans les grandes occasions.

— À l'heure qu'il est, me dit-il, Euphronios a envoyé son intendant s'occuper de la levée des troupes. Il est trop tôt pour estimer les résultats, mais je sais que les grandes familles ne rechigneront pas à nous confier des esclaves auxquels tu devras apprendre à se battre. Les fils de ces familles seront tes officiers.

— Les armes, où les trouverez-vous ?

— Là encore, aucune inquiétude à avoir. Nous allons en faire une réquisition générale dans toute la ville, y compris les quartiers populaires. Tout sera bon à prendre, même les frondes !

Il posa sa main sur la mienne.

— Aulus, me dit-il, j'ai rêvé cette nuit que nous nous battions toi et moi côte à côte et que les cadavres des Barbares s'entassaient autour de nous, comme Hector et Énée devant Troie. Peut-être est-ce un rêve prémonitoire envoyé par les dieux.

Je lui racontai que Péga partageait la même intention. Cela me rassurait. Hocha mangeait avec une délicatesse aristocratique, un peu féminine, faisant jouer, dans l'ombre pailletée de soleil, le feu de ses bagues et du gros cabochon qui ornait sa poitrine nue. Son visage long et mince d'Étrusque, laqué d'une sueur légère et encadré d'un discret collier de barbe brune, gardait une immobilité de statue, sauf lorsque le rire décontractait ses traits, et il riait souvent, aux éclats. Une idée salace m'effleura : si, pour conclure notre accord, il me demandait de le suivre dans sa chambre, aurais-je cédé ?

Il me parla des agapes de la soirée précédente, qui s'était achevée sagement à minuit, sans être suivie d'orgie, ce qui expliquait qu'il eût le teint frais. Je lui demandai des nouvelles du *pourceau*. Il balaya ma question d'un revers de main. Ils n'avaient pas échangé un mot ; l'affaire était close.

Il ajouta :

— Nous tiendrons un conseil de guerre demain, en début d'après-midi, dans la maison commune. Sois présent. Nous avons décidé d'une tactique ; marcher sur l'ennemi plutôt que de l'attendre.

— Eh bien, soit, je serai des vôtres…

J'ai quitté Hocha dans la grosse chaleur de l'après-midi en méditant sur la tactique envisagée.

Elle était dictée par la sagesse. Attendre l'ennemi à nos portes eût été risquer de le voir dévaster les domaines d'alentour. Le laisser faire le siège de la ville eût été absurde ; nous n'avions pas, comme la plupart des autres villes de l'Étrurie, des défenses susceptibles de contenir son élan. Je passai la nuit à étudier les moyens de développer cette stratégie de manière à nous occasionner le moins de pertes possible. Nous devions tenir compte que, dans le delta, cette grosse éponge peu propice aux mouvements de troupes, nous n'étions pas en rase campagne et sur la terre ferme. Il faudrait s'avancer jusqu'à la limite où le Pô, avant de se disperser dans la lagune, présente des conditions de combat favorables.

Ce sont les arguments que, à sa requête, je présentai, le lendemain, à l'assemblée des grands propriétaires et au lucumon Euphronios, assis dans un fauteuil d'osier matelassé de coussins. Ils furent loués et acceptés avec des ovations flatteuses.

Les nouvelles alarmantes que l'on avait reçues dans la matinée imposaient une préparation rapide, les premiers éléments de la horde ayant atteint le village de pêcheurs de Polesella. De toute évidence, l'ennemi avait prévu la prise de Spina et des autres villes de la côte, avant de fondre sur Rome. Il nous restait moins d'une semaine avant qu'il ne fût en vue de notre cité. Nous devions nous préparer dans les plus brefs délais à lui faire barrage.

Je précisai ma tactique : installer un avant-poste de quelques dizaines d'hommes à l'avant du delta, dans le village de Taglio, avec pour seul but de retarder l'avancée de la horde. Ces premiers défenseurs se replieraient après de brefs combats. Mon projet consistait à échelonner de petits groupes le long du fleuve pour harceler l'ennemi. Il faudrait avant tout éviter une bataille rangée ; nous aurions succombé sous le nombre.

Je fus chargé de sacrifier une demi-journée pour aller inspecter les lieux, en compagnie de Hocha. Nous partîmes à cheval pour Taglio, sous une fine pluie d'été. Informés de notre stratagème, la plupart des pêcheurs furent d'accord pour nous laisser disposer de leurs cabanes comme d'avant-postes ; pour les réfractaires, il fallut user de la réquisition.

Nous prîmes les mêmes précautions à Contenas et à Mesola. Nous aurions dû pousser jusqu'à la petite ville d'Adria, au nord du fleuve, mais le temps nous manquait et le risque d'invasion y était moindre.

Il me paraît utile de dire quelques mots de nos ennemis potentiels. Pour nous, comme pour les Romains, ce sont des Galii, des Gaulois d'au-delà de la Ligurie. Pour les Grecs, qui ont eux-mêmes à souffrir de ces invasions, ce sont des Celtes, des Rhètes ou des Galates. La liste n'est pas close, une identification précise de ces peuples n'étant pas aisée, mais ils ont un dénominateur commun : ce sont tous de redoutables Barbares qui ne se font pas faute d'aller prendre chez leurs voisins, souvent l'arme au poing, ce dont ils manquent ou dont ils ont envie.

Il semble que nos Barbares viennent des forêts de la Gaule. Quant à savoir ce qui les a incités à franchir les Alpes… Selon les témoignages de prisonniers des environs de Mantova, ces peuplades ont déferlé sur la péninsule motivées par une pulsion mystérieuse : la soif de découverte de nouveaux espaces aux confins des mondes civilisés.

Euphronios se déclara satisfait du succès de notre mission. Une autre, tout aussi urgente, m'attendait ; faire de fils de famille, de boutiquiers, d'affranchis et d'esclaves, des soldats. Au cours du premier rassemblement, sur le forum, devant le temple de Nortia, je faillis abandonner. Je me trouvai en présence de fêtards en train de boire, de s'embrasser et d'entonner de vieux chants guerriers de l'Étrurie, dont notre hymne national, *Honneur aux Rasennas*. Je me débattis lorsque des exaltés voulurent me promener à travers cette foule, juché sur les épaules d'un colosse, et je refusai que l'on sacrifiât un taureau blanc, cette précaution étant prématurée.

Ce joyeux appel aux armes promettait une fameuse pagaille.

Hocha m'accompagna jusqu'à l'estrade d'où je devais prononcer ma première harangue, face à une meute surexcitée dont les vociférations retardèrent mon intervention :

— On va crever le ventre des Gaulois !

— On va violer leurs filles !

— Aulus Laristal, gloire à toi si tu nous délivres de ces chiens !

J'attendis que cette marée d'insanités s'épuisât pour prendre la parole, non pour féliciter ces exaltés et ces ivrognes de leur sacrifice mais pour mettre les choses au point. Je causai quelque surprise en m'écriant :

— Bande de couillons, où croyez-vous que je vais vous conduire dans quelques jours ? À une course de chevaux, à un concours d'athlètes, à une chasse au cerf ? C'est la guerre qui vous attend ! La plupart de vous n'ont jamais baisé cette furie. Moi, si. Vous allez avoir des surprises. Certains ne reverront pas leur famille et leurs amis. Alors promettez-moi de renoncer au vin et de consacrer le temps qui vous reste à vivre à apprendre le maniement des armes. Comptez sur moi pour vous dresser !

Mon exhortation eut l'effet espéré. J'allai me retirer pour échapper aux énergumènes qui avaient envahi l'estrade et voulaient me faire traverser la ville sur un char, quand je vis surgir Péga, un cratère à la main, la barbe suintante de vin. Il me prit dans ses bras et s'écria, face à la foule :

— Aulus, de la grande famille des Laristal de Tarquinii, est notre *général*. Ce sont les dieux qui nous l'envoient, mes amis ! C'est pourquoi il faudra lui obéir, comme je suis disposé à le faire moi-même.

Je lui reprochai le titre de *général* dont il m'avait affublé. Fallait-il qu'il soit ivre…

— Je suis ivre de joie ! rugit-il, et prêt à te suivre au bout du monde !

Je ne lui en demandais pas tant, mon seul souci étant d'échapper à ces forcenés, de recenser les armes et de préparer les exercices, ce qui allait me prendre tout l'après-midi.

La matinée du lendemain, j'abandonnai le soin de mes bêtes à un fils de Péga, pour aller passer la journée à Spina où m'attendaient une revue de la troupe et l'initiation au maniement des armes, sur la lagune de Sasenna, domaine des Gorii.

Durant des heures, dans une fournaise, je me démenai et m'égosillai pour tenter de faire de cette tourbe hétéroclite un semblant d'armée. Il s'y trouvait quelques femmes qui avaient exprimé la volonté de se battre auprès de leur époux ou de leur frère.

J'eus une heureuse surprise : l'armement était disparate mais comptait bon nombre de glaives, de lances, de coutelas et de boucliers qui servaient surtout à la décoration intérieure des maisons ou aux parades sur le forum. Cela suffirait pour les opérations de harcèlement qui devaient nous assurer la victoire.

J'exigeai que, jusqu'au départ de nos premiers éléments, chacun observât un régime spartiate ; pas de vin ni de viandes trop riches, renoncement aux ébats amoureux, longues nuits de sommeil… J'ignore si ces prescriptions, que mes officiers étaient chargés de faire respecter, le furent pleinement, mais je trouvais chez mes hommes, après quelques jours de ce traitement, de meilleures dispositions. J'appréciais moins que l'on me saluât du titre de *général*.

La veille du jour choisi pour remonter le fleuve et prendre nos positions, la ville semblait frappée par le deuil. On ne croisait que des gens au visage empreint de gravité, qui saluaient d'un hochement de tête. Il est vrai que j'avais fait interdire par le lucumon les rassemblements générateurs de troubles, les concerts publics, les beuveries, et fermer auberges et bordels.

— Ce soir, me dit Hocha, si tu y consens, nous prendrons notre repas en tête à tête et passerons la nuit dans ma chambre. J'y ai fait dresser ton lit. Je veux que cette veillée d'armes soit digne des héros de la guerre de Troie.

Cette idée me plaisait. J'acceptai.

Il avait fallu réquisitionner une cinquantaine de barques pour remonter le fleuve jusqu'à Taglio. Nombre d'entre elles étaient délabrées, sentaient le poisson et ne pouvaient guère se comparer aux navires des Grecs et des Carthaginois.

Le temps était doux. Le voile de soleil n'avait pas encore réveillé les cigales et les criquets. Les hirondelles volaient bas.

J'avais revêtu, non les défroques ramenées de mes pérégrinations, mais une tenue seyante, sans être militaire, prêtée par Hocha. Rien ne m'aurait distingué des autres officiers, sinon une grosse ceinture de cuir à boucle à tête de lion et un pectoral d'or serti de perles portant une image de gorgone. Juché à l'avant de la barque amirale, le général Aulus devait avoir une apparence majestueuse. Mon armement était des plus sommaires ; épée, coutelas et jambières de bronze. J'avais par fierté refusé de porter un bouclier. Hocha, qui s'était juré de ne pas me quitter d'un pouce, était armé de même, mais avec une recherche qui frisait la coquetterie.

La population de Taglio nous attendait sur le petit port fluvial. Je m'attendais à un accueil chaleureux ; il fut tiède, ces gens, les femmes surtout, étant persuadés que leur village allait être dévasté et brûlé dans la bataille. Mon premier soin, après les avoir rassurés, fut de distribuer une partie de notre contingent dans quelques masures, en conseillant aux occupants et à tous les gens du village, excepté quelques hommes qui souhaitaient se battre, de se disperser dans les champs de roseaux et les lieux de pâture.

Des éclaireurs que j'envoyai en amont du fleuve revinrent précipitamment, quelques heures plus tard, alors que le soleil venait de percer. Les premiers éléments de la horde, des cavaliers, n'étaient pas loin. Nos hommes avaient aperçu au-dessus du village de Corbola des fumées suspectes.

Il n'était que temps de mettre en œuvre le traquenard que j'avais élaboré.

Je chargeai quelques officiers venus à cheval de remonter le fleuve pour tâcher, sinon d'affronter l'ennemi, du moins d'inciter les premiers éléments gaulois à les poursuivre pour qu'ils fussent le plus rapidement possible à notre portée, avant la nuit qui compliquerait la situation.

— Surtout, leur dis-je, évitez d'entrer en contact avec eux. Cette provocation serait inutile et dangereuse. Et revenez au galop.

La matinée tirait à sa fin quand des cris nous prévinrent du retour des cavaliers. Ils étaient suivis à bonne distance par un groupe de Gaulois à cheval qui hurlaient en brandissant leurs armes. Lorsque le dernier de nos éclaireurs nous eut rejoints, je fis tendre, entre deux saules, un filet de grosse corde à quelques pouces du sol, de manière à entraver les chevaux. Une cinquantaine de pas plus loin, je fis abattre en travers du chemin de rive des troncs de bouleaux destinés à constituer un second obstacle.

Le piège fonctionna à merveille. Les premiers chevaux, au nombre d'une dizaine, butèrent contre le filet, projetant à terre leurs cavaliers. Une fois remontés à cheval, ils se heurtèrent au second obstacle.

C'est le moment que j'attendais pour les affronter, alors que leurs cavales tournoyaient et qu'ils se répandaient en imprécations. Lorsque j'eus fait sonner la conque, les hommes dissimulés dans les cabanes de pêcheurs se ruèrent avec des hurlements sur les Gaulois qui furent massacrés ou blessés et leurs chevaux emportés dans les roselières.

Ce premier accrochage justifiait les propos de Hocha : choisir l'attaque plutôt que la défense.

Ce n'était qu'un début, mais encourageant. J'avais misé sur le courage des nôtres et n'avais pas été déçu. Je mis un terme à l'exubérance qui accompagnait cette première victoire et leur demandai de rejoindre dare-dare les éléments disposés le long de la rive.

Il n'était que temps. Nous pouvions déjà percevoir les clameurs de la horde et les hennissements des quelques cavaliers qui la précédaient. Je fis jeter les cadavres ennemis dans les buissons et libérer le chemin des obstacles que j'y avais fait poser. Ainsi, les nouveaux arrivants poursuivraient leur ruée et tomberaient dans la nouvelle embuscade que je leur avais tendue.

Un de nos hommes, perché dans un chêne, nous annonça qu'au jugé la horde comptait une avant-garde d'une vingtaine de cavaliers, environ deux cents hommes à pied, des chariots et des familles.

C'était moins que je n'avais prévu mais plus que je ne l'avais espéré. Je croyais n'avoir à faire qu'à une bande de pillards, ce qui nous eût assuré une victoire facile, mais nous allions nous trouver confrontés à des guerriers bien armés. Notre dispositif s'étendait sur environ deux cents pas le long de la berge, chaque buisson, chaque butte abritant un ou plusieurs soldats qui, au signal convenu, tomberaient sur les Gaulois. Je comptais sur un effet de surprise.

J'avais passé les heures qui avaient précédé notre expédition dans une sorte de transe. Lors de la cérémonie dans le temple de Nortia qui l'avait précédée, m'étaient revenues des images du temps où, chef d'une décurie de la légion, je me battais contre les Samnites aux environs de Rome. J'étais jeune alors et d'une énergie à toute épreuve. Qu'en serait-il aujourd'hui ? Ma main dans celle de Hocha, j'avais assisté au sacrifice du taureau blanc orné d'un collier de fleurs. Mon sentiment d'invulnérabilité m'avait abandonné. En voyant le taureau expirer dans un meuglement pathétique, c'est moi qu'il me semblait voir. Je m'efforçais de contenir les doutes qui m'assaillaient en songeant que je tenais entre mes mains, sans l'avoir souhaité, le destin d'une ville, peut-être celui d'une province. J'étais devenu un personnage important. Trop peut-être.

Hocha fit distribuer à nos hommes une ration de vin pur pour leur donner confiance. En inspectant une dernière fois nos postes, je trouvai Péga en train d'affûter avec une pierre son épée qui devait dater des premières conquêtes étrusques.

— Convenons d'un accord, lui dis-je. S'il t'arrive malheur, je prendrai soin de ta famille. Si je meurs, tu hériteras de mes biens, qui sont modestes, tu le sais, mais aussi des documents et des écrits qu'il faudra confier au lucumon. Tu trouveras sur ma table une lettre à son intention.

Il hocha la tête et, une larme au coin de l'œil, me pressa contre sa poitrine.

En les observant par une ouverture de la hutte où je me tenais, j'assistai à l'arrivée des premiers éléments de la horde : des cavaliers montés sur de petits chevaux et des fantassins, tous dotés d'une ample chevelure, moustachus mais imberbes, drapés dans des manteaux légers aux couleurs vives, armés de lances et d'épées. Ils s'avançaient, inquiets semblait-il, et pour cause, de la disparition de leurs éclaireurs, et de ne voir surgir aucun habitant du village.

Lorsque je vis un homme, qui paraissait être un chef, s'avancer vers une masure et pousser la porte du pied, je fis sonner la conque pour annoncer l'assaut.

En voyant de chaque masure surgir des hommes armés, les Gaulois semblèrent désemparés, les uns tentant de pousser plus avant, d'autres de rétrograder, au milieu d'une danse de chevaux affolés et hennissants.

J'allais prendre part à l'affrontement, quand Hocha me retint par la manche.

— Tiens-toi tranquille, me dit-il d'un ton autoritaire. Laissons nos hommes se battre. Ils se conduisent avec courage, comme tu peux le constater. S'il t'arrivait malheur, ils perdraient confiance et nous courrions à la défaite.

— Mais toi-même ?

— Je suis trop jeune pour renoncer à combattre, d'autant que j'y prendrai autant de plaisir qu'à faire l'amour.

Il m'embrassa sur les lèvres, sortit son glaive et s'engouffra dans la mêlée avec un cri de rage.

Nous n'avions pas affaire à des voleurs de poules mais à une véritable armée. Ces Gaulois, grands et beaux, disposaient de lourdes épées, de hachettes, de lances en forme de feuille de laurier, de coutelas à poignée de corde. Certains s'abritaient derrière de longs boucliers qui les encombraient plus qu'ils ne les protégeaient. Dans le combat, leurs manteaux bigarrés leur donnaient des ailes.

J'avais pris soin de former un corps d'archers. Ils se montrèrent efficaces, visant surtout les chevaux qui, blessés, se cabraient et se libéraient de leur cavalier sur lequel nos hommes se ruaient.

La mêlée était à son comble. Les Gaulois nous surpassaient en nombre, si bien que la bataille demeurait incertaine. C'est alors que j'aperçus, de la cabane où j'étais pour ainsi dire consigné, un groupe d'une vingtaine de jeunes patriciens, casqués de bronze, qui, chantant et heurtant leurs boucliers métalliques de leurs glaives, se préparaient à se jeter dans la mêlée. Je vis Hocha s'avancer vers eux et se joindre à leur groupe.

Je suis impuissant à décrire les phases du combat qui suivit. En l'espace de quelques instants, ces jeunes téméraires furent assaillis par une centaine de Gaulois. Formés en carré, ils se défendirent jusqu'à la limite de leurs forces, sans perdre un pouce de la langue de sable qu'ils occupaient. Je ne vis de cet engagement qu'un brouillon de fureur d'où montaient les cris des blessés.

Las de se heurter à ce roc, les Gaulois finirent par lâcher pied et, talonnés par ces jeunes fous hurlant derrière leur carapace de bronze, ils se mêlèrent à la horde, sur la rive du Pô où la bataille faisait rage. Ils laissaient derrière eux, dans le sable, une dizaine des leurs, tués ou blessés.

Mon dispositif en chapelet, de part et d'autre du chemin, allait s'avérer efficace. Au fur et à mesure qu'ils avançaient, les Gaulois étaient assaillis et massacrés par nos hommes sans que ces derniers aient éprouvé de pertes considérables, l'effet de surprise jouant en leur faveur. Au contraire de ce que j'avais redouté, les Gaulois ne tentèrent pas de prendre nos groupes à revers, hésitant à engager leurs chevaux dans les marécages qui bordaient le chemin.

La bataille cessa à la tombée du jour, la horde ayant jugé prudent de se replier. J'aurais pleuré de joie en les voyant se regrouper, non pour revenir à la charge mais pour se disperser au-delà du village, vers les bouquets de bouleaux où les chariots s'étaient arrêtés.

Je fis sonner la conque pour donner l'ordre de mettre bas les armes et de regagner Spina. Hocha me revint sain et sauf, souffrant simplement d'une éraflure au bras et étourdi, son casque ayant été enfoncé.

Nous tombâmes d'accord pour laisser à Taglio quelques volontaires, pour le cas où les Gaulois se livreraient à une nouvelle attaque, ce qui nous fut épargné.

Nous donnâmes l'ordre d'entasser nos morts et nos blessés dans les barques et nous redescendîmes le cours du Pô dans un silence de mort. La nuit était tombée lorsque nous arrivâmes en vue de Spina. La foule crispée nous attendait sur les quais, dans la lumière des lampes et des flambeaux de résine.

À peine débarqué, je me mis en quête de Péga. Il était vivant mais blessé, une hachette lui avait arraché une partie de l'épaule. Il se jeta dans mes bras en marmonnant je ne sais quoi, comme si la douleur ou la joie le faisait délirer. Je lui fis servir du vin, le fis soigner et le ramenai à son île, où Gouma l'attendait sur l'embarcadère, une lampe à la main.

Je pris le chenal me conduisant à mon île de Strena. En mon absence, le fils de Péga avait pris soin de mes bêtes. Un repas et une chandelle allumée m'attendaient sur ma table, mais je me laissai tomber comme une pierre sur mon grabat et sombrai aussitôt dans le sommeil.

Le lendemain fut à la fois un jour de joie et de deuil. Nous avions remporté une victoire, mais à quel prix ! Dans certaines maisons on fêtait le retour des combattants ; dans d'autres on se lamentait sur un cadavre. Après une cérémonie d'actions de grâces dans le temple de Nortia où l'on avait entassé des trophées – armes, casques et boucliers pris à l'ennemi –, on procéda à la crémation collective de nos morts. Le bûcher ne s'éteignit qu'à la fin du jour. Les cendres des héros, placées dans des urnes, furent portées solennellement à la nécropole de Valle Treba et déposées dans le temple funéraire.

Au cours de la soirée, nous reçûmes des nouvelles d'Adria, la ville située dans les terres, au nord de Spina. Une colonne détachée de la horde avait fait le tour de la cité, mais, après avoir hésité à en faire le siège, elle avait décampé, non sans avoir fait des dégâts dans les parages et incendié des maisons de paysans.

Notre victoire me laissait un goût d'amertume. Je regrettais de n'avoir pas participé à la bataille, tout en ayant conscience, étant donné mon âge, que mon sacrifice eût été inutile et dangereux. D'autre part, une inquiétude me rongeait ; les Gaulois allaient-ils renoncer à prendre Spina ou reviendraient-ils à la charge ? Dans ce cas, trouverions-nous dans la population le même élan et la même énergie ?

Je n'avais pas tort d'être inquiet. Menerva me prévint ; si j'avais échappé à cette journée, ma survie n'était pas pour autant assurée…

C'est mon chien qui me réveilla le lendemain pour me réclamer sa pâtée, accompagné d'un concert de volailles. Le jour était à son plein. Des pêcheurs d'anguilles se querellaient dans mon chenal. Les cigales s'en donnaient à cœur joie dans les bosquets d'arbustes de ma friche. Je sautai de mon grabat et allai inspecter l'horizon. À Spina tout paraissait calme.

Je tentai, après avoir mangé une tranche de pain et un fromage de Péga, de reprendre le cours de mon récit, mais je dus y renoncer ; mes idées étaient confuses et les mots se dérobaient sous mon calame. Je passai mon temps à pêcher des grenouilles dans mon marécage et à ratisser les allées de mon jardin, autrement dit à ne rien faire.

Ce n'est qu'au milieu de l'après-midi que je résolus de me rendre à Spina. Ma barque portait encore les traces de sang des blessés que nous avions ramenés. Je la lavai à grande eau.

Sur mon trajet, des pêcheurs agitaient leur bonnet pour me saluer. Un autre accueil m'attendait en ville. À peine avais-je mis les pieds sur les planches que des groupes s'agglutinèrent autour de moi pour me féliciter ou m'ovationner. Des femmes me baisaient les mains, des hommes m'invitaient à les suivre à l'auberge. Il s'en fallait de peu, me disais-je, pour que l'on me promenât en char pour un triomphe à la romaine jusqu'au temple de Nortia.

À la maison commune où la foule m'entraîna, le lucumon et les notables délibéraient pour tirer, je suppose, les leçons des événements des jours précédents. Je fus accueilli par des vivats et invité à prendre place sur un tabouret au côté d'Euphronios.

J'appris avec plaisir que les Gaulois s'étaient retirés de la province. Avaient-ils regagné leurs bases de départ ou prolongé leur incursion vers le sud, en direction d'Ancona et de Ravenna ? L'essentiel était que nous en fussions débarrassés. On m'annonça des honneurs que je repoussai. Euphronios décida de célébrer mon exploit par un grand banquet public ; je l'en dissuadai. Je n'eus pas de mal à constater ce que cette réaction pouvait avoir de vexatoire. On me donna la parole.

— Ces honneurs, dis-je, me font chaud au cœur, et je vous en remercie, mais ceux qui ont donné leur vie pour défendre Spina les méritent plus que moi. Dressez donc une stèle à leur mémoire sur le forum plutôt que de m'encenser. Dois-je vous rappeler que je n'ai pas pris part au combat ?

Une voix partit de l'assistance, celle de Hocha :

— Cette modestie est insupportable, général Aulus Laristal ! Sans toi les Gaulois occuperaient aujourd'hui notre ville et toute la province. S'il y a un héros dans cette bataille, c'est toi !

— Je récuse cette opinion ! m'écriai-je. Tout ce que je souhaite, après n'avoir fait que mon devoir de citoyen, c'est de me retirer sous ma tente, comme Cincinnatus !

Certains se récrièrent contre cet excès de modestie ; d'autres l'approuvèrent. Je sentis la colère monter en moi lorsque le chef de la famille des Partunii proposa que l'on me dotât, pour récompenser mes mérites, d'une forte somme et de je ne sais quelle médaille d'honneur. Je déclinai cette offre et demandai la permission de me retirer, prétextant, pour détendre l'ambiance, que ma basse-cour attendait mon retour et que je n'étais venu en ville que pour y acheter mon pain.

Il me fallut quelques jours avant que, l'esprit apaisé, je reprenne mon calame. Une idée m'avait obsédé alors que nous faisions face à l'ennemi : si je disparaissais, mon récit resterait inachevé et il ne se trouverait personne pour le mener à bien. Et j'avais encore tant d'événements historiques à relater…

Je passai une journée entière à ma table, ne m'interrompant que pour boire quelques gorgées de vin et jeter un regard sur ma basse-cour.

Le lendemain, je me rendis à Spina pour me procurer du papier et de l'encre. J'en profitai pour rendre visite à notre haruspice, Ramthas. L'orage venant de se déchaîner sur la cité, je souhaitais qu'il m'en révélât les présages.

Je le trouvai en train de consulter le cercle du zodiaque sans cesser d'observer de sa fenêtre l'intensité et la signification des éclairs. Il avait à proximité de la main un grand et vieux grimoire qui devait dater des premiers migrants étrusques et qu'il feuilletait, le *Libri fulgurales*.

Il m'était arrivé, en diverses circonstances, de faire appel à sa science augurale pour m'éclairer sur certains faits à venir. Il n'avait pas son pareil pour interpréter les phénomènes célestes ; changement de lune, éclipse du soleil, passage de comètes, pluie d'étoiles et orage. Il avait composé un registre des caprices des éclairs, répartis en onze catégories, et pouvait, après avoir observé le point de départ de l'éclair et sa chute dans le « puits à foudre », l'associer aux augures. Ses prédictions s'étendaient à toutes les formes de la vie sociale ; famille, commerce, amour et guerre.

Il me demanda sur un ton abrupt ce que j'attendais de lui. Je lui répondis avec désinvolture :

— M'abriter de l'orage. Il est dangereux de rester dehors.

— Tu as les cabarets et les auberges pour ça ! Cesse de plaisanter. Que veux-tu ?

Je lui parlai du travail d'historien que j'avais entrepris et lui demandai s'il aurait une issue favorable.

— Il me reste, ajoutai-je, du chemin à parcourir et les temps sont troublés.

Il me demanda mon signe zodiacal. Après avoir piqué du nez dans son grimoire, il bredouilla :

— Du soleil dans le Scorpion… Je n'aime pas ça. Tu achèveras ton œuvre, mais non sans peine.

Il resta un moment debout devant sa fenêtre, attentif à la danse sauvage de la foudre qui l'éclaboussait, au point que je craignis de le voir réduit en cendres devant moi. Il marmonna :

— Il n'est pas facile de déceler d'où part l'éclair, mais on peut voir où il tombe, ce lieu étant choisi par les dieux.

Je lui reprochai de ne me raconter que des fariboles ; il riposta vivement :

— Contente-toi de ce que je t'ai dit ! Si tu doutes de mes compétences, fiche le camp ! Si tu veux en savoir davantage, reviens demain avec un mouton.

À la réflexion, c'est peut-être ce que j'aurais dû faire, mais la pensée que ce vieux grigou aurait mangé ou revendu cette viande au boucher m'avait retenu. Je me contentai de jeter sur sa table une poignée de monnaie qu'il fit mine de mépriser, avant de me protéger de la pluie sous l'auvent de son entrée. J'y restai le temps que l'orage s'apaise, en me disant que, si Ramthas n'était pas un charlatan, ses dons, jadis réputés dans toute l'Étrurie, et même au-delà, s'évaporaient.

Au temps de sa splendeur Tarquinii était le berceau de l'haruspicine, cet art sacré dont Rome a fait son profit ; aujourd'hui, la plupart de ces sorciers, et les meilleurs, exercent leurs talents dans les grandes familles romaines ou dans les temples et vivent dans l'opulence. Les bonimenteurs nous sont restés.

De retour sur mon îlot, j'ai affûté mes calames comme une arme pour me replonger dans les mystères de notre histoire. Que les mânes de notre ancêtre Tyrrhénus soutiennent l'esprit et la main de l'humble scribe que je suis.

DEUXIÈME PARTIE

1
L'otage

L'été s'achève en douceur sur la lagune. Nous ne tarderons pas à voir les hérons pourprés, les hirondelles et les gravelots préparer leur migration en Afrique. On entend encore, sur les étangs et les vasières, le « tiit » du martin-pêcheur, le « Kèk èk » du blongios ou le « pia » du gravelot… La vigne de ma treille et celles qui ont pris possession de mes arbres sont couvertes de grappes roses et vertes, mais le raisin est encore acide. Froissé par une brise légère qui sent la mer, les eaux mortes et les champignons, l'air a la douceur de la soie. Ce prélude à l'automne est le moment de l'année que je préfère.

J'ai acheté ce matin à des pêcheurs une corbeille d'huîtres destinée à mon repas du soir, quelques oursins pour l'agrémenter, et passé l'après-midi à chevaucher le long de la mer en compagnie de Hocha et d'un jeune esclave ibère, son giton favori. J'ai constaté avec plaisir que j'étais encore bon cavalier et que je pouvais rivaliser avec eux à la course.

Hocha va nous quitter. D'ici à une semaine, avant les tempêtes de l'automne, il sera parti sur un navire de sa famille inspecter les comptoirs qu'elle occupe sur les côtes de la Dalmatie, pour en ramener du bois, de l'huile, des vases grecs et quelques esclaves.

Au cours d'une halte sous les tamaris, il m'a fait part de son projet d'ouvrir pour son compte, et à l'insu des siens, des chantiers d'abattage de cèdres, un bois dont la péninsule fait une abondante consommation. Il a ajouté à cette idée pragmatique un rêve un peu fou ; se constituer dans les îles dalmates « une sorte de principauté ».

— Oui, Aulus, tu as bien compris. Une colonie avec un port, une capitale, une troupe de mercenaires, ibères de préférence, au cas où les Grecs prendraient ombrage de ma présence. En quelques années, je peux devenir riche, puissant et redouté. Qu'en dis-tu ?

— Qu'il s'agit d'une utopie ! Crois-tu que les Grecs vont te laisser impunément t'installer sur leurs terres ? Ils prendraient cela comme une provocation. À moins d'engager une négociation, ils t'obligeraient à décamper, et ce ne sont pas tes Ibères qui pourront s'y opposer.

Il cracha par terre, avala une gorgée de vin de sa gourde et ajouta d'un ton méprisant :

— Je déteste les Grecs autant que les Carthaginois ! Ils se croient les maîtres de la Méditerranée, mais ils trouveront un jour à qui parler. Ils n'ont pas remporté sur mer que des victoires. J'aimerais leur enlever leurs illusions.

Il éclata de rire, me flatta l'épaule de sa main lourdement baguée et ajouta :

— Aulus, mon ami, quand ma colonie dalmate aura pris forme, tu viendras me rejoindre. Je ferai de toi le général de mon armée.

Quelques jours après ma visite à Ramthas, j'appris que les Gaulois n'avaient pas tous quitté notre province. Des bergers en avaient vu passer, à cheval ou à pied, le long du fleuve, sans intentions belliqueuses apparentes. Ils ne se signalaient que par de menus larcins ; un mouton volé par-ci, une oie dérobée par là. On avait même repéré leur présence non loin de Spina.

— Nous ne pouvons, me dit Hocha, les laisser entretenir la crainte chez nos paysans. Je vais en capturer quelques-uns et les faire égorger. Les autres décamperont vite.

Je lui déconseillai cette opération ; elle risquait, non de faire fuir ce reliquat de la horde, mais de lui inspirer des représailles. Il en convint et nous n'en parlâmes plus. Il occupait ses journées à préparer son expédition.

Une nuit, trois jours avant le départ de Hocha et du festin qu'il comptait donner à ses amis pour célébrer cet événement, je dormais profondément, ma porte ouverte sur la nuit où flottait l'odeur des figues mûres. Soudain, les aboiements de mon chien puis un profond gémissement m'éveillèrent. Je me précipitai dans le jardin et trouvai ce pauvre animal allongé, agité de soubresauts, la gorge tranchée.

Je me ruai dans ma cabane pour prendre mon épée, quand une ombre m'en interdit l'entrée. Je tentai de la repousser quand un autre agresseur que je n'avais pas vu me frappa violemment à la nuque.

Je ne retrouvai mes esprits que dans la fraîcheur de l'aube, la tête traversée de douleurs lancinantes, comme si mon crâne allait éclater. Le clapotis de l'eau brassée par des rames, le ballant de la barque, le défilé des saules sur la berge me firent comprendre que j'étais en train de remonter le cours du fleuve.

Avant même de bouger, je tentai de me remémorer, bribe par bribe, les faits qui avaient précédé ma capture, car j'étais bel et bien prisonnier. Je me souvins des plaintes du chien, de la silhouette postée devant ma porte, puis tout sombrait dans la nuit.

Qui donc pouvait m'en vouloir au point de m'enlever ? Je ne me connaissais pas d'ennemi. Si une rançon était demandée pour prix de ma libération, qui pourrait la payer ? Une autre obsession allait s'emparer de moi ; si ces brigands avaient pillé ma masure et l'avaient incendiée, tout mon travail aurait été irrémédiablement perdu. Cette éventualité me tortura au point que je perdis de nouveau connaissance.

Au bout d'un temps que je ne pus mesurer, je constatai que le soleil était au zénith. Des deux hommes qui ramaient, je ne voyais que le dos et les gestes, rien, en somme, qui pût m'éclairer sur eux. On m'avait entravé les pieds et les mains, si bien que je dus me trémousser et m'aider de mes reins pour me redresser.

Tout ce que je compris, c'est que cette barque n'était pas la mienne. J'aperçus un groupe de hérons perchés dans un arbre mort et, au loin, une butte de sable au-dessus de laquelle tournoyaient des mouettes ou des goélands.

On m'avait traîné dans l'eau car je puais la vase et grelottais dans mon vêtement humide. Mes mouvements attirèrent l'attention de l'un des rameurs. Lorsqu'il se tourna vers moi, je vis qu'il portait de grosses moustaches brunes et, au cou, un torque de métal à la manière gauloise. Il me sourit et reprit sa rame. Je savais désormais à quoi m'en tenir sur mes ravisseurs, mais j'ignorais ce qu'ils attendaient de moi. Rien de rassurant sans doute…

En me redressant un peu plus, j'aperçus le Pô dans toute sa majesté. Les traces jaunâtres de l'aube frangeaient encore le bas du ciel au-dessus d'un chapelet de collines boisées que je fus incapable d'identifier, ma vue étant encore trouble.

Le mutisme qui régnait entre ces deux hommes et moi devenant insupportable, je leur demandai ce qu'ils me voulaient et où ils m'emmenaient. L'un d'eux me répondit d'une voix marquée par un rude accent gaulois que j'apprendrais bien assez tôt ce à quoi l'on me destinait. Je lui dis que j'avais froid ; il me jeta une couverture. Je lui demandai de me libérer de mes entraves ; il éclata de rire…

La barque s'étant rapprochée de la rive, je n'eus aucune peine à reconnaître les environs du village de Corbola, dont ne subsistaient que des décombres, et la haute colline qui le domine, envahie par une forêt sur laquelle semblaient planer des pins parasols. J'avais naguère accompagné Hocha dans les parages pour une partie de chasse qui avait duré trois jours. Logés dans une auberge, nous avions dégusté des écrevisses, des truites et des anguilles grillées. Je me demandais ce qu'avaient pu devenir les habitants. Alors que nous longions la berge, personne ne s'était montré.

La barque engravée dans une vasière, l'homme au torque défit mes liens mais attacha une corde à mon cou pour me faire descendre à terre. Des hommes et des femmes, gaulois de toute évidence, vinrent à notre rencontre. Il fallut l'intervention de mon gardien pour faire cesser leurs imprécations et les empêcher de me lapider.

— Es-tu en état de marcher ? me demanda-t-il.

Je lui confiai que j'avais du mal à me tenir débout. Il m'aida à monter sur un gros cheval roux et velu. Escortés par la foule, nous prîmes le chemin qui conduisait à la colline surplombant le fleuve. Nous arrivâmes peu après en vue d'un village de huttes d'où montaient des fumées qui sentaient la viande ou le poisson grillé.

On me fit descendre de ma monture pour me jeter dans une sorte d'auvent fermé, couvert de roseaux et soutenu par des perches, avec, en guise de mobilier, un grabat de fougère et un trépied sur lequel était posée une aiguière d'argile. Je demandai à boire ; on me servit un gobelet d'eau fraîche. On me demanda si j'avais faim ; je hochai la tête ; on me jeta, comme à un chien, un morceau de galette que je dévorai. Puis on me laissa seul. Des hommes, des femmes, des enfants, se succédaient devant mon abri en ricanant et en me jetant, dans une langue inconnue, ce que je pris pour des insultes et des menaces.

Au milieu de l'après-midi, une vieille femme déposa à mes pieds une écuelle de terre pleine d'une bouillie de seigle brunâtre d'où émergeait une côte de porc. Malgré les souffrances que j'éprouvais à mâcher et à avaler, je me régalai de ce brouet.

À la tombée du jour, repu, épuisé, je m'endormis après une courte prière à Menerva et aux mânes de Tyrrhénus l'Ancien.

Il faisait presque nuit lorsqu'un coup de pied m'éveilla en sursaut. La vieille femme qui m'avait apporté ma pitance me fit lever. Elle me dépouilla de ma chemise souillée pour me revêtir d'un caleçon, d'une tunique d'étoffe rêche tombant aux genoux et tenue à la taille par une ceinture de corde, et me chaussa de sandales de paille. En me tenant en laisse, elle me fit traverser l'espace cerné par les huttes jusqu'à un châtaignier sous lequel se tenait, assis sur une roche, un homme qui semblait m'attendre, entouré de trois hommes en armes. Leurs épaules étaient couvertes de manteaux de laine brodés de motifs géométriques aux couleurs vives, retenus à l'épaule par une fibule.

Celui qui me parut être le chef était pourvu d'une barbe et d'une chevelure abondantes mais blanches comme du duvet d'oie. Il portait sous son manteau une robe grise, toute simple, et arborait un collier et des bracelets d'or ou de cuivre. L'homme assis à ses côtés était une sorte de sorcier, peut-être un druide. Il agitait une breloque à grelots de bois et à tête de cerf.

Le chef m'ordonna dans notre langue de m'agenouiller devant lui et ajouta d'une voix calme :

— Aulus Laristal, c'est bien toi ?

Je lui répondis qu'il ne se trompait pas et lui demandai les raisons de mon enlèvement. Il me coupa la parole d'un geste sec et ajouta :

— Mon nom est Uritaco. Je suis le chef de cette tribu.

À ma requête, il m'informa en quelques mots des motifs de sa présence dans ce lieu. Originaire des montagnes du nord, il avait été contraint, ainsi que d'autres chefs de tribu, de fuir pour échapper à des guerriers venus du sud de la Germanie, en quête de terres nouvelles. Lui et les siens avaient participé à l'attaque de la horde ; celle que nous avions eu à affronter quelques semaines auparavant, près de Taglio. Ce qui restait des guerriers avait poursuivi sa route vers le sud. Uritaco avait préféré rester et chercher un endroit où s'établir à demeure, persuadé que les Barbares du Nord ne franchiraient pas les Alpes. Cette contrée lui rappelait celle qu'il avait quittée ; il comptait occuper quelques arpents de terre et vivre en harmonie avec les populations indigènes.

— Pourquoi, lui dis-je, ne pas t'être défendu contre les envahisseurs, comme nous l'avons fait nous-mêmes contre toi, et avec succès ?

— Nous aurions succombé sous le nombre, été massacrés ou asservis. De plus, les récoltes avaient été mauvaises et nous risquions de connaître la famine.

— Était-ce une raison pour brûler nos villages et nous faire la guerre ?

— Mon intention était de demander asile à ces gens, mais ils n'acceptaient pas notre présence et nous jetaient des pierres. Alors nous avons riposté, mais je n'étais pas seul à décider. Il a fallu céder à la volonté du chef de la horde, pour qui une conquête ne peut s'effectuer que par le fer et le feu. Je ne partage pas son avis. C'est pourquoi je suis resté ici.

Une question me brûlait les lèvres ; pourquoi m'avait-il capturé et qu'allait-il faire de moi ? Je la lui posai ; il me répondit :

— Parce que c'est toi qui dirigeais les opérations à la bataille de Taglio. On te donnait même, je crois, le titre de *général*. Ta capture va nous permettre de négocier notre installation. Tu seras notre otage, mais rassure-toi, tu seras bien traité.

Je lui demandai d'où il tenait ces renseignements ; il me confia qu'il avait des intelligences avec un esclave d'origine gauloise appartenant à une grande famille de Spina dont il refusa de me donner le nom. Il avait été facile de me retrouver et de me capturer.

Il ajouta, avant de me renvoyer à ma hutte :

— Je crois que tu es un honnête homme, Aulus Laristal. C'est pourquoi il ne te sera fait aucun mal. J'exigerai même que l'on te respecte, mais tu dois comprendre que je suis obligé de prendre des mesures pour m'assurer de ta captivité, le temps que dureront les négociations. Je vais les engager dès demain, mais tu devras t'armer de patience.

— Je crains que tu ne te fasses des illusions. Je connais bien les gens de Spina. Ils refuseront de traiter avec toi et ma situation leur importe peu. Dès lors, que feras-tu de moi ?

— Tu seras mis à mort et ta dépouille sera envoyée à Spina. Je le regrette. Telle est ma décision, et je n'y reviendrai pas.

Il ajouta :

— Tu es un homme d'honneur, général. Tu pourras aller et venir sous surveillance, mais je veux ta parole que tu ne chercheras pas à t'évader.

J'y consentis, mais avec la ferme intention de ne pas tenir compte d'un serment arraché sous la contrainte. M'évader allait devenir un devoir.

Uritaco parlait la langue romaine à la perfection, son accent révélant à peine ses origines. Il s'exprimait même avec une distinction aristocratique surprenante chez un chef barbare. Il me révéla lui-même la clé de ce mystère ; il avait, dans sa jeunesse, passé quelques années dans le port d'Ostia, près de Rome...

Je n'eus pas, par la suite, à me plaindre de mauvais traitements ou d'attitudes méprisantes. Le terme d'hospitalité conviendrait mal à ma condition de prisonnier, mais Uritaco veillait à ce que l'on ne me maltraitât pas. Un garçon qui m'avait pris pour cible de sa fronde avait été fouetté en ma présence.

À plusieurs reprises, Uritaco me convia à partager ses repas.

Nous étions servis par des femmes, dont certaines jeunes et belles, coiffées de mantilles et vêtues de tuniques tombant aux chevilles. Les mets ne brillaient pas par leur variété et leur raffinement, mais étaient abondants et roboratifs : viande de porc et de volaille, poisson et venaison, bouillie de seigle, galettes, champignons, dont c'était la saison et que j'aidais les femmes à cueillir. Le vin que nous buvions à satiété, mêlé d'eau, provenait de Corbola, le village voisin, pillé et incendié. Ils fabriquaient, à partir de plantes macérées dans des amphores, une cervoise trop amère pour que j'en fisse mon ordinaire.

Les négociations traînaient en longueur, les émissaires ayant été jetés en prison. Il est probable qu'on les eût égorgés si ce geste n'eût compromis ma survie. On les avait relâchés sans leur faire aucune promesse, comme si ma vie n'avait pas plus d'importance qu'une guigne. J'en fus outré et inquiet, sachant que je paierais de ma vie une rupture.

Je m'entretins avec une des filles d'Uritaco, Marba, qui avait participé aux pourparlers parce qu'elle parlait couramment la langue romaine commune à Spina. Elle avait pu, après la libération des messagers, se promener dans la ville et écouter des conversations d'auberge et de marché, sans entendre une seule fois parler de mon enlèvement ni même prononcer mon nom. Le général Aulus Laristal ayant sombré dans l'oubli, son sort paraissait réglé.

Les journées de cette fin d'été baignaient dans une sorte de langueur pastorale. Uritaco m'avait installé dans une cabane ronde faite de grosses branches jointoyées par de l'argile et au toit de genêt, offrant une protection contre les pluies qui, de temps en temps, dévalaient des montagnes du Nord. Le mobilier était sommaire mais convenable.

Le chef m'avait confié aux soins de Fulvia, jeune veuve d'un guerrier tué devant Taglio. Je m'entendais bien avec celle que je n'osais appeler mon esclave, mais je devais subir dans notre masure la présence d'un chien galeux, de la volaille et d'une truie mâtinée de sanglier, allaitant un chapelet de porcelets. L'odeur et le bruit étaient insupportables, la nuit surtout, mais je retrouvais mon sommeil lors de longues siestes dans l'herbe, aux abords du village.

Il est une autre présence que j'endurais plus mal encore ; celle de la tête de l'époux de Fulvia, tué à Taglio. Déposée dans un caisson de pierre, à demi momifiée, encore pourvue de ses cheveux et de ses moustaches, elle puait atrocement. Fulvia se livrait chaque soir, mains jointes, à des invocations ferventes, devant cette relique.

Il se passa moins d'une semaine avant que nous ne joignions nos couches de manière à n'en faire qu'une. Chaque soir ou presque, avant de nous retirer dans notre hutte, ma compagne et moi allions nous mêler aux palabres et aux jeux de la tribu, assis autour des dernières braises, sous une couverture de laine.

C'était pour moi des moments singuliers. Je ressentais simultanément les différences qui m'éloignaient de ces gens mais aussi ce qui me rapprochait d'eux. Ces Barbares étaient loin de ce que j'avais imaginé. On a souvent des étrangers une vision déformée, surtout envers ceux du Nord, comme si les Alpes marquaient la frontière entre civilisation et barbarie. À fréquenter ces Gaulois, j'avais le sentiment que, si nous les dépassions pour des choses d'ordre pratique, ils avaient beaucoup à nous apprendre sur la qualité de la vie.

Au cours de ces veillées, grâce aux quelques rudiments de langue gauloise que m'avaient inculqués Fulvia et la fille du chef, Marba, je parvenais à suivre des conversations et à comprendre les litanies du druide Druto évoquant les dieux et les chansons de vieux guerriers contant la geste des héros. Ce peuple, comme tous ceux qui vivent au centre et au nord du continent, ne connaît pas l'écriture mais sa tradition orale est un trésor pour l'historien.

J'ai étonné quelques jeunes guerriers en gravant ce que j'ai dit être leurs noms sur une écorce de bouleaux. C'est comme si je leur avais donné la clé ouvrant sur la civilisation. Certains l'accrochèrent sur le fronton de leur hutte et s'en montraient fiers.

Ces soirées n'avaient pas toujours le charme rustique et paisible que j'aimais. Souvent, à la suite d'une controverse, le ton montait, les adversaires se mesuraient du regard, s'invectivaient, s'empoignaient et parfois sortaient leurs coutelas. Il fallait l'intervention du chef pour les contraindre à faire la paix et la sceller par une embrassade et une libation.

La plupart d'entre eux étaient de grande taille et puissamment musclés. Il ne se trouvait parmi eux aucun obèse, homme ou femme. Si les enfants avaient parfois le ventre un peu rebondi, cela ne les empêchait pas de galoper nus à travers le village, à la poursuite des chiens ou des poules et de nager dans le fleuve. Cette race migrante, me disais-je, si elle arrive à se fixer, à prendre conscience de sa solidarité et à défendre son intégrité devant l'ennemi, est appelée à un grand destin. N'est-ce pas ce que la nôtre a fait en prenant pied sur la péninsule ?

Un mois environ après ma capture, il me fut donné d'assister au rite de fécondité consacré au dieu Rivos et aux Martres, divinités inférieures du panthéon gaulois. La fête s'est achevée par un gigantesque festin.

Je passe sur les détails de ces rituels plus complexes et subtils, en dépit des apparences, que je ne l'avais imaginé : adoration d'informes effigies de bois, rite consacré aux crânes humains, cultes des arbres et des fontaines, vertus attribuées à certaines plantes comme le gui qui témoigne de la présence d'une divinité dans l'arbre sur lequel il pousse...

Autant de croyances qui me rappellent celles des émigrés venus de la lointaine Lydie, conduits par Tyrrhénus...

Mon indulgence achoppa sur une cérémonie singulière et choquante ; le dépucelage de quelques vierges, certaines impubères, par de jeunes guerriers devant l'ensemble de la tribu. Mais, à la réflexion, qu'est-ce qui, dans ces pratiques, aurait pu m'offusquer ? Aucune de ces jeunes victimes, ni leurs parents, ne manifestaient la moindre réticence, et moins encore les mâles requis pour cette fonction. Certains sacrifices humains, chez les anciens Étrusques et chez les nouveaux Romains, de moins en moins pratiqués il est vrai et toujours condamnés par la loi, ne suscitent-ils pas ma réprobation ?

Ma captivité n'avait rien d'un supplice. Elle me fut même souvent agréable, sans que j'eusse l'idée de la prolonger, cela va de soi. Accompagné en permanence d'un ou deux gardiens armés, j'allais où bon me plaisait, soit que je participe à la cueillette des champignons, des figues ou des pommes, soit que je manifeste le désir d'aller me baigner dans le fleuve ou de me livrer à la pêche. Chaque soir ou presque, si la nuit était belle, j'assistais aux veillées communes et, au retour, enfermé dans ma hutte, je faisais l'amour à Fulvia.

Je n'avais à me plaindre que de l'attente angoissée de la suite des négociations, et qu'une chose à redouter ; une rupture qui eût signifié mon exécution. Cette perspective devenait une obsession permanente, à laquelle s'ajoutaient des velléités d'évasion.

Deux personnages avaient pris dans ma vie de captif, pour des motifs différents, une importance majeure, Fulvia et l'un de mes gardes, Drago.

Fulvia avait, par sa présence permanente, sa jeunesse et sa beauté, redonné sa virilité au vieil homme que j'étais presque ; j'entretenais avec elle une liaison sage, conjugale et sans le moindre nuage. Avec Drago, un homme mûr, j'avais noué des relations sinon amicales, du moins confiantes ; il me témoignait une considération inattendue et me traitait comme un compagnon de promenade. Sans, pour autant, se départir de sa vigilance, il m'accordait une certaine liberté dont je n'abusais pas.

En d'autres temps et d'autres lieux, j'aurais pu faire de Fulvia mon épouse. Loin d'être sotte ou innocente, elle apprit facilement quelques rudiments de ma langue (celle de Rome, hélas !), et elle me fit découvrir la sienne, si bien qu'après quelques semaines je pouvais entretenir une conversation sommaire avec elle et les gens de sa tribu. Je veillais pourtant à ce que cet attachement dû aux circonstances ne devînt pas une passion, notre séparation étant inéluctable.

Nos rapports étaient exempts d'ennui. Nous nous nourrissions de nos différences. Elle était attentive à mes désirs et je l'aidais de mon mieux dans ses tâches quotidiennes. Nous évitions d'interroger l'avenir, certains de ce qui nous attendait. Nous retrouvions dans nos étreintes nocturnes la belle entente qui nous unissait et les mêmes hantises, partagés que nous étions entre le désir d'une pérennité et la crainte de la séparation.

Supposant que la sympathie qui nous liait et la promesse faite à Uritaco me préserveraient de toute velléité de fuite, ce en quoi il se trompait, Drago avait obtenu l'honneur d'être mon seul gardien. Il tirait de cette faveur une certaine fierté lorsqu'il me promenait à travers le village comme on mène pisser un chien.

Au cours de nos promenades, il se montrait avide de savoir comment nous vivions à Spina, mais surtout curieux de Rome, cette ville lointaine qui le passionnait. Nos pratiques religieuses lui importaient peu, mais il était fasciné par nos nécropoles et le souci que nous avions de donner à nos morts un cadre de vie identique à celui qu'ils avaient de leur vivant. Il avait participé au pillage de quelques tombes de Mantova et en avait ramené une fibule à tête de Méduse, en cuivre, qu'il portait en sautoir.

Au cours de ces randonnées et des ablutions auxquelles je me livrais dans le fleuve, attaché au cou par une corde qu'il tenait d'une main ferme, j'élaborais des projets d'évasion. Le plus simple eût été de l'assommer alors qu'il somnolait, ce qui lui arrivait parfois, la chaleur aidant, mais je faisais figure d'avorton comparé à cet athlète. Je finis par me dire que ce n'était que par la ruse que je parviendrais à mes fins.

Nous passions souvent des heures sous un abri de roche, en marge d'un bosquet de châtaigniers. Je lui avais appris à jouer aux dés à la manière étrusque et lui m'avait initié aux osselets. S'il me laissait jouir de ma sieste, il se refusait par prudence à s'y abandonner.

Sous prétexte que je souffrais d'insomnie, je priai Fulvia de réclamer au druide une décoction capable de me procurer le repos. Il lui confia un sachet de cuir contenant une drogue, en lui suggérant d'en user modérément. C'était une mixture verdâtre d'où émergeaient des pattes de sauterelle ou de grillon. J'en éprouvai les vertus le soir même et en constatai l'efficacité.

Le lendemain, je versai une bonne part de ce somnifère dans la gourde que Fulvia me préparait lorsque je m'absentais pour une demi-journée, et j'attendis que mon fidèle gardien vînt me chercher.

Nous venions à peine, Drago et moi, d'entamer une partie de dés, par une grosse chaleur, quand j'éprouvai le besoin de me désaltérer. Je fis mine de boire à la régalade et tendis ma gourde à mon gardien qui en avala plusieurs gorgées.

— Tu peux la finir, lui dis-je. Je n'ai plus soif.

— Je lui trouve un goût inhabituel, me dit-il, mais pas désagréable.

Il but ce qui restait de cette mixture et, frottant les dés entre ses mains, les lança sur l'herbe. Peu à peu, je remarquais que ses idées devenaient confuses. Il bâilla à plusieurs reprises, disant que cette chaleur lui était insupportable et qu'on n'allait pas tarder à retourner au village.

— Une dernière partie, lui dis-je, et nous repartirons. À toi de lancer les dés !

Il me lança un regard torve et bredouilla :

— Aulus… qu'est-ce que tu m'as fait boire ? C'était… c'était…

— Pas du poison, rassure-toi, mais une simple tisane. Tu l'as trouvée bonne, d'ailleurs.

Il tenta de se lever, tituba, retomba dans l'herbe, une bouillie de mots inarticulés sortant de ses lèvres. Il tenta de sortir son poignard de sa ceinture, mais je prévins son geste et, me saisissant de cette arme, je coupai mon collier de chien. Avec ce qui restait de la corde et, malgré ses ruades et ses gesticulations, je lui liai les mains et les pieds et l'attachai à un arbre.

— Drago, lui dis-je, est-ce que tu m'entends ? Je vais te quitter. Il faut me pardonner, mais c'était pour moi un devoir plus sacré que la parole que j'ai donnée à ton chef. Je garderai un bon souvenir de toi. Adieu, mon ami !

Il eut un ultime sursaut pour se libérer de ses entraves, mais en vain. Je le délestai de son couteau et du sac où il gardait toujours quelques morceaux de pain ou des galettes, l'embrassai sur le front, et pris le large, non sans quelques remords en songeant au châtiment qui l'attendait, la mort peut-être.

Je m'enfonçai dans un guéret de genêts et de hautes bruyères pour, peu après, redescendre vers le fleuve. La rive était déserte, à l'exception d'un groupe de pêcheurs qui jetaient leurs filets en amont.

La nuit me surprit alors que j'étais, au jugé, pas trop éloigné de Taglio. Je longeai la rive jusqu'à l'épuisement et passai le restant de la nuit aux abords de ce village, dans une cabane abandonnée.

Le jour venait à peine de poindre lorsque des aboiements m'éveillèrent. Du seuil de ma cabane j'aperçus avec terreur, à travers un léger voile de brume, des mouvements sur le chemin. Uritaco n'avait pas attendu la fin de la nuit pour lancer ses hommes et ses chiens à ma poursuite.

Je me jetai dans le fleuve pour leur échapper. Bon nageur et profitant du courant, je pris une bonne avance sur les Gaulois. Au bout de plusieurs heures d'efforts, épuisé, je dérivai vers une île aux abords de la lagune pour y prendre quelque repos. À travers les roseaux, j'inspectai l'amont du fleuve sans rien découvrir qui pût m'inquiéter.

J'ignorais où je me trouvais, le delta commençant à déployer son dédale de langues de terre, de bancs de sable, d'îles et d'îlots ; la plupart de ces derniers étaient déserts, mais je savais qu'à la longue, en me dirigeant vers la mer, je trouverais Spina sur mon chemin.

Je plongeai de nouveau dans le fleuve. Suffoqué par sa froideur qui risquait de paralyser mes membres et au bord de l'évanouissement, je m'accrochais à une branche morte entraînée par le courant.

Je ne me souviens pas du temps qui s'écoula avant mon accostage au beau milieu d'un groupe de femmes occupées à laver du linge. La première réaction de ces créatures, en voyant surgir du fleuve cet être étrange et hirsute accroché à une épave, fut de se disperser. Elles alertèrent les hommes ; ils les aidèrent à m'extraire de la boue où j'avais échoué, me soutinrent jusqu'à la première masure où l'on prit soin de moi.

J'ai oublié les questions qu'ils me posèrent. À peine allongé sur un grabat, je m'endormis. Réveillé quelques heures plus tard, alors que tombait la nuit, je réclamai de la nourriture. On me servit, avec un pain grossier, du poisson grillé et du fromage. J'avalai avec avidité ce maigre repas.

Repu, je consentis enfin à répondre à leurs interrogations, sans rien leur cacher, et ils m'écoutèrent en hochant la tête. Je souhaitais retourner à Spina ? On se ferait un devoir de m'y conduire dès le lendemain ; on avait à y faire une livraison de roseaux pour un fabricant de nattes. Par chance, mon nom ne leur était pas inconnu.

— Aulus, le général Aulus Laristal ? C'est toi qui nous as délivrés des Gaulois ? Sois le bienvenu dans notre modeste village. Nous n'avons rien à te refuser.

On me traita dès ce moment comme un invité d'honneur. Une vieille femme prépara ma couche et m'enduisit le visage et les membres d'un onguent propre à m'éviter les assauts des moustiques. Sage précaution ; ils pullulaient déjà dans les premières ombres de la nuit.

Éveillé avec l'aube, je me sentais en si bonne disposition que j'aidai à charger, dans une grosse barque en forme de barge, les fagots de roseaux destinés au marchand de Spina. J'allais profiter du voyage. Assis à l'arrière, je me sentais dans l'état d'esprit d'Ulysse de retour à Ithaque, sauf que je n'allais pas y retrouver une Pénélope.

Chaque libération, me disais-je, porte son fardeau de nostalgie. Alors que la barque descendait vers Spina à travers le labyrinthe du delta, je songeais avec amertume à cette pauvre femme, Fulvia, dont les circonstances m'avaient contraint à me séparer et qui, veuve pour la deuxième fois, avait trouvé la veille son lit vide d'une présence masculine. Mes regrets, sinon mes remords, se portaient aussi sur ce pauvre Drago qui allait payer cher son manque de vigilance. J'eus une pensée pour le vieux chef Uritaco, qui m'avait fait confiance et que j'avais trahi.

J'admirais l'adresse des quatre nautoniers, notamment de cette grande et robuste femme qui maniait la godille avec une rare dextérité, évitant les bancs de sable et choisissant les chenaux les plus favorables. De temps à autre, elle me regardait avec un sourire provocant et entamait une chanson en idiome vénète. Somme toute, exception faite de mes scrupules, j'étais au comble du bonheur.

À l'approche de Spina, dont on distinguait au loin les fumées, le courant mollissait comme si le fleuve souffrait d'une grosse fatigue. Au fur et à mesure, les rives se peuplaient de cabanes de pêcheurs et d'éleveurs d'où montaient les cris et les rires d'enfants nus qui barbotaient dans la vase. Des bœufs majestueusement encornés, des moutons et des chèvres pâturaient dans les prairies clôturées de haies vives et de peupliers.

— Nous sommes presque arrivés, me cria la femme. Tu nous aideras à débarquer notre marchandise. Après, je te conduirai où tu voudras.

Obnubilé par la pensée de retrouver ma demeure pillée et peut-être incendiée, j'aurais souhaité lui consacrer ma première visite, mais je la devais à Euphronios, afin de lui rendre compte de mon odyssée.

Vêtu comme un vagabond, j'eus du mal, à la porte des Gorii, à me faire reconnaître des gardiens. Je trouvai Euphronios au sortir de son bain, livré à ses masseurs. Il suffoqua de joie en me voyant paraître et me dit d'une voix tremblante d'émotion ou de gêne :

— Tu ne peux savoir le plaisir que me procure ton retour. Nous avons craint de ne jamais te revoir. Tu vas tout me dire. Retrouvons-nous dans un moment au jardin.

— Je dois de la reconnaissance, lui dis-je, aux gens qui m'ont recueilli, hébergé et ramené. Veux-tu y pourvoir à ma place ? La femme qui m'a conduit jusqu'à toi attend sur le seuil.

— Je vais lui faire dire de se présenter. Elle aura sa récompense.

Il fouilla dans un tiroir, en retira quelques pièces qu'il tendit à la femme, comme on fait l'aumône. Elle se détourna avec un regard de mépris et disparut.

— Tu l'as humiliée, dis-je à Euphronios. Ce n'était pas de l'argent qu'elle attendait. Quelques mots de gratitude auraient suffi…

2

Dans la maison d'Euphronios

Ponctuée par des libations et des dégustations d'huîtres et d'oursins, la nuit qui suivit mon retour me parut longue, tant était pressant mon désir de me retrouver dans mon île. Malgré les sollicitations à relater mon odyssée dont on m'accablait, je faillis à plusieurs reprises piquer du nez dans mon assiette.

Euphronios avait convié des notables pour cette soirée sous l'eucalyptus. Ils vinrent si peu nombreux, la plupart redoutant mes foudres, que cela ressemblait à un conseil de famille. Je n'avais pas l'intention, en acceptant cette invitation, de ménager ces misérables qui avaient fait si peu de cas de ma situation, après m'avoir encensé lorsque le général que j'avais été à leurs yeux s'était voué à la défense de leurs intérêts.

Je ne les ménageai pas et, après avoir avalé quelques huîtres et bu quelques gorgées d'un falerne clair et léger, je leur dis familièrement :

— Si je suis présent ici, ce soir, ce n'est pas à vous que je le dois, mes amis. Puis-je vous rappeler les négociations entreprises avec mes ravisseurs en vue de ma libération ? Vous êtes-vous seulement préoccupés de mon sort ? Savez-vous qu'une rupture aurait causé ma perte ?

Ils firent mine de s'indigner, disant que je les jugeais sévèrement, que ma captivité leur avait causé des nuits blanches, qu'ils avaient interrogé les augures et fait dire des prières par les prêtres. Je cachai un sourire derrière ma main, persuadé que, si Uritaco avait exigé une rançon en argent, ils eussent rechigné à verser leur contribution. Tout ce qu'ils avaient dû souhaiter, c'est que cette affaire périclitât, que l'on n'en parlât plus, et que l'on finît par m'oublier.

Ils souhaitèrent, avec une réconfortante unanimité, que je prenne place dans l'assemblée des édiles. Il leur paraissait absurde, dirent-ils, que les citoyens de Spina et de la province ne pussent bénéficier de mes qualités, et ingrat de ma part de leur refuser mon concours pour les grands travaux envisagés dans tout le delta, afin de mettre en valeur des terres stériles.

Le reproche que je leur fis de n'avoir pas poussé les pourparlers avec plus d'énergie suscita des protestations :

— On ne négocie pas avec les Barbares !

— Ils n'ont aucun sens de l'honneur !

— Leur permettre de s'installer sur nos terres ? Jamais ! Ils y feraient régner une insécurité permanente.

— Il faut chasser ces sauvages au plus vite par les armes !

Je crus qu'ils allaient se lever pour me molester. Je leur rappelai que les tribus migrantes de Tyrrhénus l'Ancien ne s'étaient pas fait scrupule d'envahir des territoires déjà occupés et qu'il n'avait pas été nécessaire de faire acte de violence. En laissant les Gaulois d'Uritaco s'installer à nos portes, nous ne courions pas un grand risque.

Un seul d'entre eux se montra curieux de la manière dont j'avais vécu ma séquestration. Comment avais-je supporté la torture et la faim ? Ils eurent du mal à me croire lorsque je leur dis que j'avais été traité humainement, sans la moindre violence, bien que sous étroite surveillance.

Ils auraient aimé que je leur serve un plat plus épicé. Ils voulaient du sang ? Je leur en donnai en imaginant une libération difficile, un combat contre deux jeunes guerriers que j'étais parvenu à maîtriser et à assommer ! Ils hochaient la tête et échangeaient des regards compatissants, comme les habitants d'Ithaque fêtant le retour d'Ulysse.

Ils souhaitaient savoir comment vivaient ces Barbares ? Je leur fis une description idyllique de leur quotidien, en m'efforçant de gommer tout ce qui aurait pu choquer leurs sensibilités de civilisés. Je ne sais comment ils apprécièrent ce brouet où la réalité se mêlait à la fable, mais aucun n'osa manifester le moindre doute.

Il n'y eut des protestations que lorsque j'eus raconté le sacrifice des vierges, mais ils durent convenir que certaines fêtes romaines, les *Lupercales* notamment, dont j'avais été témoin dans ma jeunesse, étaient tout aussi licencieuses.

Alors que l'on approchait de minuit, je confiai à mon auditoire que ma conviction profonde était de laisser à ces gens les terres qu'ils occupaient, en veillant à ce qu'ils fassent bon ménage avec les populations indigènes et renoncent à toute velléité de conquête. Quitte à passer pour un traître, je me portai garant de leur comportement. Il y eut des grincements de dents. Euphronios les fit taire.

— Mes frères, dit-il, je dois convenir que nous n'avons pas porté à cette affaire l'attention que nous devions à notre général. Dès demain, je prendrai des mesures pour envisager une politique de bon voisinage avec le chef de cette tribu. Des délégués de notre province prendront contact avec lui.

Il fut salué par des grimaces et des applaudissements hypocrites.

Euphronios me félicita de n'avoir pas envenimé le débat, en dépit de l'ingratitude dont on faisait preuve à mon égard.

Il insista pour m'offrir un lit. J'acceptai ; en pleine nuit, retourner à Strena, même accompagné d'un esclave armé, eût été dangereux en raison de la présence nocturne de malandrins. J'avais eu mon content d'épreuves ! L'intendant m'avait rassuré sur la situation de mes biens : ma masure n'avait pas été incendiée, et un fils de Péga prenait soin de ma basse-cour et de mon jardin.

Avant de quitter la demeure des Gorii, au cours du premier repas de la matinée, je demandai à Euphronios s'il avait reçu des nouvelles de Hocha. Je venais de mettre le doigt sur une blessure vive.

— Ce jeune fou ! s'écria-t-il. J'ignore encore ce qu'il mijote, mais il a exigé de partir avec trois galères et des hommes armés, comme s'il allait se battre contre les Grecs ou les Carthaginois ! Une seule aurait suffi pour une banale expédition. Je crains qu'il n'ait dans la tête des projets politiques, comme de créer une colonie dont il prendrait le gouvernement. J'ai vainement tenté de lui faire avouer ses intentions, mais il est parti enveloppé de mystère, comme Jason à la poursuite de la Toison d'or ou Pythéas à la conquête de nouveaux continents !

Je me gardai de faire état des desseins que Hocha m'avait confiés. Ils m'avaient laissé perplexe. Certes, la Dalmatie, en principe possession d'Athènes, offrait des terres exploitables, des populations arriérées à civiliser, des comptoirs à créer, mais il aurait fallu pour cela un conquérant d'une autre stature que Hocha.

— Aulus, me dit le lucumon, j'ai une bonne surprise pour toi. Suis-moi !

Je l'accompagnai jusqu'à son cabinet de travail, vaste salle ouverte sur l'atrium. J'eus du mal à réprimer ma joie en découvrant ma panière d'osier, intacte sous ses lanières de cuir. Informé de mes travaux par Péga, Euphronios avait pris soin de faire transporter ce précieux dépôt dans sa maison, par mesure de sécurité. Il y avait joint la grossière statuette de Menerva, mon encrier et mes calames.

— Je te laisse le choix, me dit-il, de reprendre ton travail à Strena, dans des conditions précaires, ou dans ma maison où tu serais exempté de soucis. Tu n'es mon cadet que de quelques années. Je pourrais te considérer comme un frère. Qu'en dis-tu ?

Je demandai un temps de réflexion, cette proposition étant aussi surprenante que flatteuse.

De retour dans mon île, je trouvai ma masure, ma basse-cour et mes biens dans un meilleur état qu'avant ma capture. Le fils de Péga, un adolescent timide mais courageux, s'y était installé et avait veillé sur mes biens avec plus de conviction et d'assiduité que je n'aurais pu le faire moi-même.

Je confiai mon dilemme à Péga. Il se dit partisan de ma réinstallation à Strena, persuadé que mon exil chez Euphronios le séparerait à jamais de moi. Il dut pourtant convenir que, pour mon travail, j'y serais plus à l'aise. Je lui annonçai que ma décision était prise et que j'acceptais l'hospitalité du lucumon. En mon absence, dont la durée m'était inconnue, son fils pourrait jouir de mon domaine. Il m'embrassa avec effusion.

Quelques jours plus tard, Euphronios m'accueillit à bras ouverts et me confia pour procéder à mon installation à son épouse, dame Ega, une mission qu'elle accomplit avec une célérité qui me ravit.

J'occupai une pièce de dimensions modestes ouvrant, d'une part, sur l'atrium et, de l'autre, sur le canal qui menait au port. J'avais ainsi, de ma fenêtre, une vue sur la vie de la maison et une autre sur le mouvement de la ville et le trafic des bateaux.

Pour sommaire qu'il fût, mon mobilier me convenait ; une table assez vaste pour mon travail, un lit doté d'un épais matelas de laine et d'une moustiquaire, une chaise, un ample fauteuil de vannerie capitonné de coussins, un guéridon pour Menerva et mes pénates, un trépied supportant un brûle-parfum de bronze. Ega n'avait pas oublié d'ajouter à ce strict nécessaire un coffret à onguent plein de parfums d'Assyrie, de gomme à mâcher et de tisanes ainsi qu'un miroir gravé sur son revers de scènes érotiques...

Après les épreuves que je venais de traverser, cette nouvelle condition de vie me semblait un simulacre destiné à m'égarer dans un dédale d'illusions.

Je passai la majeure partie de mon temps à ordonner mes documents, à les traduire et à me livrer à cet exercice plein d'aléas : démêler dans ce fatras ce qui appartenait à l'histoire et ce qui relevait de la légende ou de la fantaisie d'un scribe.

Je prenais la plupart de mes repas à la table des Gorii. Rien n'y manquait. En mon honneur, on ouvrait parfois des amphores de falerne et de cécube, les deux meilleurs vins de la péninsule, produits sur les côtes tyrrhéniennes, entre Rome et Néapolis, auprès desquels ceux des Grecs ne sont que piquettes de charretier.

Mes hôtes poussèrent leur attention jusqu'à m'offrir l'accès à leur piscine, à leur salle de massage, et à m'octroyer une jeune esclave dalmate, Tania, qui devait répondre à toutes mes attentes, de nuit comme de jour.

Je trouvais d'agréables moments de détente à la chasse dans les collines boisées du Nord, au-delà la nécropole de Valle Treba où les Gorii avaient un somptueux hypogée, mais je préférais les promenades à cheval sur la plage et les visites au port qui entretenait un trafic intense avec les villes de l'Adriatique : Ancona, Ravenna, Chioggia, et Pula, dans la péninsule de l'Istrie. Une dizaine de familles exploitaient ces installations portuaires très actives, même s'il n'était pas question de rivaliser avec Ostia, le port de Rome, Massalia ou les cités côtières de la Grande Grèce.

Auprès de dame Ega, je faisais figure de héros et de savant, ce qui me flattait et me gênait à la fois, ne prétendant ni à l'un ni à l'autre de ces titres. J'avais beau prendre des attitudes modestes, elle était persuadée d'abriter sous son toit un personnage dont Rome eût pu faire un chef de légion, une gloire littéraire ou même un consul !

Cette révérence tenait de l'orgueil. Elle faisait en sorte que, dans les réunions de dames auxquelles elle me conviait et qui respiraient la sottise et l'ennui, je jouasse l'érudit pour ces matrones ignares. J'étais son Œdipe domestique et me devais d'avoir réponse à tout.

Il est vrai que ces dames étaient faciles à éblouir, d'autant que j'ornais de quelque fantaisie les récits que je faisais de mes aventures imaginaires. J'inventais selon mes caprices des voyages en Égypte, en Ibérie ou en Mésopotamie. Je racontais mon aventure avec la fille d'un seigneur perse d'Ispahan, qui avait failli se terminer par un drame. Je m'étais battu sur les côtes d'Afrique contre un troupeau de nègres. Les ports de Massalia, de Syracuse, d'Emporiae ou de Carthage n'avaient pas de secret pour moi ; j'y trouvais refuge dans de mauvais lieux contre les autorités…

Il est vrai qu'à Spina, cette vaste cité vouée principalement au commerce maritime, la bonne société souffrait de la monotonie. Pour les dames surtout qui, pour la plupart, ne s'intéressaient pas aux affaires, le moindre divertissement était bon à prendre. Cette ambiance morose expliquait en partie l'engouement pour les combats d'hommes et d'animaux, les dévergondages des festins et des nuits orgiaques, propices aux ragots… et les récits de voyages d'un faux aventurier.

Le jour où dame Zélia, de la famille des Forii, grands éleveurs de buffles, me demanda si les dieux avaient poussé mon navire sur le rivage de Lesbos, une île de la mer Égée, mon imagination déploya ses ailes. Je lui répondis :

— Si je connais Lesbos ? Oh ! que oui… Il se trouve que mon frère aîné, Verthur Laristal, exploite un comptoir dans une île proche, Lemnos. C'est dire que je ne me suis pas privé d'aborder cette terre et d'y séjourner.

Les questions fusèrent :

— On dit qu'elle est habitée par une tribu de femmes et qu'elles y entretiennent des mœurs détestables.

— Avez-vous rencontré la célèbre Sapho, une grande poétesse à ce qu'on dit ?

Ces interrogations ne me prenaient pas en défaut ; je n'étais resté que trois ou quatre jours sur cette île, mais je connaissais quelques poèmes de Sapho, morte quatre siècles auparavant.

Je me plus à parler, à mots couverts, pour ne pas effaroucher mes auditrices, de ce phalanstère féminin et de cette île bénie des dieux. Elles se pâmèrent de plaisir lorsque je citai quelques vers de la poétesse, que j'avais gardés en mémoire :

Tu es venue et j'ai bondi vers toi
Avec mon cœur brûlant de passion
Tu dormiras cette nuit sur la poitrine de ta compagne...

Ou encore :

Quelle paysanne a pu charmer ton cœur
Alors qu'en traînant sa souquenille
Elle n'a même pas appris à la relever sur ses chevilles...

Je percevais au cours de ma récitation, derrière les éventails, des murmures indignés ou des soupirs pathétiques. Je pouvais me flatter d'avoir fait pénétrer chez ces créatures, que les bacchanales ne choquaient pas, une idée de transgression singulière qui allait hanter leurs nuits.

Par respect pour Uritaco, Fulvia et Drago, je renonçai, malgré leurs suppliques, à évoquer mon séjour forcé chez les Gaulois, et répondis par des propos dilatoires aux questions que l'on me posa.

Dame Ega m'accompagnait parfois, non à la chasse, une pratique qu'elle détestait, mais, lorsque le temps était favorable, dans mes promenades le long de la grève. Elle sollicitait discrètement cette faveur. J'accédais à ses demandes, non sans plaisir, car sa présence m'était agréable. Elle se faisait parfois escorter d'un esclave transportant le nécessaire pour une collation.

Plus jeune d'une dizaine d'années que son époux, qu'elle appelait dans l'intimité son « vieux croûton », elle affrontait les épreuves du temps avec une résolution tenace et une gamme d'artifices, sans parvenir à faire vraiment illusion. Son corps avait gardé ses formes juvéniles, mais son visage trahissait les flétrissures de l'âge par deux longues rides qui faisaient comme une parenthèse autour de sa bouche encore belle et charnue.

Elle me confiait volontiers, sans pudeur, les soins qu'elle prenait de son corps ; exercices physiques, bains, massages, onctions d'huiles précieuses de Syrie, d'Arabie et de Golconde.

Elle me confessa son horreur de la pilosité et son remède pour l'exterminer. Cette recette était des plus singulières ; elle faisait bouillir une grenouille avec quelques herbes et s'enduisait le corps de cette mixture de sorcière. Elle me montra sans gêne les effets de cette médication : un corps lisse et net comme du parchemin.

Notre intimité s'accrut le jour où elle m'avoua, avec la familiarité qui lui était habituelle, la nature de ses rapports avec Hocha. Ce n'était pas une surprise ; peu avare de confidences, il s'en était ouvert à moi.

— Ce que tu ignores, me dit-elle, c'est que nos amours ont failli finir dans le sang. Lasse de le voir me négliger pour ses gitons, je lui ai demandé de choisir entre eux et moi. Il a traité ma proposition par le mépris et m'a reproché mon âge, ce qu'une femme ne peut pardonner. Je me suis précipitée sur lui, ai arraché son poignard de sa ceinture et je le lui ai mis sur la gorge, mais il n'a pas eu de mal à m'écarter. Je crois… je crois que j'aurais pu le tuer…

Sincère ou non, son chagrin s'épancha sur mon épaule, tandis que ses mains pétrissaient ma poitrine et qu'elle bredouillait une invite à lui apporter une consolation immédiate. Je ne pouvais lui faire subir un nouvel affront en me dérobant. Cette première étreinte fut le prélude d'une passion.

À dater de ce jour, Ega est devenue ma maîtresse, au vu et au su de tous, à commencer par ce « vieux croûton » d'Euphronios, qui semblait se moquer comme d'une guigne des faits et gestes d'une épouse qu'il négligeait. Il compensait ce vide conjugal par des rapports avec de jeunes esclaves des deux sexes pour perpétuer un semblant de virilité.

J'eus du mal à faire admettre à Ega que, bien que sensible au plaisir qu'elle me donnait, je ne pouvais lui consacrer mes jours et mes nuits, en raison de mon âge et d'un travail qui me prenait la moitié de mes journées. Elle bouda, me reprochant d'avoir inventé ces prétextes maladroits et fallacieux pour justifier mon indifférence. Je m'en défendis avec vigueur et conviction, disant qu'elle m'avait redonné le goût de l'amour et ranimé mes ardeurs sensuelles.

À la vérité, je répondais mal à ses élans dionysiaques empreints d'une lourde vulgarité et d'une volonté de possession. Elle usait de provocations salaces pour m'attirer dans sa toile. Malgré quelque répulsion vite dissipée, je cédais à sa volonté. Refuser de lui donner satisfaction eût entraîné sa colère et une brouille qui m'eût contraint à retourner avec mon bagage dans ma cabane de Strena. De plus, je ne tenais pas à me trouver, comme Hocha, le couteau sur la gorge !

Un mois après mon retour à Spina, Ega demanda à m'accompagner dans une des visites que, de temps à autre, je faisais à mon domaine. Je ne pus éluder cette prière bien que je sache aller au-devant de réactions humiliantes. Je ne fus pas surpris, alors qu'elle venait de faire le tour de ma propriété soigneusement entretenue par le fils de Péga, de l'entendre me dire :

— Mon pauvre ami, comment as-tu pu vivre aussi longtemps comme le plus misérable des pêcheurs et des collecteurs de tourbe ? Sans argent, sans femme, tu devais t'y ennuyer à mourir !

J'eus du mal à lui faire admettre ses erreurs. Après les tempêtes de Rome, je jouissais à Strena d'une solitude qui me convenait, et que jamais l'ennui n'avait effleurée. Quand je voulais une femme, j'allais passer une nuit au bordel. Avais-je envie d'un repas qui sorte de mon ordinaire ? Je me rendais à l'auberge. Je ne roulais pas sur l'or mais j'étais moins pauvre qu'elle ne le supposait.

En voulait-elle la preuve ? Je soulevai la dalle qui abritait mon magot : quelques bijoux, des pièces d'or et d'argent de plusieurs pays, faciles à convertir, et les titres de propriété de ma demeure familiale de Tarquinii. J'aurais pu aspirer au titre de citoyen aisé de Spina et y faire bonne figure.

— Un jour ou l'autre, me dit-elle en se serrant contre moi, tu quitteras ma maison pour revenir vivre ici. J'en ai l'intuition. Quand tu t'y décideras, j'en mourrai.

— Ou tu me trancheras la gorge !

— Je t'aime trop pour te tuer. Tu es mon dernier amour, Aulus, et tu le sais. Alors ne plaisante pas.

Sur le retour, nous avons poussé jusqu'à l'île de Péga. Je tenais à présenter mon vieil ami à ma maîtresse. Je le trouvai en train de tresser de l'osier pour des panières, Gouma près de lui, occupée à plumer une poule au milieu d'une marmaille nue et sale.

L'entrevue fut brève. À peine avais-je embrassé le couple et caressé les enfants et les chiens qu'Ega me tira par la manche.

— Partons, me dit-elle à l'oreille. Je suis fatiguée.

Sur le chemin de Spina, elle ajouta d'un ton âpre :

— Comment peux-tu considérer ces pouilleux comme des amis ? Ils sont sales, ils puent et ont de mauvaises manières.

— Tu es victime d'une apparence. Cette écorce, un peu rude j'en conviens, cache un aubier d'une grande tendresse. Cet homme et cette femme donneraient leur vie pour me défendre. Ils m'ont tiré d'affaire à maintes reprises et, comme je ne suis pas un ingrat, je les aime et leur rends service à l'occasion.

Je revins à Spina rassuré quant à mon bien. Le fils de Péga en prenait soin avec un tel zèle que je l'avais récompensé, comme à chacune de mes visites, d'une pièce de monnaie qu'il s'empressait de remettre à sa mère. Je pourrais, quand l'envie ou la nécessité me l'imposerait, reprendre possession de mon domaine.

Je me replongeai sans fièvre et sans contrainte dans les documents retraçant l'origine de ma race depuis que les navires des migrants avaient abordé aux côtes de la péninsule. Ce n'était pas un travail facile. Il me fallait faire la part de la réalité et de l'imaginaire, contourner des digressions interminables et introduire de la logique dans ce chaos.

Excellents marins, mes ancêtres n'avaient pas tardé à manifester leur ambition ; se doter d'une flotte digne de rivaliser avec les puissances maritimes. Les débuts avaient été difficiles. Constituer une flotte est une aventure humaine qui demande des décennies d'efforts et de sacrifices. La piraterie leur apparut comme le moyen le plus efficace, sinon le plus facile, d'asseoir leur pouvoir. Tarquinii et son port Graviscae, alors simple embarcadère équipé de quelques cabanes et d'une modeste jetée, allaient devenir leur repaire.

Pourquoi auraient-ils nourri des scrupules ? La piraterie était monnaie courante, soit que l'on passe à l'abordage d'un navire étranger, soit que l'on pille un comptoir. À cette époque, et encore de nos jours quoique dans de moindres proportions, toutes les puissances maritimes se livraient, sans mauvaise conscience, à cette activité. Il fallait dans le même temps mettre l'intérieur des terres en valeur, pacifiquement dans la mesure du possible, en évitant les conflits avec les tailleurs de silex qui l'occupaient depuis la nuit des temps. La contrée, entre l'Arno et le Tibre, était rude et montagneuse mais fertile, du moins dans les vallées. Elle offrait d'autres avantages : des hauteurs favorables à la création de villages, à leur protection contre d'éventuels agresseurs venus de la mer et contre les miasmes générateurs de fièvres des marécages.

Il se passa un siècle avant que nos tribus ne constituent une amorce de confédération et ne se donnent un roi, Tyrrhénus ou Tarchum ? Je ne sais. Toujours est-il qu'une nouvelle civilisation venait de naître, et qu'en deux ou trois siècles elle allait devenir la mieux organisée et la plus puissante de la péninsule, le reste, jusqu'aux limites de la Grande Grèce, n'étant occupé que par des peuplades primitives, principalement sabines, ombriennes ou italiques.

L'Étrurie, nation en devenir, n'allait pas pérenniser sa suprématie par la seule piraterie et l'exploitation de ses terres. Elle allait procurer une vigueur nouvelle à son essor par l'industrie.

Des incursions dans l'île montagneuse d'Elbe, au nord de la mer Tyrrhénienne, révélèrent la présence surabondante de minerai de fer. Nos ingénieurs se mirent à l'ouvrage et, en quelques années, installèrent les premières mines et fonderies sur la côte péninsulaire, dans une localité qui allait devenir Populonia. Les Grecs avaient déjà découvert cette richesse mais, loin de la mère patrie, en avaient négligé l'exploitation. Il fut aisé de faire place nette.

Qui dit fer dit civilisation.

Nous avions parmi nos ancêtres d'habiles ferronniers capables de forger des outils aratoires et des armes. La piraterie leur avait procuré les premiers éléments de puissance ; le fer confirma cette hégémonie et suscita des jalousies.

Durant mon enfance à Tarquinii, j'ai retrouvé, dans une cavité de la falaise bordant notre demeure, une effigie que je n'ose appeler un objet d'art.

Que pouvait représenter cette tête taillée dans un bois d'ormeau, informe, portant encore des traces d'une peinture ocre ? Un dieu, un prêtre, un sorcier, un chef de tribu ? Un roi peut-être ? Je passai des heures face à cette grossière image, chargée du mystère des temps anciens, à la recherche du moindre détail susceptible de m'informer de ses origines.

Parmi les adultes auxquels j'avais montré ma trouvaille, certains s'en étaient désintéressés et d'autres avaient fait assaut d'érudition, allant jusqu'à attribuer ce reliquat aux Celtes et aux Babyloniens ! Hanté par le doute, j'avais replacé l'étrange tête à l'endroit où je l'avais trouvée et où elle doit être encore.

La création d'une monnaie spécifique allait donner un nouvel élan à notre commerce. Sa teneur en or et en argent reconnue, elle fut acceptée et négociée sur tout le pourtour de la Méditerranée. C'est de cette époque que date l'appellation de mer Tyrrhénienne ou de mer des Étrusques pour parler de celle que bordent les côtes occidentales de la péninsule. Lieu propice aux exploits de nos premiers pirates, elle était devenue notre domaine maritime. Nous disposions désormais, dans chacune de nos villes et de nos ports, d'une garnison aguerrie.

Notre croissance ne s'imposa pas sans conflits armés.

La seule bataille digne d'intérêt, dont j'ai retrouvé trace sur une plaque d'argile de Cisra, s'est déroulée sur les côtes de la Corse, la Kersika des anciens.

Peuple de la mer, les Phocéens, Grecs originaires de l'Asie Mineure, avaient créé, sur la côte orientale de cette grande île, un comptoir devenu prospère, Alalia, sur le modèle de leur port de Massalia. La ville, signalée par une montagne en forme d'acropole, dominait une plaine marécageuse et paraissait inexpugnable.

Avec l'appui de navires de Carthage, les nôtres vinrent assiéger Alalia. J'ignore quand et comment se déroula cette opération, mais il ressort du texte de Cisra que la cité, après une longue et rude résistance, dut nous ouvrir ses portes, nous laisser piller ses maisons et ravager ses temples. Triste victoire... Elle fut suivie, un siècle plus tard, d'une incursion des Syracusains qui, en nous chassant honteusement d'Alalia, nous interdirent la possession de cette île, terre bénie des marchands d'esclaves et réserve inépuisable de bois, de cire et de miel.

Une autre bataille marqua l'expansion de la civilisation étrusque, vers le sud, il y a trois siècles environ.

Les Grecs possédaient, à Cuma, en Campanie, un comptoir prospère sur lequel la volonté d'expansion de nos ancêtres faillit se briser. Bâtie sur une haute colline dominant la mer Tyrrhénienne, cette radieuse cité possédait un port, Puteoli, un temple prestigieux dédié à Apollon et une acropole dominant d'immenses champs de blé. Cuma était le fleuron des colonies grecques échelonnées le long de cette côte digne des dieux plus que des marchands hellènes.

Cette cité allait donner du fil à retordre à nos Étrusques ; occupation armée des campagnes alentour, assauts contre des falaises et des murailles vertigineuses, tentative de réduction par la soif et la faim... Il fallut des années avant que, du haut des remparts, les édiles ne reconnaissent leur défaite, et peu de temps pour que nous fussions nous-mêmes vaincus par les Syracusains.

Sur un parchemin datant de cette époque, j'ai découvert un texte en forme de lamentation pleurant la mort de milliers de nos soldats sous les murs de Cuma et de centaines de nos navires au large de Puteoli. Vanité des guerres…

La suite de cette épopée mentionne quelques conflits opposant les Étrusques aux peuplades qui occupaient le centre de la péninsule. Le plus redoutable de nos ennemis, les Samnites, nous prit la belle ville de Capua.

Que de faits d'armes reconnus, ignorés ou supposés, et que de revers ont marqué l'avancée des armées étrusques entre Arno et Tibre ! Rome n'était pas encore une ville mais un agrégat de tribus perchées sur sept collines.

Les écrits contemporains de cette époque abondent en récits d'expéditions guerrières. Ils ont été sauvés, je ne sais comment, des invasions romaines qui voulaient effacer toute trace de notre civilisation. Les relater serait trop long et fastidieux.

En un peu plus d'un siècle, à pas de géant, les Étrusques, ayant trouvé leur terre – et leur mer ! – d'élection, avaient élaboré une véritable civilisation. Il y avait, semble-t-il, une sorte d'adéquation mystérieuse entre cette terre et ces hommes. Les humbles migrants de Lydie avaient donné à leur territoire les dimensions d'un empire.

La fécondité de nos familles avait fourni les contingents nécessaires à l'expansion et à la création dans les villes de solides postes militaires, jusque sur le golfe de Salerno, au sud du Vésuve. Cette puissance avait sa faille ; le manque de coordination entre les cités qui manifestaient une indépendance égoïste et dangereuse en cas d'attaque. Rome, plus tard, allait profiter de ce manque de solidarité et de discipline.

Sauf à de rares exceptions, les rois que se sont donnés les Étrusques n'ont pas laissé leur nom dans l'histoire, et moins encore le souvenir de leur règne. Le gouvernement général avait évolué vers un régime oligarchique dominé par quelques grandes familles, comme celle des Tarquin, originaires de Tarquinii. Assisté par une assemblée de citoyens triés sur le volet, qui tenait chaque année ses assises dans la ville de Volsinii, au centre de la péninsule, il prit progressivement une dimension impériale.

Enrichis par la piraterie, le commerce et le trafic d'esclaves, ces hauts personnages s'attachèrent à l'assainissement des vallées marécageuses génératrices de maladies paludéennes. On ne change pas la mentalité des peuples sans modifier leur lieu et leur mode de vie.

J'ai assisté, dans mes jeunes années, au travail des ingénieurs chargés d'installer autour de Tarquinii un gigantesque réseau d'égouts. Je les ai vus excaver la montagne pour ouvrir des routes, creuser des canaux d'irrigation, faire de Graviscae un port de dimension internationale. La plupart de ces hommes étaient des Grecs, mais fondus dans la population au point d'y prendre souche.

Mon frère aîné, Verthur, avait émigré. Mon cadet, Tephri, s'était lancé dans la fabrication, à Populonia, d'objets de bronze et d'étain à usage domestique ou rituel. Notre sœur, Annia, nous avait quittés pour épouser un notable romain.

Au terme de mon adolescence, notre père, Petrus Laristal, m'avait enlevé à mon précepteur, le vieux Scopas, auquel je dois ma modeste érudition, pour me confier le commerce de l'ambre.

Ce produit rare et recherché pour la fabrication des parfums, des onguents et des bijoux, provient des rivages de la mer Baltique, pour ainsi dire aux confins du monde connu. À chacun de mes retours, mon navire était accueilli comme si je ramenais l'or de Darius, et c'était chaque fois l'occasion d'une fête, la faveur des dieux m'ayant évité d'être arraisonné par les pirates. Il n'en allait pas de même des caravanes qui traversaient l'immense Germanie : sur dix qui partaient il n'en revenait que deux ou trois avec leur chargement indemne, et beaucoup d'entre elles disparaissaient à jamais.

Ces expéditions me familiarisèrent avec la diversité infinie des terres et des hommes. J'appris à apprécier les peuplades du Nord, ses collecteurs d'ambre, ses pêcheurs, ses éleveurs de bisons habiles dans la confection des fourrures d'ours et de loup. Ils sont frustes et ignorants, mais leur caractère est bien trempé. Je fus sensible à la beauté rude mais sculpturale de leurs femmes qui jouissaient d'une liberté de mœurs dont bénéficia le novice que j'étais.

Mon père, ayant renoncé à ce négoce jugé peu rentable, me confia à ses secrétaires pour me permettre de m'initier à la marche de ses affaires. Ce nouvel emploi était incompatible avec les exigences de ma jeunesse et de ma nature. Obsédé par l'attrait de l'aventure que le commerce de l'ambre avait éveillé en moi, je rechignais à me livrer aux travaux d'écriture avec, à l'horizon, comme une sollicitation lancinante, la ligne bleue de la mer et le vol des mouettes.

Lorsque mon père me communiqua sa volonté de créer un comptoir sur la côte orientale des Ibères, à Emporiae, je lui fis comprendre que cette mission m'agréerait. Il ne fit aucune difficulté pour me laisser embarquer. Des portes que j'avais cru fermées à jamais venaient de s'ouvrir pour moi.

3

La sibylle de Cuma

Sur les chemins de l'histoire que j'emprunte, je ressens parfois quelque scrupule à me laisser entraîner dans des digressions fastidieuses. Je m'en délecte parfois, mais cela ne fait guère avancer mon récit. Je fais surtout allusion, en écrivant cela, aux événements relatifs à ma propre existence ; ils risquent de donner à mon travail l'allure d'une biographie personnelle, ce qui n'est pas mon intention.

On conviendra cependant que parler de soi c'est parler de son peuple. Je me retrouve, dans mes qualités, mes travers et mes goûts, en concordance avec ces Étrusques qui portent encore sur eux, comme une tunique de Nessus, le mystère de leurs origines et l'insolent prodige de leur civilisation. Je me sens solidaire de leur aspiration à une société paisible et hédoniste. Si, au cours de notre histoire, les rois, les princes et les grandes familles ne se sont pas montrés dignes de notre destin ou ont surévalué leurs ambitions, j'assume ma part de ces erreurs et suis prêt à en payer le prix.

Je m'apprêtais à effectuer un saut par-dessus les siècles et à revenir sur le fabuleux destin des Tarquin, qui, régnant à Rome, en firent une ville étrusque, quand un événement dramatique vint interrompre mon travail et semer la perturbation dans la famille des Gorii, devenue un peu mienne.

Alors que je me taillais un calame, des cris m'alertèrent. Je vis surgir ma jeune esclave, Tania, le visage en feu, désemparée. Elle balbutia :

— Un homme, seigneur Aulus… un homme…

— De quel homme veux-tu parler ? lui répondis-je.

— Un inconnu… Des pêcheurs l'ont ramené au palais. Il est… comme mort ! On l'a interrogé. Il n'a dit qu'un mot ; Pula, je crois…

Ce nom s'associa dans mon esprit à celui de Hocha. Au début de l'automne précédent, alors que je languissais chez les Gaulois, il avait traversé avec ses trois navires la mer Adriatique pour se rendre en Istrie et créer une principauté sur ces terres quasi désertiques.

Je me rendis dans le vestibule où l'inconnu était allongé, entouré des pêcheurs qui l'avaient trouvé dans un bras du delta proche de Spina. Il n'était plus qu'un amas de boue mais avait les yeux ouverts et nous fixait intensément. Un peu plus tard, alors que les servantes avaient pris soin de le laver avec du vinaigre pour le ranimer, il nous dit son nom : Valta, qui n'évoquait rien pour nous. C'était un homme robuste, qui portait le sceau de l'esclavage à l'épaule et quelques blessures à la tête et aux flancs.

Après une rasade de liqueur de figue, il parvint, non sans peine, à nous raconter ses mésaventures. Je m'assis à son chevet et lui dis :

— Valta, est-ce que tu m'entends ? Tu es dans la demeure des Gorii, à Spina, et hors de danger. D'où viens-tu ?

— Je t'entends, me dit-il.

Il expliqua qu'il avait pris part à l'expédition de Hocha, qui avait mal tourné dès le début. La flotte étrusque était en vue du port de Pula, au sud de la péninsule istrienne, quand Hocha avait constaté que la rade était occupée par des navires grecs ou phocéens qui débarquaient ou embarquaient des marchandises. Le goût pour la piraterie s'étant réveillé en lui, il avait dissimulé ses bateaux dans une anse, entre la pointe de l'Istrie et l'île de Cherso, à la faveur de la nuit.

Au lever du jour, alors que les deux navires du port, ayant terminé leur chargement, gagnaient la haute mer, il avait ordonné de faire voile sur eux pour les arraisonner. Mal lui en prit ; ces galères de haute mer étaient bien pourvues en soldats. Avec l'aide des rameurs, elles avaient résisté et renversé la situation. Hocha avait perdu dans ce combat deux de ses vaisseaux, l'un éventré par un rostre de galère, l'autre incendié. Une cinquantaine de ses hommes avaient péri ou disparu.

C'est lors de cet affrontement que Valta avait été blessé. Conscient que la bataille échappait aux Étrusques, il avait sauté à la mer, longé la rive à la nage malgré le gros temps et, découvrant entre des écueils, une barque abandonnée, il avait gagné le large à force de rames.

Au milieu de la nuit, surpris par une tempête, entre les côtes d'Étrurie et de la Vénétie, il avait affalé la voile et laissé son embarcation dériver, jusqu'à ce qu'une lame l'eût retournée. Il s'était sauvé de la noyade en s'agrippant à un coffre de bois.

À l'aube, épuisé, alors que la houle se calmait, il était arrivé en vue d'une côte plate et sans végétation, qui aurait pu être celle de l'Afrique. C'était la Vénétie.

Il y avait à partir de là une faille dans sa mémoire. Il avait perdu connaissance et s'était senti arraché à la boue et jeté au fond d'une barque.

La suite, nous la connaissions.

En revanche, ce que nous aurions aimé savoir, c'est ce que Hocha était devenu. Valta ne put nous le dire, et pour cause. Tout ce qu'il put nous révéler, c'est qu'il avait vu sombrer un des navires étrusques, l'autre courir en flammes aux récifs, mais la fumée lui avait caché le dernier où se trouvait le chef de l'expédition. La dernière fois qu'il avait vu Hocha, celui-ci était campé sur les marches du château arrière, tenant tête à un groupe d'assaillants.

Prévenue par Euphronios, la famille de Hocha arriva et accabla le rescapé de nouvelles questions. Je les laissai donner cours à leur curiosité.

Alors qu'il venait de prendre quelque nourriture et que son élocution était plus nette, Valta nous apprit des détails sur ce désastre sans précédent dans les parages.

Parmi les officiers qui assistaient Hocha, certains avaient réprouvé cet acte de piraterie, mais en vain. Fort de son autorité naturelle, il avait étouffé cette amorce de rébellion et maintenu son projet. Il se conduisait à son bord, ajouta Valta, « comme un tyran », punissant par le fouet la moindre maladresse.

Il avait même fait égorger et jeter à la mer deux matelots qui avaient osé contester ses ordres.

Nous n'allions pas tarder à recevoir de ses nouvelles. Ce ne fut pas celles que nous espérions.

Un matin, le père de Hocha trouva sur son embarcadère, devant sa porte, un coffret contenant un affreux trophée ; une tête d'homme en état de putréfaction avancée. Un message en écriture grecque, griffonné sur une planchette, y était joint, précisant qu'il s'agissait de celle de Hocha et que sa mort devrait servir d'exemple à ceux qui s'en prendraient à la puissance maritime des Grecs.

L'affliction qui écrasa la famille de Hocha trouva un écho chez Ega. Des conséquences tragiques allaient s'ensuivre.

Au cours de nos entretiens intimes, elle évitait de me parler de son ancien amant, comme si elle avait effacé d'un trait le souvenir de leur relation. Lorsque je la poussais à la confidence, elle se refermait sur elle-même et son regard se perdait dans le vide. Je n'ignorais pas que dans leurs rapports alternaient passion et orage, mais je ne m'attendais pas à ce qu'elle fût si affectée par cette mort.

Durant une semaine, elle s'enferma dans ses appartements, refusant de me voir et n'ouvrant la porte qu'à ses suivantes pour sa subsistance et ses soins. Elle s'éveillait en pleine nuit pour se répandre en lamentations et en menaces, disant qu'elle se vengerait de ces maudits Grecs, qu'elle en ferait capturer quelques-uns, et, comme Médée, les ferait dépecer ou jeter dans un chaudron d'huile bouillante !

Quelques jours plus tard, j'appris avec stupeur que, espérant que la tête informe remise aux Partunii n'était pas celle de Hocha, elle avait décidé d'aller consulter la célèbre sibylle de Cuma pour en avoir le cœur net.

Elle m'en parla ; je l'en dissuadai. Elle comptait sur moi pour l'accompagner ; je refusai. Elle m'insulta, disant que la jalousie inspirait mon refus ; je tins bon. Son époux n'eut pas plus de succès. Lorsque notre médecin, Laris, lui déconseilla ce long voyage dangereux pour sa santé, elle le congédia en lui riant au nez. Ayant renoncé aux artifices de sa toilette, elle avait pris l'aspect d'une vieillarde acariâtre et démente.

Je conseillai à Euphronios de faire suivre la petite caravane sur la route de Cuma par un petit groupe armé chargé de veiller à distance sur sa sécurité, sans révéler sa présence à la voyageuse qui n'eût pas supporté cette précaution humiliante. Cette délicate mission fut confiée au maître des esclaves, Galtas.

J'ignorais tout de l'endroit où vivait la sibylle. En revanche notre haruspice, Ramthas, m'informa des conditions dans lesquelles elle exerçait ses dons de prophétesse. C'était l'une des sibylles les plus célèbres de notre époque, avec la pythie de Delphes qui opérait en Grèce, sur une pente du Parnasse et celle d'Érythrée, en Asie Mineure.

La sibylle de Cuma est connue sous plusieurs noms, peut-être ceux des femmes qui remplacèrent la première devineresse à sa mort, les faveurs des dieux ne pouvant lui assurer une vie terrestre éternelle. Elles semblaient se reproduire comme les escargots, de nature hermaphrodite, on le sait. J'ai noté quelques-uns de ces noms : Dalphée, Manto, Amalphée, sans savoir quel est le bon.

Depuis longtemps, ces pythies consignent la quintessence de leurs oracles dans un ouvrage, l'*Oracla sibyllina*, qui constitue une chronique de leur temps. Un livre précieux, riche de leurs rencontres avec des empereurs, des rois, des pontifes et des chefs d'armée qui ne leur ont rien caché de leur existence et de leurs sentiments.

On raconte que, plus préoccupée de ses intérêts que de la véracité de ses dires, nos pythies font payer très cher leurs consultations. Alors que les Tarquin régnaient à Rome, l'un d'eux, dit le Superbe, acheta pour la somme fabuleuse de trois cents pièces d'or les trois livres des oracles. Il passa des nuits à se les faire lire et commenter, avant de les enfermer dans les caves du temple de Jupiter Capitolin, où, pour les consulter, il fallait montrer patte blanche.

Alors que je me trouvais à Capua, non loin de Cuma, j'eus l'occasion de lire un feuillet de ces prophéties écrites sur des feuilles de palmier, qu'avait acquis un notable. C'était un galimatias sans queue ni tête, en langue romaine mêlée d'étrusque et de campanien.

Les premières neiges de l'hiver ne suffirent pas pour faire renoncer Ega à son expédition.

Elle organisa son départ avec un soin méticuleux, faisant brûler des herbes, sacrifier des colombes sur son autel privé et se répandant en prières à Turms-Mercure, dieu protecteur des voyageurs. Elle sortait de ces simagrées rassérénée mais plus persuadée que jamais de la pertinence de sa démarche.

Comme pour se rendre à une cérémonie religieuse ou à des festivités, elle fit réparer, repeindre son char de parade aux roues renforcées de bandes métalliques et poser à l'avant une épaisse plaque de bois portant un masque de Gorgone. Le véhicule fut protégé par une couverture de peau et on installa derrière son siège deux banquettes pour ses esclaves. Pour son attelage, elle choisit, de préférence à des chevaux, jugés trop fragiles pour cette longue randonnée, un couple de bœufs, animaux plus lents mais plus sobres et plus robustes. Elle se ferait accompagner d'une escorte de cinq cavaliers armés élus parmi ses esclaves les plus sûrs et les plus sains, et d'un chariot pour la nuit et les repas.

Durant les quelques jours précédant son départ, elle nous surprit par son animation et sa gaieté. Elle passait des heures, sur mes conseils, à consulter une carte pour tracer son itinéraire, en évitant les endroits dangereux. Bien que persuadé qu'elle n'arriverait jamais au terme de cette odyssée, je l'aidai de mon mieux à la préparer.

Son départ eut lieu par une journée grise et froide du début de l'hiver.

Le cortège allait prendre la grande voie qui, à travers les plaines du Sud, mène à Felsina, appelée Bologna par les Romains. Ega comptait passer quelques jours chez des parents qu'elle avait dans cette ville industrieuse des contreforts des Apennins. L'épreuve la plus redoutable serait le franchissement de cette chaîne de montagnes couverte de forêts et peuplée de brigands. Il lui faudrait ensuite descendre, sous la neige et dans le froid, vers les côtes hospitalières de la mer Tyrrhénienne. Elle comptait prendre du repos à Rome, chez un ancien ami de son époux, questeur au Sénat, avant de se diriger vers Cuma, loin dans le Sud.

En voyant la grande barge, emportant la caravane, s'engager sur le fleuve pour le remonter jusqu'à Corbola, d'où elle prendrait la route de Felsina, j'étais partagé entre des sentiments divers, confus et contradictoires, à l'image d'Ega.

Le soulagement d'abord. J'étais de plus en plus excédé par les exigences et les caprices de cette femme vieillissante. Elle me tenait, ainsi que son époux et le monde entier, pour responsable de la mort de Hocha, à laquelle elle ne croyait qu'à moitié. La pitié ensuite. Qu'une femme de son âge s'accrochât avec une telle ferveur à une passion révolue incitait plus à la commisération qu'à la raillerie. Je compatissais sincèrement mais, quand je tentai de lui exprimer ma sympathie, elle n'y vit que de la perversité.

Elle m'avait choqué en se montrant jalouse de mon esclave, Tania, qu'elle m'avait elle-même confiée. Elle lui reprochait d'épuiser mon énergie virile et de ne lui laisser (expression peu flatteuse pour moi) « que des restes ». Le jour où elle me l'avait retirée pour la remplacer par une vieille esclave, j'avais regimbé et obtenu que Tania, à laquelle je m'étais habitué, me fût restituée.

Et le regret, enfin.

Cette femme m'avait donné à satiété une forme de bonheur que je n'osais plus espérer. Ce que j'appréciais surtout en elle, c'était sa disponibilité et son engouement pour tous les plaisirs que nous dispensait la vie. Je m'étais gardé pourtant d'une passion qui eût gâté nos rapports, nous eût brisés et renvoyés à notre solitude.

Je raisonnais comme si je devais ne jamais la revoir.

Malgré la promesse qu'elle nous avait faite de nous envoyer des émissaires pour nous donner des nouvelles de son expédition, nous n'en reçûmes aucune, hormis un message nous annonçant son départ de Corbola pour Festina. En revanche Galtas, le maître esclave chargé de sa surveillance, dépêchait une fois ou deux par semaine un messager à Spina. Il nous informait que le voyage se déroulait sans anicroche, mais, après le franchissement des Apennins, nous n'eûmes plus aucun signe de vie, ni d'Ega ni de Galtas.

Euphronios fit sacrifier un mouton dont Ramthas sonda les entrailles, mais, soit que les augures lui eussent révélé de mauvaises nouvelles, soit qu'il ne vît rien de notable, il ne put se prononcer sur la situation d'Ega.

— Aulus, me dit Euphronios, je suis très inquiet. Si j'étais plus jeune et plus résistant, je tenterais de rejoindre mon épouse et de la ramener saine et sauve. Que ne me suis-je opposé à cette folie ? J'aurais dû l'enfermer, mais ç'aurait été inutile, tu le sais, toi qui la connais aussi bien, mieux que moi peut-être.

Il ajouta :

— Je ne puis donc me lancer à sa recherche. Veux-tu t'en charger ?

Je faillis me laisser choir dans un fauteuil, les jambes flageolantes, bredouillant :

— Je crains de ne pouvoir assumer cette mission, maître. Je ne suis, moi-même, ni assez jeune ni assez robuste.

— Et si je te l'ordonnais ?

Je manquai riposter que son hospitalité ne l'autorisait pas à me considérer comme un esclave et à me donner des ordres, mais c'eût été ajouter la colère à sa peine.

— Soit, lui répondis-je, je partirai dès demain.

Si j'avais écouté Euphronios, il m'aurait donné une escorte d'une centaine d'esclaves et d'une dizaine de cavaliers, tous armés. Trois hommes me suffiraient. Je les choisis parmi les plus valides et les plus aptes à se défendre en cas d'attentat. J'avais l'intention de brûler les étapes et de crever autant de chevaux qu'il le faudrait. Sauf en cas de neige, l'hiver, plus que l'été, était favorable à notre chevauchée. Pour notre subsistance et celle de nos montures, l'occasion y pourvoirait ; j'emportais assez d'argent pour cela dans ma ceinture.

Plutôt que de suivre le chemin qu'avait emprunté Ega, je choisis de longer la côte de la mer Adriatique jusqu'à Ravenna. C'est sous des bourrasques de pluie mêlée de neige que nous traversâmes les Apennins en direction de Rome, où j'observai un repos de trois jours chez ma sœur Annia, que je n'avais pas revue depuis des années. J'avais conseillé à Ega de lui rendre visite ; elle l'avait fait, ce qui ne me rassura qu'à demi : au sortir de la montagne, son escorte avait subi une attaque de brigands qui lui avaient tué un homme et dévalisé son chariot, sans que les hommes de Galtas eussent le temps d'intervenir.

Alors que nous approchions des côtes de Campanie, nous n'avions eu à subir aucun incident capable de contrarier notre voyage. Il avait fallu plusieurs fois changer de montures dans des postes militaires tenus par des Romains. Aux abords du lac Trasimène, véritable mer intérieure, des bandits fondirent sur nous, mais nous leur échappâmes grâce à la vélocité de nos chevaux.

À quelques journées de Rome, près de Capua du côté de l'orient, et de Néapolis, au sud, la ville de Cuma occupe la crête d'une montagne d'où le regard plonge dans la mer violette des Étrusques. Au loin, dominant la ville de Pompeii, se dresse, avec son panache de fumée, le cône du Vésuve. Au large, sertie d'écume, on aperçoit l'île d'Ænaria, un ancien repaire de pirates.

Nous ne mîmes pas trop de temps, malgré la foule, à pénétrer dans la ville, voisine du domaine de la sibylle. Elle appartenait, nous dit-on à l'auberge, à la quatrième génération de ces pythies et se nommait Amalphée. Il n'y avait pas de chambre libre, si bien que nous dûmes passer la nuit à l'écurie, comme des vagabonds, et manger notre pitance sur nos genoux, mal protégés de la pluie glacée qui traversait le toit de palmes.

Le matin venu, bien décidé à ne pas passer une journée de plus dans ce bouge puant, perdu au milieu des champs Phlégréens, je fis porter par un de mes hommes d'escorte un message à la prophétesse, avec un petit sac de pièces de monnaie romaine, pour la prier de me recevoir pour une affaire urgente.

Ce présent eut un effet magique ; après un bref moment, une gamine vint m'informer que j'étais attendu. Par un chemin tortueux où se pressaient des groupes de pèlerins, elle me précéda jusqu'à la caverne d'Amalphée, une vaste cavité au fronton en forme de berceau orné d'ex-voto débordant sur les flancs. J'attendis mon tour face à la bouche d'ombre d'où sortaient des fumées d'encens et des murmures. Des caissons contenant, me dit-on, les ossements des précédentes sibylles, s'alignaient dans l'entrée.

Je ne sais pourquoi j'avais imaginé Amalphée sous les traits d'une créature éthérée et transparente comme ses fumées d'herbes. Je fus déçu de me voir apostrophé par une matrone grosse comme une outre, échevelée, engoncée dans une grossière tunique de laine brute qui laissait apparaître des chairs flasques et grisâtres.

— Merci de ta générosité, me dit-elle. Beaucoup le sont moins que toi. Qui es-tu et qu'attends-tu de moi ?

Quand j'eus fait état de mon identité et de ma mission, elle mouilla un doigt pour explorer son gros registre placé sur une tablette de bois brut et me lança :

— Dame Ega, épouse du lucumon de Spina… Si c'est bien celle que tu cherches, je l'ai reçue il y a trois semaines. Que veux-tu que je te dise ? Cette pauvre folle voulait savoir si le garçon qu'elle recherche est vivant ou mort. Quand je lui ai dit que mes augures se montraient muets, ce que m'a confirmé Apollon, elle est tombée en syncope. Qu'est-ce que j'aurais pu faire ? Le ressusciter n'est pas dans mon pouvoir, pas plus que dans celui d'Apollon !

Elle ajouta :

— Puisque tu t'es montré généreux, Aulus Laristal, je vais te faire un cadeau. Ton avenir t'intéresse ?

Je hochai la tête. Elle m'entraîna dans le fond de la caverne tapissée d'objets étranges, se pencha sur un trépied où fumaient des cendres qu'elle fit raviver par une assistante et entra en transe le plus naturellement du monde, ou fit semblant, en murmurant des prières où revenait le nom d'Apollon. À travers une pénombre où brûlaient des chandelles de cire verte, elle me guida vers une fontaine en me demandant d'ouvrir le haut de mon vêtement. Elle plongea ses mains dans l'eau, les promena sur mon torse en chuchotant, d'une voix qui avait pris une tonalité gutturale, des formules mystérieuses dans lesquelles il me sembla reconnaître quelques expressions dans la langue étrusque des origines.

Retrouvant ses esprits et sa voix normale, elle me dit :

— Pour toi, pas trop d'orages dans ton ciel. Ta vie sera encore longue, mais tu devras renoncer à la femme que tu cherches. Si elle n'est pas folle, elle ne tardera pas à le devenir.

Je lui demandai ce qu'elle était devenue. Elle me répondit que les puissances étaient muettes à son sujet.

— Ta protégée ne jure que par Turms-Mercure. Grand bien lui fasse ! Maintenant, laisse-moi. J'ai tant de clients à ma porte que ça risque de tourner à l'émeute. Reviens quand tu voudras…

Je repris le jour même le chemin du retour en espérant qu'Ega avait choisi l'itinéraire que je lui avais conseillé, carte à l'appui.

Comme le temps nous pressait moins et que j'avais encore assez d'argent pour subsister un mois environ, j'en profitai pour effectuer de fréquents arrêts et m'informer, dans les auberges ou auprès des officiers civils romains des villes que nous traversions, du passage de son escorte. Sa présence me fut confirmée à Arezzo, mais à une date que l'on ne put me préciser. Elle conduisait son attelage de bœufs, à la tête d'une escorte de trois cavaliers. Quant au groupe de surveillance de Galtas, pas de nouvelles !

J'obtins quelques autres confirmations de son passage jusqu'aux portes de Rome. Mais, Annia, chez qui je m'arrêtai de nouveau, n'avait pas reçu d'autre visite. Je repris mon chemin, désespéré. Dans la vallée de la Chiana, nous dûmes nous battre contre des gueux, au nombre d'une trentaine, qui s'accrochèrent à nous. Nous en tuâmes quelques-uns, mais j'y perdis l'un des miens, atteint d'une pierre de fronde qui l'avait jeté à bas de son cheval.

Un fait me parut indubitable : ce devait être dans ces parages malfamés que le cortège d'Ega avait disparu, sans laisser de trace. Mais alors, qu'était-il advenu des cavaliers de Galtas ? Ils étaient suffisamment nombreux pour faire face à un guet-apens. Pressés de questions, des bergers restaient muets, malgré la piécette que je leur glissai dans la main. Quand je leur demandais où je pourrais rencontrer le chef d'une des bandes qui écumaient les environs, ils se fermaient comme des huîtres et me menaçaient de leurs bâtons.

Je restai près d'une semaine dans les montagnes proches d'Arezzo avant de reprendre, bredouille, la route de Festina où Ega avait prévu de se faire offrir l'hospitalité par un vague parent de son époux, important mégissier. Elle s'y était arrêtée à l'aller mais pas au retour. On m'informa que, quelques semaines avant notre arrivée, des brigands descendus de leur repaire, dans les hauteurs de Vergato, avaient pillé un groupe de voyageurs. Il nous conseilla d'éviter ces lieux mais c'est vers eux que je décidai de me diriger. Je passai quelques jours dans ces montagnes, par un temps de chien, sans succès. Nous subîmes une autre attaque d'une dizaine de bougres que nous dispersâmes grâce à nos chevaux.

Je crus que nous n'arriverions jamais. L'hiver s'était déchaîné sur les cimes, nous accablant de brouillard, de pluies et de neige. Nous perdîmes l'une de nos juments avant de sortir de cet enfer glacé. Mal nourries, transies, nos montures avaient du mal à avancer et nous étions nous-mêmes épuisés et affamés.

Nous entrâmes dans Spina sous un soleil radieux, dans un air sec et froid comme du verre. Des draperies de brume restaient en suspens sur les marécages couverts de glace. Il pesait sur la lagune un silence d'éternité, sans le moindre cri d'oiseau ni le moindre murmure de vent.

La maison d'Euphronios semblait abandonnée ; aucun gardien sur le seuil, des branches brisées par la neige en travers de l'allée, des cadavres de cygnes et de canards pris par la glace dans le bassin de l'atrium… Nous conduisîmes nos chevaux à l'écurie sans rencontrer âme qui vive. Je laissai mes deux compagnons leur donner des soins et leur pitance d'avoine puis je me rendis aux cuisines où je trouvai la maisonnée acagnardée devant la cheminée. Les broches portaient des restes du dernier repas ; sans la moindre nourriture depuis deux jours, je me jetai sur elles.

Je demandai à Tania où se trouvait le maître. Elle me répondit qu'il gardait la chambre et que l'on craignait pour sa vie, depuis qu'il avait appris la mort de son épouse. Je m'écriai :

— Morte, dame Ega ? Comment l'a-t-on appris ? En est-on sûr ?

— Galtas t'en dira plus long que moi. Il se trouve dans la maison des esclaves, blessé, mais sans gravité. Je vais lui demander de venir.

Il se présenta peu après en boitillant, la tête enveloppée d'une charpie. Je l'invitai à s'asseoir avec moi près de la cheminée, lui fis servir du vin chaud et lui demandai de me confirmer la mort d'Ega.

Il gémit :

— Je n'ai rien oublié, Aulus, me dit-il. Ces événements sont dans ma tête comme s'ils s'étaient produits hier. J'ai reçu un coup sur le crâne, mais j'ai tous mes esprits.

Il me raconta qu'à l'aller le voyage d'Ega s'était déroulé sans incident notable. Elle était en vue de Capua quand, à la suite de la maladresse d'un homme de Galtas, elle avait constaté la présence dans son sillage de cette escorte de secours. Elle avait fait du tapage et avait donné l'ordre à Galtas de rebrousser chemin.

— Il m'en aurait coûté, me dit-il, de faillir à ma mission. J'ai fait mine d'éloigner mon escorte, mais en gardant, jusqu'à Cuma, un œil sur elle. Elle a pu accomplir son pèlerinage sans encombre, mais, après sa visite à la sibylle, à en croire ses gens, elle n'était plus la même, tantôt sujette à des accès de violence, tantôt prise de somnolence au point de tomber de son char.

Au retour, dans un défilé proche de Chiusi, elle avait été attaquée par une cinquantaine d'esclaves et de paysans révoltés, poussés au pillage par la famine. La troupe de Galtas était trop proche pour que cette agression pût lui échapper.

— Nous sommes arrivés au galop, mais la petite escorte d'Ega, accablée par le nombre, était déjà décimée. La dame faisait front à un groupe de brigands qui s'amusaient d'elle avec, semblait-il, l'intention de la prendre vivante pour la conduire à leur chef. Notre arrivée a contraint ses agresseurs à prendre la fuite en laissant quelques cadavres derrière eux.

Galtas aurait pu s'attendre à une grosse colère de la dame à laquelle il avait désobéi. Mais, trop heureuse de son intervention, elle l'avait remercié et lui avait dit que, désormais, il devrait rester près d'elle.

— Cette décision me convenait. Je satisfaisais la dame sans contrarier mon maître, en me disant que le retour serait plus calme. Je me trompais. Esclaves et paysans nous attendaient aux portes d'un village dont j'ai oublié le nom, sur une berge de la rivière Nera, à quelques lieues de Perusia.

Cette fois-ci, les pillards ayant surpris les voyageurs au sortir d'un défilé, le dos à la rivière, l'affaire était plus sérieuse.

— Ils semblaient, ajouta Galtas, en vouloir surtout à notre maîtresse. Ils supposaient peut-être qu'elle devait détenir un magot, alors qu'elle avait dépensé presque tout son argent. Ils s'agglutinaient autour de son char, la menaçaient de leurs lances en hurlant pour lui demander de se rendre ; elle répondait par des coups d'épée et de coutelas. Alors qu'ils commençaient, sous nos assauts, à lâcher pied, une javeline s'est fichée dans la poitrine de notre maîtresse. Elle a poussé un cri, a tenté de l'arracher puis s'est affaissée. La place dégagée, nous avons retrouvé son corps sur le plancher de son char. Elle est restée en vie jusqu'à la tombée de la nuit. Nous avons cousu son corps dans un sac de peau pour le ramener à Spina. Il ne pesait guère plus qu'un fagot de genêt.

Galtas m'apprit qu'en cours de route elle lui avait confié qu'elle ne s'avouait pas vaincue et que son intention était de franchir la mer Adriatique pour aller rechercher en Dalmatie une réponse à la question qui l'obsédait. Il avait tenté de lui faire comprendre que, si Hocha avait encore été de ce monde, il aurait donné signe de vie d'une manière ou d'une autre. Elle l'avait rabroué, disant que le cœur parlait en elle plus fort que la raison, et qu'elle ne voulait pas entendre d'autre voix.

— Cette fois-ci, m'a-t-elle dit, je ne commettrai pas la faute de partir seule. Aulus m'accompagnera…

Je venais d'échapper à une nouvelle épreuve. Si Ega avait donné suite à son caprice, aurais-je pu lui refuser ma protection ?

Je demandai à Tania de préparer ma chambre, sans oublier mon brasero. Je me couchai tôt mais restai éveillé une partie de la nuit, hanté par les images de cauchemar que le récit de Galtas avait semées en moi.

Ce n'est que tard dans la matinée que je décidai de rendre visite à Euphronios. Je le trouvai recroquevillé dans son fauteuil, enfoui jusqu'au menton dans des fourrures et des coussins d'où émergeait une tête livide coiffée d'un bonnet conique de laine rouge. Ses mains squelettiques pétrissaient la frange d'une peau de loup. L'une d'elles fit un geste fataliste et des larmes coulèrent sur ses joues creuses.

Il me désigna un siège près de lui et, mâchant ses mots, me demanda comment s'était passée ma mission, alors qu'il en avait eu la réponse avant moi. Je lui en fis le récit en quelques mots ; il y parut indifférent. Ses paupières se fermèrent lentement. Son médecin me fit signe qu'il était inutile de poursuivre.

— La santé de notre maître, me dit-il, s'est dégradée brusquement le jour où on lui a ramené le cadavre de son épouse. Il a voulu la voir une dernière fois, mais je le lui ai interdit, le corps étant, malgré le froid, en état de décomposition. Il s'est accusé d'être responsable de cette mort et a juré qu'il en finirait avec la vie. Je l'ai condamné à garder la chambre en veillant à ce qu'il n'ait pas d'objet tranchant à sa portée, puis je lui ai fait absorber tant de soporifiques qu'il a fini par oublier ses envies suicidaires et à s'oublier lui-même jusqu'à devenir l'épave que tu vois.

— Crois-tu qu'il puisse guérir et retrouver goût à la vie ?

— Il faudrait un miracle, et je n'ai pas ce pouvoir. Il a d'ailleurs atteint un âge où la mort nous ouvre sa porte chaque matin.

— Nous allons sacrifier un mouton et demander à Ramthas d'examiner ses entrailles. Je ne peux me résoudre à voir ce vieil homme disparaître ainsi, alors qu'à mon départ sa santé ne donnait pas d'inquiétude.

Ainsi fut fait.

J'ai procédé moi-même au sacrifice du mouton, avec comme seul témoin une jeune musicienne qui avait joué de la flûte double durant toute l'opération. Ramthas n'avait pas ménagé ses efforts et son temps ; il avait comparé le foie encore palpitant de l'animal à la reproduction de cet organe en terre cuite, sur lequel étaient inscrites les seize parties de l'univers ; il s'était plongé dans son grimoire et avait hoché gravement la tête, disant que les augures n'étaient guère favorables et que ce vieil homme ne respirerait pas les premières brises du printemps.

Euphronios quitta ce monde une quinzaine de jours après mon retour, sans avoir retrouvé ses facultés mentales et physiques. Il avait atteint le bout de sa route terrestre plus tôt que nous ne l'avions redouté. Il fut beaucoup pleuré de ses proches, de ses domestiques, de ses esclaves et des citoyens de Spina. J'aurais souhaité pour ses obsèques un bûcher sur le forum, mais il avait préféré l'inhumation dans un sarcophage, à la manière des Étrusques, entouré, pour son voyage dans l'éternité, de son épouse et de ses objets familiers ou de leurs représentations.

En attendant que le tombeau nous fût livré par le marbrier d'Adria, le cadavre de dame Ega, enveloppé d'un linceul de lin, avait été placé sur une banquette de pierre, dans la chambre funéraire de Valle Treba.

Le corps d'Euphronios fut allongé à ses côtés. La vie les avait unis ; la mort ne les séparerait pas.

Le tabellion de Spina me convoqua pour la lecture du testament, Euphronios, peu avant sa mort, dans un moment de lucidité, en ayant exprimé la volonté. Je retrouvai dans son cabinet les enfants du couple : l'aîné, Arnath, Lucilla et Avel. À ce jour, je n'ai pas mentionné leur présence dans mon récit, du fait de la discrétion de leur présence. Ils entraient à peine, sauf Arnath, dans l'adolescence.

Euphronios souhaitait que fût respectée la volonté de son épouse et que l'on procédât à la restauration du modeste temple de Diane. Édifié entre le forum et la palestre, sur un petit tertre de terre alluviale, il était en fort mauvais état, fissuré de toutes parts et sa voûte menaçant de s'écrouler, si bien qu'on avait dû en interdire l'entrée. Cette clause était difficile à honorer, étant donné le coût des travaux. J'avançai une proposition : renoncer à le réhabiliter pour le reconstruire sur un terrain plus stable et plus élevé, de manière à le soustraire aux inondations.

Entre autres clauses du testament, Euphronios exigeait mon maintien dans sa maison, avec le titre d'intendant, et ordonnait qu'une somme importante récompensât ma mission de Cuma. Il voulait que son corps et celui de son épouse fussent enfermés, dans un sarcophage de marbre blanc et qu'un sculpteur ornât le couvercle de leur effigie, allongés côte à côte, comme pour un repas de fête. Il souhaitait que les deux plus jeunes enfants du couple fussent confiés à la garde de Bellus, un Grec immigré chargé depuis des années de sa trésorerie et de ses affaires, homme honnête et compétent avec qui j'avais des rapports rares mais courtois. Il assurerait la tutelle des enfants et s'assurerait de la bonne conduite de leur éducation par leur précepteur, Vélia.

Tous ces événements, associés au froid hyperboréen, m'avaient contraint à ajourner la reprise de mon travail d'écriture. Je n'avais d'ailleurs ni la force ni le goût de le reprendre et me demandais même si je viendrais à bout du devoir sacré que je m'étais imposé.

Mon premier souci, en sortant de chez le tabellion, avait été de me rendre chez le marbrier d'Adria et de convenir avec lui de la durée et du coût de son travail et de celui de l'artiste chargé de l'œuvre sculptée.

Le temps mi-aigre, mi-doux préludant au printemps avait fait fondre la gangue de glace qui donnait au delta l'aspect d'une banquise et qui obligeait les pêcheurs à s'approvisionner en pleine mer. La fonte, en amont, nous avait envoyé une marée de boue chargée de flottilles de végétaux et d'arbres morts. Une puissante tempête accompagnée de pluies diluviennes avait submergé et ravagé les installations du port et inondé les faubourgs puis la ville elle-même. Des cabanes de pêcheurs avaient été emportées par des coups de vent et des troupeaux avaient péri noyés.

Durant une semaine, toute sortie m'étant interdite, j'étais resté dans ma chambre, à regarder tournoyer autour de mon lit des cadavres de rats et de crapauds mêlés à des détritus divers. Pour me déplacer dans la maison, je chaussais les bottes de cuir d'Euphronios.

Ce n'est que lorsque le printemps eut fait rayonner sa lumière sur cet océan de vase et que le grand canal se fut dépouillé de sa chape de brume que, mon énergie retrouvée, je me remis à la tâche, non sans peine ; l'humidité avait imprégné mes feuilles que je devais faire sécher sur mon brasero, avant d'y faire courir mon calame.

4

Des rois étrusques à Rome

Famille emblématique de l'Empire étrusque, les Tarquin allaient imposer leur nom à l'histoire de la péninsule et à celle de Rome.

À l'origine, les gens de Tarquinii, comme ceux des autres cités de la confédération étrusque, étaient des aventuriers qu'il valait mieux ne pas avoir comme voisins. Est-ce leur condition humiliante de migrants, le désir d'une revanche sur leur sort où l'énergie propre à leur race qui les avait poussés, après s'être rendus maîtres de quelques arpents de la péninsule, à se lancer sur la voie impériale ?

Leur armée ? Une horde de pillards. Leurs ports ? Des nids de pirates. Leur ambition principale ? Conquérir les territoires situés entre l'Arno et le Tibre, soit tout le centre de la péninsule, le Nord étant sous la menace des Barbares et le Sud occupé par la Grande Grèce.

Ils l'avaient vite compris ; posséder l'art de travailler le métal les faisait entrer dans un autre âge et fonder une nouvelle civilisation. Et l'île d'Elbe regorgeait de fer.

En un siècle les peuplades lydiennes avaient créé des villes, des ports, construit des routes et des ponts et organisé une force armée.

Curieusement, aucun nom de roi, de chef d'armée ou de héros ne se dégage de cet essor prodigieux. Les documents que j'ai pu rassembler ne sont guère loquaces à ce sujet. Le premier nom qu'a retenu de l'histoire des Étrusques est à consonance romaine : Ancus Marcius. Un nom, c'est tout. Ce roi n'a pas laissé le moindre souvenir d'une bataille, d'une conquête, d'une loi...

La postérité éclaire mieux son successeur, Lucius Priscus, un Tarquin, dit l'Ancien. Il était le fils d'un négociant de Corinthe, Démarate, et donc d'origine grecque. Contrainte pour des raisons inconnues de s'exiler, la famille avait choisi d'installer ses pénates en Étrurie, dans une contrée fertile et riante de la côte occidentale de la péninsule. Tarquinii allait devenir leur domaine : palais, jardins, latifundia pour l'exploitation du blé, de l'olivier et du bétail...

Ce domaine, situé sur un promontoire rocheux dominant la vallée de la rivière Marta et la côte, devint une cité. De cette ville fortifiée naquit la capitale civile et religieuse de la jeune Étrurie. Chef de famille, puis maître d'un vaste domaine, Lucius Priscus connut une gloire durable en régnant sur la première puissance de la péninsule.

Il avait du génie pour les affaires et la politique, mais, d'un âge avancé, aspirait à la retraite. Par chance, son épouse, Tanaquil, complétait ses talents. Il avait rencontré cette fille, alors qu'elle était impubère, chez un propriétaire terrien du voisinage, dans l'odeur des blés mûrs que l'on battait au fléau. Fasciné par sa passion pour les sciences divinatoires et par ses dons oraculaires qui amusaient ses proches, il s'était promis d'en faire sa femme, lorsque son âge le lui permettrait. Sans se comparer à la pythie de Delphes ou à la sibylle de Cuma, elle était capable, disait-on, de lire dans les destinées humaines comme dans un livre. Lucius dut se dire qu'elle pourrait ajouter à sa beauté les qualités d'une associée.

Le sort des cités et des nations n'était pas indifférent à Tanaquil. Instruite par son précepteur, elle avait acquis la certitude que l'avenir de Tarquinii ne se jouerait pas dans cette contrée bénie des dieux mais peu propice aux ambitions. Si la péninsule devait avoir une capitale, elle se situerait plus au sud, à la limite de la Grande Grèce, sur les rives du Tibre ; elle portait déjà un nom, Rome.

Femme de tête, pétrie de volonté, d'énergie et de perversité, Tanaquil fit des pieds et des mains pour convaincre son époux et leur famille d'émigrer vers cette cité, sans pour autant vendre leur domaine à l'encan.

Il y a quatre siècles, un matin de printemps, dans l'odeur des orangers et des citronniers en fleurs, une caravane quitta Tarquinii pour prendre la route du Sud. Mes documents m'ont informé que Tanaquil avait dû, pour arriver à ses fins, faire appel publiquement aux puissances augurales. Elles avaient été formelles : le destin des Tarquin et celui de la nation étrusque étaient à Rome. Les dés étaient jetés. Qui aurait osé contester ces décrets ?

Riche et puissant, Lucius Priscus n'avait pas eu grand-peine à obtenir la citoyenneté romaine pour lui et sa famille. Il s'était fait construire un palais sur l'une des sept collines de Rome et avait laissé à son épouse le soin de réveiller une curie somnolente et de lui insuffler ses ambitions. Il n'y avait à Rome qu'une troupe ; Tanaquil voulut en faire une légion. Pour la parade sur le forum et la surveillance des portes ? C'eût été mal la connaître. Elle soumit au Sénat un plan de conquêtes pour donner de l'espace à cette nouvelle puissance.

Porté à la majesté suprême grâce aux intrigues de Tanaquil, Lucius Priscus Tarquin succéda à Ancus, mort du choléra quelques années auparavant. Encore en âge de chevaucher, il assujettit les peuples voisins : Sabins, Latins, Volsques et Ombriens. Ses légions affrontèrent des hordes et remportèrent des victoires faciles mais connurent des lendemains moins glorieux ; ces peuplades avaient le sens de l'honneur et le goût de la liberté.

Le nouveau roi était davantage intéressé par l'architecture et les travaux urbains en général que par la guerre. Il laissa Tanaquil et ses généraux maîtriser les soulèvements de la Sabine et de l'Ombrie, et, convoquant tout ce que l'Étrurie et Rome comptaient d'hommes de l'art, entreprit un programme audacieux de constructions et d'aménagements.

Frappé par l'incohérence de cette ville éclatée sur sept collines dominant une plaine marécageuse, il voulut lui donner une unité pour en faire une cité digne de porter le titre de capitale. Ces projets gigantesques et ruineux soulevèrent des objections puis des séditions, dont Tanaquil vint à bout en faisant parader ses légions dans la ville.

En quelques années, transformée en chantier, Rome a fait surgir des bâtiments civils et religieux, des quartiers réservés à l'aristocratie, un Capitole d'une majesté fascinante, un cirque destiné à distraire le peuple, des remparts capables d'englober les sept collines… On assista au creusement d'un vaste réseau d'égouts, le *Cloaca maxima*, à l'assèchement des derniers marécages pestilentiels et à l'aménagement en promenade des rives du Tibre.

Soucieux de donner à son règne un fondement solide, le roi Tarquin doubla le nombre des sénateurs et des chevaliers.

Devenu romain, il n'avait pas oublié ses origines étrusques et voulut que Rome s'identifiât, par ses mœurs, ses coutumes et son mode de vie, à sa lointaine patrie. Il fit adopter par la population le port de la barbe, du chiton inspiré des Grecs et des Lydiens, et de bijoux ostensibles par les hommes et les femmes. Il créa une académie de savants, des écoles de médecine, de musique, d'art et d'haruspicine où l'on parlait la langue étrusque. Une de ses réformes choqua quelques citoyens et en surprit beaucoup ; il autorisa les femmes aspirant au mariage à se prostituer pour arrondir leur dot…

Qu'en fut-il des rapports du roi Tarquin l'Ancien avec l'Étrurie ? J'achoppe à un dilemme. J'ai retrouvé dans mes documents un texte sur papyrus, difficilement déchiffrable, qui mentionne « une guerre de neuf ans » au cours de son règne ! Voilà qui jette une ombre sur ce personnage. J'ai passé une journée à rechercher un autre témoignage de ce conflit interminable et suis resté bredouille.

Avant de disparaître, dans des circonstances tragiques, égorgé, dit-on, par un fils du précédent roi, Ancus, dont il assurait la tutelle, Tarquin l'Ancien laissait à son épouse une situation embrouillée. Le trône allait échoir à son gendre, Servius Tullius. Tanaquil s'était prise d'affection pour ce personnage jugé « doux et timide », un euphémisme pour dire falot. Le successeur ne pouvait être que lui ; elle avait surpris, autour de sa tête, une auréole de flammes, un signe qui lui ouvrait sans conteste la voie du trône. Elle prit soin de lui concocter une généalogie factice qui rendit sa candidature inattaquable. Il fut agréé.

Du règne de Servius, on sait peu de chose. Il a fait achever la ceinture de remparts, édifier un temple à Diane sur la colline de l'Aventin, livré aux Étrusques une guerre de vingt ans, organisé le Latium en confédération de trente cités avec Rome pour capitale, organisé des féeries populaires…

Les sénateurs, le soupçonnant de vouloir donner à leurs dépens trop de pouvoir à la plèbe, jurèrent sa perte. Ils choisirent pour l'éliminer son propre gendre, Lucius, fils de Tarquin l'Ancien. Aidé de son épouse, Tullia, celui-ci organisa l'élimination de l'« usurpateur ».

Alors que Servius sortait de la Curie, des nervis se jetèrent sur lui, le précipitèrent sur la chaussée où il fut égorgé de la main de Lucius. Comble d'horreur, sa fille, Tullia, qui revenait du cirque dans son char, lui passa sur le corps. On donne depuis à cette artère le nom de *Voie scélérate*.

Comment la reine Tanaquil se comporta-t-elle devant ce crime ? L'avait-elle lu dans les astres ? Y avait-elle donné son accord ? L'histoire n'en dit rien. Je suppose que la vieillesse lui épargna d'en être complice.

Si Tarquin, premier roi de cette dynastie, n'avait laissé que de bons souvenirs, il n'allait pas en être de même de Lucius. Imbu de sa nouvelle puissance, arrogant, violent avec ses proches et cruel avec ses serviteurs, il allait mériter son surnom de Superbe, dans le sens d'orgueilleux.

Les écrits, souvent confus et parfois contradictoires, abondent sur ce tyran. Il abolit les lois populaires de Servius, augmenta les impôts sur toutes les classes de la société, accabla la plèbe de travaux, fit tuer et exiler quelques sénateurs rebelles, entreprit des guerres impitoyables contre les peuplades voisines et vécut comme un satrape. Entouré de mercenaires étrangers, il sortait rarement de son palais, de crainte d'un attentat, haï qu'il était du Sénat et de la population.

Il faisait régner la terreur jusque dans sa famille, faisant égorger sa première épouse, fille de Servius, pour épouser la veuve d'un notable, Aruns, que cette dernière avait fait assassiner.

On raconte que, sur la fin de son règne, qui fut long, pris de passion pour Lucrèce, une honorable matrone, modèle de vertu, le Superbe tenta de la séduire et, excédé de sa résistance, abusa d'elle. Se sentant déshonorée, elle réunit ses proches, leur exposa ses épreuves et leur fit promettre de la venger. Après quoi, se saisissant d'un poignard, elle le plongea dans sa poitrine.

Cet outrage odieux et ce suicide scellèrent le destin du Superbe. La nouvelle courut tout Rome, soulevant une réprobation générale. La foule assiégea le palais et réclama justice contre cet acte monstrueux. Avec le soutien de la Curie sénatoriale, le mari de la jeune femme et son cousin, Brutus, organisèrent une révolte. Contraints à l'exil, le roi, la reine et leur famille choisirent pour leur retraite la ville de Cuma. C'est là que se termina l'existence du roi maudit. Il était octogénaire.

Rome fut encore le théâtre d'un changement de régime.

Une assemblée composée de citoyens opta pour un pouvoir républicain exercé par deux consuls élus pour un an. Il fut décrété que quiconque tenterait de s'emparer du trône vacant serait mis à mort. Un homme s'y risqua, un Étrusque, Lars Porsenna.

Originaire de Chiusi, ville du centre de l'Étrurie, proche de Pérusia, il n'avait guère fait parler de lui que par sa résistance aux empiétements des Romains, quand l'idée lui vint de restaurer par les armes la dynastie des Tarquin, non sans nourrir quelque ambition personnelle.

Il rassembla une petite armée, y inclut quelques rebelles ombriens, en prit la tête et marcha sur Rome. Pour les douze cités de la confédération étrusque, il faisait figure de héros national et de vengeur. Homme de guerre violent mais juste, il était respecté de ses hommes et déjà auréolé de légende.

Les circonstances étaient favorables. Suite à une conspiration destinée à rappeler les Tarquin, Rome était en proie à des troubles. Révoltés contre leur père et gagnés à la cause des Tarquin, les fils de Brutus avaient été fustigés et décapités sur le Forum.

C'est ce même Brutus que Porsenna allait trouver en face de lui à la tête d'un corps de cavalerie, entre Rome et la ville étrusque de Véies. Ce fut, si j'en crois un fragment sur argile, l'une des plus grandes batailles que la péninsule ait connues.

Comme l'issue en demeurait incertaine, les deux adversaires décidèrent de la conclure par un combat singulier. Le champion de Rome fut Brutus ; celui des Étrusques, Arruns, descendant du Superbe. Les deux rivaux s'embrochèrent mutuellement et moururent dans une dernière étreinte dont j'ignore si elle pouvait témoigner d'un mouvement d'amitié ou de haine.

La cavalerie romaine n'insista pas et se replia dans la capitale.

À l'annonce de l'arrivée de Porsenna, la Curie décida de détruire le pont Sublicius.

Lorsque l'avant-garde étrusque se présenta à l'entrée de ce pont, elle le trouva occupé par un groupe de défenseurs sous les ordres d'un officier romain, un colosse, Horatius Coclès. Chaque tentative pour forcer ce verrou se heurta, durant des jours, à une résistance farouche.

Impuissant, Porsenna tenta de soumettre Rome par la famine. Il fit surveiller les accès aux remparts et les rives du Tibre pour intercepter tout apport de vivres, mais il eût fallu une légion pour mener à bien cette opération.

Le siège durait depuis une semaine quand, à la faveur de la nuit, un officier romain, Mucius Scaevola, parvint à s'introduire dans le camp de Porsenna dans l'intention de le tuer. Surpris par la garde, il fut conduit dans la tente du chef et jeté à ses pieds.

— Sais-tu ce qui t'attend ? lui dit Porsenna. Au lever du jour, tu seras écorché vif sous les remparts.

Mucius lui répondit fièrement :

— Sache que je ne crains pas la souffrance et la mort. Je n'ignorais pas le sort qui m'attendait, que je réussisse ou non ma mission. Le supplice que tu me réserves ne m'impressionne pas. En veux-tu la preuve ?

Il s'approcha du brasero, plongea sa main droite dans les braises sans que son visage trahît la moindre souffrance. Lorsqu'il la retira, il n'en restait que les os.

— Tu m'as convaincu de la fermeté de ton caractère, lui dit Porsenna. Je te rends ta liberté, mais tu diras à ceux qui t'ont envoyé qu'un nouvel attentat contre moi serait inutile. Comme tu as pu le constater, il est difficile et dangereux de m'approcher.

Le siège traînant en longueur et les premiers signes de famine affectant la population, la Curie envoya en otage à Porsenna, pour négocier sa levée, un groupe de jeunes Romaines conduit par Clélie, fille d'une grande famille patricienne. Porsenna, leur ayant fait comprendre qu'elles n'avaient rien à attendre de sa mansuétude, les fit mettre sous bonne garde dans une tente. Au cours de la nuit, Clélie s'échappa en traversant le Tibre à la nage. Porsenna ayant protesté contre cette évasion jugée contraire à l'honneur, Rome lui restitua son otage. Séduit par le courage de la jeune femme, il la libéra, ainsi que ses compagnes.

Ce geste fut accueilli favorablement par la Curie qui engagea les négociations le jour même. Le siège levé dans la soirée, Porsenna fit son entrée dans Rome par le pont Sublicius.

Je demeure surpris par ce singulier échange de courtoisies. Habitué que je suis à ce genre de digressions fallacieuses, je ne suis persuadé qu'à demi de sa véracité.

Porsenna renonça sagement au trône des Tarquin. Il se contenta, avec une louable humilité, de faire front aux attaques des peuplades voisines, encouragées à la révolte par ces derniers événements. Il fit renforcer les remparts, développer les installations du port d'Ostia négligé par les Romains, et distribuer du pain à la plèbe. Il veilla à ce que mœurs, coutumes et religion étrusques fussent respectées. Une des mesures qu'il édicta est restée dans l'histoire : l'interdiction du port des armes pour l'aristocratie et la plèbe. Redoutait-il une révolte ou un attentat ? Je l'ignore.

Je ne sais trop que penser de ce personnage. Son comportement trahissait, dit-on, un goût immodéré pour l'ostentation. Ceux qui l'ont connu, alors qu'il se trouvait à Rome, prétendent qu'il se conduisait comme un histrion. Il se vêtait avec un luxe insolent, se couvrait de bijoux pour aller, chaque jour, parader à travers la ville par le chemin menant au Capitole. Il se faisait précéder de musiciens et de poètes chantant ses louanges et jetait des pièces de monnaie à poignées aux pauvres sur son passage. Il ne lui manquait que de faire construire un arc de triomphe ou un sanctuaire à sa dévotion. Je suis certain qu'il y songea...

Tarquin le Superbe, encore en vie, devait, du haut des murailles de Cuma, assister à ces péripéties, avec un brin de nostalgie. Il avait perdu son épouse, Tullia, émule, pour l'ambition et la perversité, de la reine Tanaquil. Cette harpie avait été empoisonnée, dit-on, par son propre venin.

Après de nombreuses tentatives d'assassinat, c'est sur un champ de bataille que se conclut le destin fabuleux de Lars Porsenna. Le consul romain Postumus, ayant levé contre lui l'étendard de la révolte, le provoqua et l'attendit avec une légion près du lac Régille, à une demi-journée de cheval de la capitale. Porsenna subit une sanglante défaite et se retira, blessé d'un coup de lance à la cuisse.

Devinant que le temps de l'exil commençait pour lui, Porsenna jugea bon de revenir dans son domaine de Chiusi, qu'il n'aurait jamais dû quitter. Rome ayant fini par l'adopter, il s'était conduit avec elle comme un ruffian. Il mourut quelques années plus tard, laissant derrière lui une légende : on racontait qu'il avait dissimulé dans le labyrinthe sur lequel était bâtie la ville un trésor ramené de Rome. Il ne fut jamais découvert.

Je me suis longtemps interrogé sur les raisons pour lesquelles les princes de l'Étrurie ont abandonné l'idée d'une action commune d'envergure pour prendre Rome. Je ne vois dans ce laxisme que l'expression du manque de solidarité entre nos cités. Elles auraient pu donner naissance à une puissance capable de tenir tête aux Grecs et aux Carthaginois. Toute la péninsule, à l'exception de la Grande Grèce, aurait appartenu aux Étrusques ; un rêve évaporé dans les brumes de l'utopie…

De la brève dynastie des Tarquin restait un reliquat, Masterna, fils du Superbe, personnage terne, écume des vagues étincelantes qui, avec les Étrusques, avaient déferlé sur Rome.

Ayant transformé son nom en Sextus, à la mode romaine, il avait entrepris, on ne sait trop pourquoi, de s'emparer d'une ville appartenant aux Volsques, Gabies, dans l'intention, peut-être, de l'offrir en trophée à Rome pour s'en faire agréer. Son père ne l'avait pas découragé. Sextus lui ayant demandé ce qu'il devrait faire des notables une fois la ville prise, le Superbe, qui se trouvait dans son jardin de Cuma, abattit quelques têtes de pavot d'un revers de canne.

La leçon était claire. Maître de Gabies, Sextus n'eut rien de plus pressé que de faire décapiter les membres les plus éminents de l'aristocratie locale. Rome ne lui en fut pas reconnaissante. Elle l'attendait dans les parages, quelques semaines plus tard avec ses légions. Sextus laissa dans la bataille une vie sans perspective, sinon sans ambition. Avec lui s'achevait le destin de la Rome étrusque. Désormais la péninsule se partageait entre deux puissances rivales.

Il fallait attendre le pire de cette dualité.

5

Les ailes noires du choléra

Les eaux boueuses du fleuve Pô, le printemps revenu, avaient laissé dans le delta des alluvions malsaines : cadavres d'animaux, végétaux pourris et détritus divers propices au fléau que l'homme est depuis toujours impuissant à combattre, le choléra.

Si j'en crois notre médecin, Laris, le nom de cette maladie, qui donne des frissons à son seul énoncé, dérive des mots grecs *cholé* (la bile) et *rhéo* (qui coule). Déterminer les origines exactes de cette calamité dépasse ses compétences. On doit se contenter, m'a-t-il avoué avec humilité, de constater les dégâts, le remède capable de le combattre n'étant pas encore inventé.

Une chose est avérée : l'ambiance méphitique qu'exhalent les cadavres favorise le développement de l'épidémie, l'abondance des mouches et des vers qu'elle suscite contribuant à sa propagation rapide et inéluctable.

C'est surtout la nuit qu'apparaissent chez l'homme les premiers symptômes : abattement profond accompagné de diarrhée, puis refroidissement du corps et sueurs putrides, avec des variantes selon les malades.

Le spectacle de l'agonie est effrayant. J'ai assisté, désolé, à celle de ma jeune esclave, Tania, contaminée pour avoir aidé au transport des corps sur le bûcher. Elle a lutté pendant sept jours, durant lesquels alternaient des périodes d'inconscience et de lucidité. Malgré ma répugnance, je me suis tenu des heures à son chevet pour tenter de la rassurer, avec sur mon visage un linge imprégné d'essences aromatiques.

Tania était constamment en proie à une soif inextinguible que j'apaisais en lui faisant boire de l'eau de notre puits, filtrée et bouillie, qui gardait une odeur saumâtre, bien qu'additionnée de liqueur.

Sa main cramponnée à la mienne, elle était incapable de s'exprimer. Elle me fixait de ses yeux exorbités cernés d'un cercle violâtre. Tout le temps que j'ai passé près d'elle, j'ai réprimé mon envie de vomir, tant la puanteur m'indisposait.

Réduite à l'état de charpie fétide, Tania mourut au bout d'une semaine. Je lui fermai les yeux, la bouche et la pleurai. Dans l'heure qui suivit, pour éviter la corruption, elle fut incinérée. Quelques jours plus tard, c'est un des fils des Gorii qui mourut, dans la fleur de sa jeunesse, bien qu'il n'eût pas quitté sa chambre depuis le début de l'épidémie.

Je n'observais pas la même précaution et ne me privais pas, sans pour autant toucher aux cadavres, de sortir du palais.

Je m'autorisais des promenades vers le port. La crue, provoquée par la tempête, avait détruit une partie des installations : entrepôts, abris pour les barques, jetée. À cheval, je louvoyais à travers les débris animaux et végétaux qui jonchaient la plage, d'où s'élevaient les cris des rapaces. Tout était à reconstruire : un chantier titanesque qui mettrait à mal les finances édilitaires.

J'ai longtemps hésité avant de pousser jusqu'à Strena, redoutant de découvrir le même spectacle de désolation que sur la plupart des îles des alentours de Spina.

Je ne fus pas surpris du désastre. La carcasse en décomposition d'un énorme buffle avait mis à bas mon modeste ponton. Ma barque avait été emportée. Ma cabane n'était plus qu'un informe tas de planches. Mon jardin, un marécage. De mon chien et de ma basse-cour ne restait rien d'autre que quelques cadavres de volaille pris dans la clôture. Seul mon figuier avait résisté au déluge.

En quelques coups de rames, je me suis rendu chez Péga. Situés sur une butte, ses biens avaient échappé en grande partie à l'inondation. Son port domestique avait été emporté mais vite reconstitué. La vaste masure familiale était pratiquement intacte.

Gouma, un chien à ses pieds, était en train de dépouiller une grosse anguille qui, décapitée et écorchée, se tortillait encore. Je l'embrassai et lui demandai où se trouvait Péga. De la pointe de son couteau elle me montra la cabane.

— Il n'a pas échappé à l'épidémie, me dit-elle, mais il est presque guéri. Il est robuste, tu le sais !

C'était un miracle. Spina avait perdu la moitié de sa population, notamment parmi les domestiques, les ouvriers et les esclaves chargés du transport des cadavres sur les bûchers pour lesquels le bois commençait à manquer. Procéder à des inhumations dans cette terre encore gorgée d'eau eût été une solution aléatoire et dangereuse.

À la réflexion, la survie de Péga n'avait rien de miraculeux mais était l'une de ces exceptions dont j'avais été témoin. Certains malades, présentant tous les symptômes de la maladie, s'alitaient puis, après quelques heures ou quelques jours, quittaient leur couche et se précipitaient dans le temple de Nortia pour remercier la déesse.

Péga était allongé à demi sur son grabat, une jambe touchant terre, une cruche de vin à sa portée, et grignotait une galette de seigle avec des mimiques gourmandes de vieux rat. Il m'interdit par prudence de m'approcher et me dit d'une voix pâteuse :

— Tu n'aurais pas dû venir, Aulus ! Je ne suis pas tout à fait remis de cette saloperie. Quand même, je suis content de te voir, et en bonne santé encore. Je me suis fait du souci pour toi, tu sais !

Je voulus savoir comment les ailes noires du choléra l'avaient effleuré sans l'emporter.

— C'est simple : le vin et les tisanes de Gouma. Dès que je me suis senti atteint, je me suis enivré comme un charretier, et n'ai pas arrêté d'une semaine. Je constate que ces remèdes étaient efficaces. Demain, je me lèverai pour faire mes semis.

Sa mine s'assombrit quand il m'annonça que sa famille avait payé son tribut au choléra ; un de ses fils était mort en deux jours. Il avait enfermé les autres dans sa porcherie, avec interdiction de mettre le nez dehors.

Il ajouta avec un soupir :

— J'ai un peu honte de moi, Aulus.

— Honte ? Mais de quoi donc, mon ami ?

— De voir la vieille outre de vin que je suis survivre alors que tant de malheureux…

— Tu devrais t'en réjouir, au contraire !

Je posai sur son trépied la petite amphore de vin de Chioggia que je lui destinais. Il m'en remercia, la larme à l'œil, et me demanda comment j'avais échappé à la contagion. Je répondis que je l'ignorais, que le choléra choisissait ses victimes au petit bonheur, si l'on peut dire, que j'avais été semble-t-il privilégié, et pas le seul, heureusement !

Il bougonna :

— Le mieux est de foutre le camp ! C'est ce que tu aurais dû faire, et moi aussi, mais moi je n'avais pas les moyens et je n'allais pas abandonner mes bêtes. Les médecins, qu'est-ce qu'ils ont fait pour arrêter l'épidémie ? Ces ânes bâtés ne sont bons qu'à renifler notre urine et notre merde.

Je partageais son avis. Durant mon séjour à Rome, alors que le choléra menaçait d'envahir la ville, je m'étais plongé dans la lecture de deux ouvrages de l'illustre médecin grec, Hippocrate, le *Traité des airs, des eaux et des lieux*, et le *Traité du pronostic.* Ce grand savant m'avait déçu. Il n'était bon qu'à guérir des fractures, des coliques et des brûlures !

« Foutre le camp » ? Il en avait de bonnes, mon ami Péga ! Je n'y avais pas pensé une seconde. Mon sens de l'honneur me l'aurait interdit. Et d'ailleurs, pour aller où ? Il semble que Péga ait lu dans mes pensées, car il me dit :

— Moi, à ta place, je quitterais la maison des Gorii pour retourner à Strena. J'y vivrais comme avant, sans me faire de souci, entre mon chien et ma volaille. Je sais que ça te plaisait. Tu me l'as dit.

Je lui parlai de la visite que j'avais faite à mon domaine, de la désolation qui m'y attendait et du peu d'envie que j'avais d'y retourner.

— Je le regrette, soupira-t-il. Si tu changes d'idée, je pourrai t'aider, et même, si tu préfères, tu pourrais venir vivre chez nous. Ce serait un honneur, général Aulus Laristal…

La vie, peu à peu, avait repris son cours à Spina. On ne retrouvait pas l'animation joyeuse d'avant le déluge et le choléra, mais les boutiques avaient rouvert leurs auvents, les pêcheurs avaient retrouvé leurs barques et les eaux de la lagune et des navires grecs, chargés de blé, avaient fait leur apparition. Chioggia, Adria, Ravenna, épargnées par la pandémie, nous avaient envoyé quelques vivres.

J'avais dû remettre *sine die* mon travail d'écriture pour me consacrer, mon titre d'intendant m'en faisant un devoir, à notre domaine. Si la maladie ne m'avait pas affecté – merci, Nortia ! –, j'éprouvais une grande lassitude, suite aux épreuves que j'avais traversées et devant la tâche qui m'attendait.

Ayant sollicité des autorités, amputées d'une partie de leurs effectifs, la tenue d'assises en vue de mettre en commun nos ressources pour redonner vie à la cité, je m'étais heurté à une indifférence égoïste, chacun restant replié sur ses propres malheurs. On avait encore du respect pour celui qui avait repoussé l'invasion gauloise, mais pas jusqu'à me confier quelque mission civile que ce fût.

Après celle des Gorii et du lucumon Euphronios, la famille la plus importante de Spina était celle des Partunii et de mon défunt ami Hocha. La maladie ne l'avait pas épargnée ; il restait la veuve du maître, le frère de Hocha, Touthé, et sa sœur, Sania, une attardée que l'on voyait peu.

Certaines familles avaient trouvé la force nécessaire pour remettre leur navire à flot. D'autres, en revanche, cédant au désespoir, n'attendaient de secours que des dieux. J'ai persisté dans mon intention de fédérer une action salutaire de l'aristocratie et, en premier lieu, de faire désigner un nouveau lucumon pour remplacer Euphronios, ce dont personne ne semblait se soucier.

À force d'insistance, j'obtins que les responsables de l'oligarchie locale se réunissent, et leur proposai même de tenir cette assemblée dans la maison des Gorii.

J'eus la satisfaction d'y voir paraître des représentants de toutes les familles, à l'exception de deux ou trois qui m'avaient fermé leur porte. Certains, soupçonnant en moi l'ambition d'accéder au poste de lucumon, me refusèrent leur confiance, mais la plupart, après mûres réflexions, se reposèrent sur ma personne pour l'exécution des mesures que j'avais projetées pour la communauté ; nouvel appel à la solidarité des cités voisines, restauration des bâtiments civils et des routes, acquisition d'un nouveau contingent d'esclaves à Ravenna, réalisation d'un cimetière commun pour les victimes du choléra, avec un petit temple pour les dévotions…

J'eus, au cours de ce conseil, un spectacle pitoyable, la lâcheté le disputant à l'indifférence et à l'égoïsme.

J'avais voulu que la remise en état de notre maison passât pour un modèle et ne ménageai pas mes efforts, avec l'aide de Galtas, le maître des esclaves, du trésorier Bellus, du médecin Laris et, dans une moindre mesure, des enfants de la famille.

Pour l'acquisition d'esclaves voués à la communauté, je me rendis à Ravenna. Les Gorii avaient entretenu par le passé des rapports avec le marchand grec, Zerapiu, qui les avait parfois tirés d'embarras et souvent filoutés.

Je reçus un accueil glacial.

— Des esclaves ! s'écria le marchand. Tout le monde m'en réclame, alors que j'en suis dépourvu. Aller en chercher sur les côtes de Libye ou en Corse, au risque de me voir enlevé par des pirates, cette maudite engeance, les dieux m'en préservent !

— Je viens, lui dis-je en maîtrisant ma colère, de jeter un œil sur tes entrepôts. Il semble, malgré tes plaintes hypocrites, que tu aies encore de la réserve.

— Peuh... Des nègres pour la plupart, destinés à des exploitants de Bolsena et aux mines. De la graine de rebelles, si tu veux mon avis. Mais, si tu en manques vraiment, je peux t'en céder une cinquantaine, par compassion pour vos épreuves. Il t'en coûtera...

La somme qu'il me proposa me fit hurler. Je le traitai de brigand, d'exploiteur de la misère publique. Il me consentit un rabais dont je dus me contenter.

Je quittai Zerapiu avec la conviction d'avoir été floué, mais il m'en eût coûté de revenir à Spina cales vides. Au marché que j'organisai sur le forum, presque toutes les grandes familles étaient présentes. On fit la grimace – des nègres ! –, mais tout ce contingent trouva preneur. À certains, qui me soupçonnaient d'avoir fait un profit personnel dans cette transaction, je répondis par le mépris.

Je gardai pour le compte des Gorii quelques têtes que je confiai à Galtas, en lui demandant, ce qui était superflu, de les traiter humainement. Le choléra nous avait emporté dix esclaves. Nous avions enfin retrouvé notre effectif initial. S'ils eurent du mal à s'adapter du fait qu'ils ne parlaient pas notre langue, ils s'avérèrent excellents travailleurs, sans que l'on pût soupçonner en eux le moindre esprit de révolte.

Les efforts que je déployais pour ma famille d'adoption avaient leur revers ; je pouvais, en outrepassant mes fonctions d'intendant de la maison et des annexes, faire figure d'usurpateur. Cette responsabilité aurait dû revenir à un membre de la famille des Gorii, mais Lucilla et Avel étaient immatures. Il restait le fils aîné, Arnath, mais il avait pris, quelques années auparavant, la direction d'un comptoir au sud de Rimini, à Cervia, où il faisait commerce de vins grecs, et de chevaux siciliens.

Je lui envoyai un émissaire l'informer de la situation de la famille et lui demander de revenir après avoir confié le soin de ses intérêts à un homme de confiance. Il mit un bon mois avant d'arriver à Spina.

— Mon garçon, lui dis-je familièrement, ton devoir est désormais d'être présent dans ta famille et de prendre en main ses affaires. Les inondations puis la maladie les ont affectées, mais, aujourd'hui, elles ont à peu près retrouvé leur cours normal. J'ai fait de mon mieux pour te suppléer, mais mon âge va bientôt m'interdire de poursuivre cette tâche.

Il m'écouta sans broncher, bouche bée, comme si je lui proposais de porter la couronne des rois étrusques.

— Ta décision me surprend, me dit-il. Tu as passé au travers de l'épidémie et je te trouve aujourd'hui en pleine possession de tes facultés. Je souhaite que tu restes parmi nous longtemps encore. Tu me seras utile, général Aulus Laristal de Tarquinii !

Arnath me confia qu'il avait quitté Cervia avec regret, même s'il avait laissé son commerce en de bonnes mains. Il eut un bref entretien avec son frère et sa sœur, leur dit qu'il était temps pour eux de sortir des mains de leur précepteur, Vélia, pour s'intéresser aux affaires. Il me confia qu'il avait eu l'impression de s'adresser à des attardés.

Lorsque je lui annonçai que je consentais à rester à mon poste, il m'embrassa. Je l'avais peu connu, son père lui ayant confié ce comptoir alors qu'il venait d'avoir dix-huit ans et que je m'installais à Strena.

Il avait bien changé. L'adolescent chafouin que j'avais rencontré avait fait place à un homme de tenue spartiate. De taille moyenne, sans rien d'un athlète, il avait le visage rude et ingrat de son père. On ne lui connaissait qu'une passion : les chevaux. Son élevage était connu de tous les grands propriétaires de latifundia, entre Mantova et Arezzo.

Arnath me demanda de le guider dans la visite du domaine, où il n'était pas revenu depuis la bataille de Taglio contre les Gaulois. Il jugea négligée la tenue des écuries et insuffisant le nombre des chevaux. Les autres bâtiments, la porcherie notamment, à laquelle j'apportais tous mes soins, le logement des esclaves, les granges et les pêcheries lui donnèrent une satisfaction mitigée. En revanche, je constatai avec satisfaction qu'il semblait prendre intérêt à la bonne marche de la propriété, ce qui augurait bien de nos rapports à venir.

À peu de temps de là, Arnath m'invita à sa table pour m'annoncer son intention de participer à la vie de Spina. Il avait pensé à une course de chevaux.

— Avant de quitter ma famille, me dit-il, j'en organisais plusieurs fois chaque année, sur la plage. Sans vouloir me flatter, j'étais le meilleur et emportais presque tous les trophées, mais j'avais en Hocha un redoutable concurrent. J'ai appris les conditions de sa mort. Elle m'a ému mais guère surpris. Cette tête creuse ne brassait que du vent.

Il ajouta qu'il devait être un peu fou pour avoir choisi comme maîtresse Ega, une femme de dix ans plus âgée que lui. Plus fou encore d'avoir voulu s'attaquer à des navires grecs, lui qui n'avait pas le pied marin, et d'avoir envisagé de créer une colonie, alors qu'il n'était pas capable de s'administrer lui-même ! Je protestai contre ces jugements sommaires et sévères, mais en partie justifiés.

Sans renoncer à s'intéresser aux biens de sa famille et à la réalisation du tombeau de ses parents, bien qu'il jugeât cette dépense superfétatoire, Arnath entreprit des démarches dans les environs en vue de sa première course de chevaux.

Elle eut lieu au début de l'été, sur le bord de mer, par un temps radieux.

En mémoire de leur fils disparu, Hocha, les Partunii tinrent à offrir aux concurrents, au nombre d'une quinzaine, le festin succédant aux épreuves. Arnath se montra déçu de la qualité des chevaux qui, dans la matinée, avaient défilé dans les rues et sur les places, accompagnés de musiciens et de poètes. Je lui rappelai que Spina avait subi de graves dégâts du fait des crues, et que les écuries n'avaient pas été épargnées ; il en convint.

Je ne m'attarderai pas sur ce concours. Arnath triompha dans la course principale mais resta volontairement en retrait dans les suivantes. Il laissa la première place à un fils des Volpii, Tulio, qui, conscient de cette aimable supercherie, la lui reprocha. L'affaire n'eut pas de suite, d'autant qu'un combat équestre, au sabre de bois, entre de jeunes cavaliers, enthousiasma les spectateurs, soit toute la population assise le long des dunes.

Les musiciens se déchaînèrent lorsque vint le moment de la distribution des récompenses offertes par les familles ; des pièces d'or et d'argent, des bijoux, ainsi que des fleurs et des diadèmes de laurier pour les concurrents malheureux. Arnath y alla d'un discours, mais l'essentiel se perdit dans la rumeur des vagues et du vent.

Les Partunii avaient bien fait les choses. Des tentes avaient été dressées par leurs soins sur le forum et la palestre. La chère fut abondante et soignée et le vin coula à pleines amphores.

Touthé, le frère de Hocha, m'avait attribué comme compagne sa sœur, Sania. Piètre faveur. Sa réputation d'attardée ne semblait pas usurpée ; je ne pus échanger avec elle que quelques mots, alors qu'autour de nous bourdonnaient conversations, rires et chants.

J'avais appris les malheurs qui l'avaient mise en cet état de prostration. Le navire de son époux, marchand d'étoffes précieuses, avait sombré dans une tempête sur les côtes de Phénicie, non loin de Tyr. Elle s'était mis en tête, comme Ega l'avait fait pour Hocha, mais avec moins d'ostentation, qu'il reviendrait un jour.

Cette créature tenait de Junon plus que de Diane ; on l'imaginait plutôt à sa quenouille qu'à la chasse. Elle était pourtant douée d'une belle stature : hanches un peu fortes, visage de vierge syrienne, front large, menton aigu, grands yeux sombres, tête couronnée par une chevelure d'un noir profond.

À défaut d'entretenir une conversation avec elle, je veillais à ce qu'elle ne manquât de rien, lui coupais sa viande et lui servais à boire. Elle me remerciait d'un regard et d'un sourire.

Bien que muette, elle paraissait attentive aux propos de nos voisins, et il semblait qu'elle ne repoussât son assiette que pour faire tourner ses bagues et jouer, du bout de ses doigts longs et délicats, avec son pendentif d'ambre serti de perles.

Nous en étions au milieu du repas quand un grand nègre, nu comme Ganymède, vint remplir sa coupe d'un nouveau vin. Après en avoir avalé quelques gorgées, elle eut une quinte de toux. À ma grande surprise, elle s'en excusa, disant que ce vin était trop fort pour elle et qu'elle le préférait mêlé d'eau, alors qu'elle ne paraissait pas avoir boudé son plaisir.

— C'est du vin de Sorrento, lui dis-je. Je le trouve un peu liquoreux mais plein de chaleur. Si tu le souhaites, je peux y faire ajouter de l'eau.

Elle secoua la tête et, rompant de nouveau avec ce mutisme qui m'indisposait, elle me dit :

— J'ai appris ton nom, Aulus Laristal. Tu appartiens à la maison des Gorii et tu écris l'histoire de notre nation.

Ravi qu'elle eût enfin rompu son silence et plus encore qu'elle s'intéressât à ma situation, je lui confiai que cette tâche me donnait beaucoup de plaisir et d'inquiétude. Elle voulut savoir ce qui motivait ce dernier sentiment. Je lui avouai qu'avec le peu de temps qui me restait à vivre, je craignais de ne pouvoir assumer cette ambition.

Elle sourit et posa sa main sur la mienne :

— Allons donc, mon ami ! me dit-elle. Tu as l'allure et le comportement d'un jeune homme. Toi qui es féru d'histoire, il faudra que tu me parles de nos rapports avec la République. Dans ma famille, on m'en cache tout. J'aimerais savoir notamment ce que Rome nous doit et ce que nous lui devons.

Un souvenir lointain me revint en mémoire. Je me trouvais, encore enfant, dans les jardins de Tarquinii, quand mon attention avait été attirée par une mante religieuse. Elle était occupée à dévorer son mâle après leur copulation et, semblait-il, en frémissait de plaisir.

— Cela me rappelle, lui dis-je, que Rome, après s'être nourrie de notre civilisation, nous a dévorés.

— Pourquoi ne nous sommes-nous pas défendus ? Nous étions à l'époque plus puissants que les Romains !

— Sans doute, mais moins préparés à résister à leurs légions. Notre confédération était faite d'un tissu lâche ; celui de Rome avait la consistance de la pierre. Aujourd'hui, nous ne sommes pour la République qu'une colonie parmi d'autres et je me sens orphelin de ma patrie.

— Aulus, me dit-elle, il faut que nous ayons de nouveaux entretiens. Tu as beaucoup à m'apprendre, et je suis plus curieuse que mes proches ne le pensent. Je lis beaucoup mais cela ne me suffit pas.

Le festin touchait à sa fin. Les concurrents de la course s'étant retirés pour gagner leur couche, les amis d'Arnath et de Touthé se retrouvèrent sous la même tente pour finir la nuit.

Je ne m'attarderai pas sur la suite de ce festin, banale orgie à la manière étrusque. Un trio de négresses nues et grasses, récemment importées de Carthage, se livra à des contorsions grotesques et indécentes qui s'achevèrent sous des insultes et des jets de rogatons. Le même accueil fut réservé aux vers licencieux du vieux poète étrusque, Volnius. Puis on souffla les dernières chandelles encore allumées.

— Veux-tu rester dans ce lupanar, me demanda Sania, ou veux-tu que nous fassions une promenade jusqu'au port ?

Je choisis la promenade. Le port n'est pas loin, le forum étant à mi-chemin de la ville et de la mer. Je ne pouvais ignorer comment se terminerait cette fugue nocturne ; elle non plus sans doute, qui avait pris ma main et marchait en chantonnant. Un remords me vint. Allais-je profiter de l'ivresse de cette femme pour abuser d'elle ?

Les choses se passèrent comme je l'avais à la fois souhaité et redouté. Sania m'entraîna sous un gros tamaris, face à la mer tumultueuse où scintillaient des lampes de pêcheurs, défit la ceinture de sa robe et me libéra de ma tunique.

Je ne saurais dire combien de temps dura le sommeil qui avait succédé à nos ébats, mais le jour était là et le soleil crépitait sur une mer où batifolait un banc de dauphins. Sania avait froid ; quand je l'eus recouverte de ma tunique, elle se serra contre moi. Alors qu'elle se rendormait, je me souvins des vers d'un ancien poète de Cisra ou de Véies sur les dauphins :

Ne sois pas surpris, Neptune
Que des dauphins soient bons envers nous
Ne sommes-nous pas des poissons changés en hommes ?

Je me rendormis à mon tour. Quand la chaleur du soleil me réveilla, Sania avait disparu.

Les inondations et le choléra, en interrompant mon travail de scribe, m'avaient laissé privé de la volonté et de l'énergie nécessaires à sa reprise. J'étais, face au monceau de feuilles de papyrus que j'avais accumulé, en proie à une sorte de fatalisme qui me rappelait le *fatum* des philosophes. Je me répétais que les pires événements, nos chagrins, nos joies et nos amours se dissolvent inéluctablement dans le cosmos. Je me disais que je ne viendrais jamais à bout de ce travail et que, restant inachevé, ce brouillon serait bon à jeter au feu et qu'à tout prendre l'humanité s'en consolerait.

En revanche, je constatais de jour en jour, avec une intense satisfaction, qu'Arnath s'était attelé à sa tâche sans faillir et qu'il y prenait même du plaisir.

Il est vrai qu'il avait trouvé un domaine rentable. Grâce à l'apport des nègres de Ravenna, nous avions des esclaves en suffisance. Un été généreux nous avait donné des moissons sinon opulentes, du moins suffisantes. Nous avions même frété un navire chargé de blé, d'avoine et de porcs, à destination des comptoirs de l'Istrie, d'où il était revenu chargé de bois de construction, une denrée rare. Notre élevage de chevaux ayant gagné en importance et en qualité, des propriétaires terriens de l'intérieur nous achetèrent quelques étalons.

Nos rapports n'étaient pas exempts de querelles, mais aucune n'entamait leur sérénité. Arnath avait une propension aux dépenses somptuaires, notamment pour l'achat de chevaux ou d'œuvres d'art dont il meublait son appartement : celui de sa mère, dame Ega. Il se pliait mal aux réserves que le trésorier Brutus et moi lui opposions, bougonnait mais finissait par nous donner raison.

Nos relations ne s'envenimèrent qu'une seule fois : le jour où il nous avait annoncé son intention de faire construire un navire au chantier naval de Chioggia, pour les navettes entre le port de Spina et son comptoir de Cervia. Je lui avais reproché de dilapider la fortune de la famille dans des achats sans nécessité ; il avait pris la mouche, m'accusant d'être borné « comme un vieux tabellion » et de n'avoir aucune ambition.

Il s'était écrié :

— Qui, de toi ou de moi, est le chef de cette famille ? Dois-je te rappeler que tu es sous mes ordres et que je pourrais te congédier si bon me semble ?

J'avais crié plus fort que lui :

— Eh bien, ne t'en prive pas ! Considère qu'à partir de ce jour je ne suis plus ton domestique !

Je lui avais tourné le dos et fait claquer la porte, bien décidé à mettre mon projet à exécution, mais, à la réflexion, j'avais jugé ma réaction disproportionnée. Quitter cette maison, renoncer et me retirer à Strena, sans famille dans le pays, qu'allais-je devenir ?

C'est avec soulagement que je l'avais vu revenir vers moi le lendemain, repentant. Il m'avait présenté ses excuses ; j'avais fait de même ; nous nous étions embrassés.

Je restai une semaine privé de nouvelles de Sania, mais sans trop le regretter, la perspective d'une nouvelle aventure sentimentale, sans doute pleine d'agrément mais dangereuse, ne me paraissant pas souhaitable.

Alors que je visitais de nouvelles installations agraires dans le latifundium des Partunii, sur une colline proche d'Adria, j'eus la surprise de l'y retrouver. Vêtue d'un simple sarrau, chaussée de bottes boueuses, coiffée d'un large chapeau de paille, elle était en train de faire le compte d'un troupeau de porcs destiné à un marchand grec, Skopios. Elle parut aussi surprise que moi.

— Nous n'allons pas tarder à passer à table, me dit-elle d'un air indifférent. Reste donc si tu veux. Il y a si longtemps que nous ne nous sommes vus…

— Une semaine. J'ai compté les jours, dans l'attente d'un signe de ta part.

Elle haussa les épaules, sourit et reprit le compte de ses bêtes. Par quel miracle cette femme, réputée attardée, mutique, qui ne quittait sa coquille qu'en de rares occasions, avait-elle pu sortir en l'espace de quelques jours de son silence et de sa solitude ? Je n'osais croire que notre rencontre en eût été la raison, mais le fait, si singulier fût-il, était patent.

Ce n'est pas sans une certaine répulsion que je m'attablai à l'avant de la porcherie d'où montaient des odeurs de fiente et des grognements. J'aurais espéré, pour cette nouvelle rencontre, un autre environnement.

Capitaine du navire grec à vingt rameurs, l'*Argos*, Skopios était barbu comme un Perse, volubile et vantard comme un Massaliotte, ce qu'il démontra d'abondance au cours du repas, à l'ombre d'un olivier. À l'en croire, on n'eût pas trouvé, entre Carthage et les colonnes d'Hercule, un meilleur marin ; il connaissait tous les ports et avait traité avec toutes les nations. Il me reprocha, comme si j'en avais été responsable, nos anciens rapports avec les Carthaginois, ces « maudits Africains », qu'il vouait aux gémonies depuis qu'ils avaient coulé l'un de ses navires au large de la Sardaigne dont ils occupent les côtes.

Les porcs embarqués dans deux charrettes, Skopios s'était laissé tomber pour sa sieste sur la paille de ses cochons.

— Je déteste ce grossier personnage, me dit Sania. J'ai failli lui jeter mon vin au visage quand j'ai senti sa grosse patte se glisser entre mes cuisses. Que voulait-il dire en parlant de nos rapports avec les Carthaginois ?

— L'affaire, lui expliquai-je, remonte à des siècles. Une alliance éphémère avait été conclue entre l'Étrurie et Carthage, contre les Grecs qui, poursuivant leur expansion dans la mer des Ligures, avaient occupé la côte orientale de la Corse où nous avions établi des comptoirs prospères pour le trafic de la cire, du miel, du bois et des esclaves.

Installés sur les côtes de la Sardaigne, comme nous sur celles de Corse et partageant les mêmes craintes, les Carthaginois avaient décidé, pour prendre l'avantage, d'envoyer cinquante navires affronter la flotte grecque amarrée. Les Étrusques leur en fournirent le même nombre.

Il était convenu de se retrouver en face du port d'Alalia, sur la côte orientale de la Corse, un havre dominé par une haute colline en forme d'acropole, où la ville est perchée, et entouré par une immense plaine marécageuse.

La bataille fit rage durant plusieurs jours, avec une telle intensité que, si les Grecs repoussèrent cette attaque, ils perdirent une quarantaine de vaisseaux dont la mer allait brasser les épaves pendant des semaines. Ruinés, ils durent retourner en Grèce.

— Ces événements, ajoutai-je, se sont déroulés il y a des siècles. Nous avons gardé des liens avec Carthage, mais sans entreprendre avec eux d'autres opérations sur terre ou sur mer

Sania voulait en savoir plus sur le passé de notre peuple ; je m'attachai à la satisfaire, mais j'aurais préféré aborder la question de nos relations, et savoir si elle comptait y donner suite. J'attendis qu'elle m'en parlât, mais seule l'histoire paraissait l'intéresser.

Notre entretien fut interrompu par Skopios. Il surgit en se grattant la poitrine, avala à la régalade le contenu d'une cruche de vin et rota bruyamment.

— Adieu, les amoureux ! s'écria-t-il joyeusement. Je vous tire ma révérence. L'*Argos* m'attend pour appareiller.

Les événements que j'avais évoqués pour Sania réveillèrent en moi la nostalgie de l'écriture. Sur le chemin du retour, je me sentais impatient de reprendre mon calame. C'est ce que je fis le soir même, avec une ardeur que je n'avais pas connue depuis des semaines. J'interdis à mon esclave que l'on me dérangeât et, après une brève invocation à Menerva, je me replongeai dans l'histoire.

TROISIÈME PARTIE

1

L'invasion

Au moment de reprendre mon récit, je dois évoquer l'existence de Caius Marcius, plus connu sous le nom de Coriolan, dont la vie tourmentée est colorée de légende.

Ce héros reçut son surnom pour s'être rendu maître, au nom de la République romaine, de la petite ville où il est né et a fait ses premières armes, Corioli, capitale des Volsques, au sud de Rome. Doué pour les armes, il aurait dû se contenter du commandement d'une légion, comme les consuls le lui avaient proposé. Mais, Coriolan de Corioli avait d'autres ambitions.

Auréolé de ses victoires, il rentra à Rome où ses exploits lui avaient valu les faveurs de l'aristocratie. Fort de cet engouement, et ne reculant devant rien, il avait postulé pour le Consulat.

Devenu un des grands personnages de Rome, Coriolan avait adopté envers la plèbe un comportement alliant mépris et arrogance. Il s'était opposé, alors que sévissait la disette, à une distribution gratuite de pain dans les basses classes. Une sédition dressa contre lui le peuple romain. Assiégeant la Curie, les émeutiers demandèrent qu'on lui livrât cet odieux personnage.

Pour éviter que cette révolte ne dégénérât, les sénateurs leur donnèrent satisfaction. Mais Coriolan sut si bien leur parler, debout sur les marches du palais consulaire, que, renonçant à le lapider ou à le pendre, le peuple se contenta d'exiger son exil. Il quitta Rome pour se réfugier sur ses terres, à Corioli.

Les Volsques connurent, après la chute des Tarquin, des soulèvements de population contre ses occupants romains. Ces insoumis avaient proclamé leur indépendance et s'étaient donné un chef, Coriolan.

Ruminant sa revanche, il rassembla, quelques années plus tard, une armée. Alors qu'il s'apprêtait à assiéger Rome, une députation de la Curie lui rendit visite pour lui proposer une rançon contre la paix ; il refusa de l'entendre et s'apprêta à lancer son armée contre les remparts.

C'est alors que sa propre famille tenta de faire barrage à des prétentions qui risquaient de causer sa perte. Cédant aux suppliques de deux fortes femmes, sa mère, Véturie, et son épouse, Volumnie, il reprit, la rage au cœur, la route de sa capitale, au risque de déclencher une sédition dans son armée, révoltée par cette volte-face.

Une réprobation générale l'attendait. Le roi des Volsques, Tullius, ne comprenant pas les raisons de sa retraite alors qu'il aurait pu se rendre maître de Rome, le fit arrêter et condamner à la peine capitale.

La fin de ce héros pitoyable donna lieu à différentes versions. Un document affirme qu'il eut la tête tranchée pour haute trahison ; un autre qu'il mourut en exil. Quoi qu'il en soit, ce personnage équivoque, victime de l'affection qu'il portait à sa famille, ne fit plus parler de lui, du moins de son vivant.

Sur les lieux où sa mère et sa femme l'avaient convaincu de renoncer à Rome, la Curie a érigé un petit temple dédié à la Fortune féminine.

Après ces soubresauts, témoignages de sa fragilité, Rome se reprit et tenta de confirmer son hégémonie sur la péninsule.

Elle avait à défendre ses frontières contre de turbulents voisins qui ne se privaient pas pour les violer et dévaster ses terres. Trois villes lui faisaient de l'ombre : Véies, Fidenae et Cisra. Elles allaient le payer cher.

Dans ma jeunesse, ma famille entretenait des rapports amicaux avec des propriétaires de vastes domaines dans les parages de Véies, les Campana. Ils occupaient une luxueuse demeure bâtie sur une colline et possédaient un établissement thermal réputé, fréquenté notamment par l'aristocratie romaine.

Je garde en mémoire nos repas et nos veillées sous une vaste tonnelle de chèvrefeuille, certains soirs d'été, dans le murmure des fontaines et la fraîcheur montant de la vallée de la Mola. Nous ne quittions pas ces lieux idylliques sans avoir fait nos dévotions dans les temples de Junon et d'Apollon, déposé des offrandes sur ses autels et rendu hommage aux ancêtres de cette famille amie.

Une guerre larvée avait sévi entre Véies et sa puissante voisine, pour la possession de la petite cité de Fidenae, revendiquée par les deux parties et qui n'avait qu'un défaut : occuper un site stratégique. Pour les Romains, la prendre signifiait avoir Véies à sa portée. Ils l'avaient envahie à plusieurs reprises et, chaque fois, leurs garnisons avaient été chassées par des soulèvements populaires.

Décidée à en finir, Rome avait envoyé une légion à Fidenae, accompagnée, pour faire impression, par un important détachement de cavalerie, occupant portes et routes.

C'était pour Véies l'annonce d'une conquête prochaine. Il aurait suffi aux légions de franchir le Tibre pour se trouver sous ses murs et les prendre d'assaut. Pourtant, c'était moins simple qu'il n'y paraissait. Bâtie sur un vaste plateau de travertin, protégée par des falaises vertigineuses, la ville paraissait inexpugnable, même pour l'une des meilleures troupes de Rome que commandait un vétéran, Marcus Furius Camillus, dit Camille. Il allait s'y casser les dents.

C'est dans le cœur de la cité que devait se conclure ce siège interminable.

Profitant d'une faille dans une falaise, les ingénieurs romains avaient creusé un tunnel qui, après des mois d'un travail incessant, les conduisit jusqu'au temple de Junon. Ensuite, ce n'avait été qu'un jeu de rassembler une centaine de légionnaires qui, le jour venu, s'étaient répandus dans la ville, causant une telle stupeur qu'ils n'eurent à livrer que des combats de rue sporadiques. La suite ne surprendra guère : pillages, massacres, viols. L'horreur dans son insupportable banalité… Les soldats prirent, dit-on, un plaisir pervers à jeter les habitants du haut des falaises. Ceux qui échappèrent au carnage furent vendus comme esclaves aux riches Romains. Quant au butin, il fallut plusieurs jours pour l'amasser et l'envoyer à pleins chariots sur les bords du Tibre. Véies était l'une des villes les plus riches de l'Étrurie.

J'éprouve un doute concernant le procédé que les Romains mirent en œuvre pour accéder au centre de Véies. Ont-ils vraiment creusé ce fameux tunnel à travers la montagne ? L'histoire, qui rappelle celle du cheval de Troie, est séduisante, mais sujette à caution, ce chantier aurait nécessité des années de travail. Il me semble plus plausible qu'ils aient utilisé un aqueduc ou un canal souterrain.

À la suite de cette victoire, Camille devint un héros. Rome lui fit un triomphe. La Curie, pour remercier les dames de l'aristocratie d'avoir, en offrant leurs bijoux, assuré la réussite de cette campagne, les autorisa à voyager dans des voitures découvertes et à se montrer ainsi à la plèbe dans tout l'éclat de leur beauté naturelle ou artificielle.

Mes documents sont moins prolixes sur la prise de Cisra. Elle dut subir le même martyre que ses voisines, mais sans que j'en eusse la confirmation. J'ai trouvé un texte précisant que, épouvantées, à la nouvelle de la chute de Fidenae et de Véies, les édiles avaient ouvert leurs portes aux légions de Camille, et qu'une trêve d'un siècle avait été accordée aux vaincus.

Cette ville était célèbre pour l'importance et la richesse de ses hypogées et de ses ateliers de potiers qui occupaient tout un quartier. Mon père avait une collection d'hydries et d'objets de terre cuite à usage domestique ou rituel, aux coloris somptueux.

Il n'en alla pas de même, peu après, pour Volsinii. Cette orgueilleuse cité donna du fil à retordre aux légions en prenant les armes avant d'être directement menacée. Son armée poussa jusqu'aux portes de Rome, suscitant un mouvement de panique dans la population, avant de prendre, après cette provocation gratuite, le chemin du retour. Quelques années plus tard, ébranlée par une rébellion d'esclaves, Volsinii fit appel à Rome. C'était introduire le loup dans la bergerie. La ville fut rasée et sa population déportée.

C'est à Volsinii que, chaque année, à date fixe, se tenait la cérémonie dite du *Fanum Voltumnae* qui donnait un semblant de cohésion à la confédération étrusque. Elle disposait, comme Spina, d'un temple dédié à Nortia et d'un autre consacré à sa déesse tutélaire, Voltumna.

Triste conséquence de la chute de ces villes ; les chemins étaient de toutes parts ouverts à Rome. L'Étrurie a longtemps porté le deuil de ces cités perdues, violées, rasées parfois, toujours pillées de fond en comble, qui ont eu du mal à reprendre vie et à se redonner quelque éclat à l'ombre de Rome. Je ne puis éviter de songer que, si les douze cités de notre confédération, au lieu de faire assaut de présomption, avaient uni leurs forces contre Rome, la situation eût été renversée. Les Tarquin avaient ouvert la voie ; ils ne furent pas suivis.

J'aurais aimé parler longuement d'un héros des siècles passés, Cincinnatus, qui a traversé le ciel de Rome comme un météore, à travers des nuages de sang, mais son épopée concerne davantage l'histoire de la République que celle de l'Étrurie.

Rien, à part quelques exploits de jeunesse, ne le désignait pour un grand destin dans les légions, quand la Curie fit appel à lui pour dénouer, dans les Apennins, une situation délicate face aux tribus d'Éques qui défendaient âprement leur sol.

Le général Mincius le trouva dans son domaine au temps des moissons, en train de manier les gerbes dans la poussière du blé. Il ne fut pas facile de le convaincre d'abandonner ses travaux pour prendre la tête d'une légion. Il accepta et, en quelques mois, après avoir imposé la loi romaine à ces Barbares, il changea son uniforme pour son sarrau de paysan et retourna à ses champs. On fit de nouveau appel à lui quelques années plus tard pour le poste de dictateur. Il n'accepta que par esprit patriotique, resta une quinzaine de jours à ce poste et, à la stupéfaction générale, revint à sa charrue.

La suite des conquêtes romaines ne m'a pas surpris. Ville après ville, village après village, toute l'Étrurie, à part la lointaine Vénétie, fut grignotée par Rome. Elle installa sur nos ruines des garnisons, une administration, des activités commerciales et industrielles et habilla à sa mode nos dieux et nos déesses.

Je suis bouleversé à l'idée que cette conquête ne fut pour Rome, après des débuts difficiles, qu'une promenade militaire, les cités s'ouvrant devant les légions comme des fruits mûrs par lâcheté ou par désespoir. Aucun champion étrusque ne se distingua dans une bataille. C'était la politique des bras baissés et de l'agenouillement. Les fils de Tyrrhénus avaient touché le fond de l'humiliation et de la honte.

Pourtant, quelques écrits sur toile de lin m'ont appris que Tarquinii connut un regain d'énergie. Un jeune et bouillant Laristal avait fait des pieds et des mains pour inciter les édiles et la population à résister à l'envahisseur. Il avait prévu de faire de la vallée de la Marta une ligne de défense, à la manière des peuples barbares qui, dans les Apennins, avaient donné des angoisses aux légions de Cincinnatus. Il ne fut pas écouté. Lorsque les casques et les lances de Rome scintillèrent sous le soleil de la vallée, on laissa la porte monumentale grande ouverte.

Cette résistance aurait-elle été vaine ? Oui et non. Tarquinii ne pouvait opposer à cette marée qu'une digue dérisoire, mais, en mettant l'ennemi en échec, ne serait-ce que quelques jours ou quelques semaines, peut-être notre ténacité aurait-elle servi d'exemple à d'autres cités ? Nous étions un peuple de moutons face à une meute de loups.

Le jeune héros dont le document tait le nom a manifesté sa réprobation en refusant de saluer le général vainqueur et de participer au repas et aux cérémonies qui marquaient cette trop facile victoire. Fidèle à sa mission, avec le concours de quelques aristocrates, il avait organisé une série d'attentats contre des officiers de la légion avant de disparaître.

Le général romain se vengea en faisant décapiter sur le forum quelques otages pris au hasard dans la population, et en pillant nos temples et nos hypogées. Une paix de quarante ans mit fin à ces troubles. Une faveur que la ville dut payer par la cession aux Romains de nos meilleures terres agricoles.

Beaucoup plus tard, après mon séjour à Rome, je suis revenu à Tarquinii où ma famille vivait chichement dans les ruines de notre palais. Ma mère était morte jeune encore, et la vie de mon père ne tenait qu'à un fil. Mon frère aîné, Verthur, était allé chercher fortune sur les rivages de l'Asie, ma sœur, Annia, à peine pubère, avait épousé un riche Romain et mon frère cadet, Tephri, avait pris la mer et jouait les pirates sur les côtes ibères.

Je ne restai que quelques jours dans ce qui restait de ma famille, autant dire peu de chose. Au cours de mes pérégrinations à cheval, je faisais halte dans des villes qui, presque toutes, sous la garde de garnisons romaines, ruminaient leurs nostalgies étrusques. J'étais reçu avec des marques de sympathie et de compassion. Partout le gîte, le couvert et parfois un modeste pécule pour assurer ma subsistance m'étaient offerts. On me demandait mon avis :

— Crois-tu qu'il nous reste quelque espoir de voir le vent tourner et les légions repartir pour Rome ? Elles sont si loin de leur base... Crois-tu que tout puisse redevenir comme avant.

Que répondre ? Rien ne laissait supposer une telle alternative, et personne n'y était préparé.

À Ravenna, où j'arrivai un soir de printemps lourd de pluie, harassé, de même que ma monture, je demandai asile à l'un de nos anciens clients. On m'accueillit à bras ouverts et m'invita à partager le repas de la famille.

J'appris avec stupeur du maître de maison que les inconvénients de l'occupation romaine étaient compensés par certains avantages. Le commerce avec Rome était florissant, des navires de toutes nationalités accostaient au port que les Romains avaient fait reconstruire, avec un vaste comptoir pour leurs transactions avec les Grecs ; on était protégé par une garnison ; on pouvait célébrer les dieux à la manière étrusque… Que demander de mieux ?

Écœuré, je n'achevai pas mon dîner, malgré la faim qui me torturait, et allai dormir dans une auberge du port.

Je songeai, au cours de la nuit, que notre nation avait le sort qu'elle méritait. Elle avait fait abandon, à de rares exceptions près, de toute dignité et de tout désir de revanche. Elle n'était plus qu'un troupeau prêt au sacrifice…

J'avais profité de ma venue à Tarquinii pour explorer les vestiges de notre palais. C'est dans une cave que j'avais découvert la panière d'osier qui a donné un sens à ma vie. Avant mon départ, mon père m'avait confié une somme importante et quelques bijoux de famille pour me préserver de tout souci pécuniaire, en me disant que, à son âge et dans l'état où était sa santé, il se suffisait de peu. J'ignore les conditions et la date de sa mort.

Un soir, au début de l'été, alors que je remontais vers le nord en suivant la côte orientale de la péninsule, j'arrivai dans la ville de Spina…

La colère des dieux allait s'abattre sur Rome, environ un siècle après que ce monstre eut digéré ses conquêtes.

Des peuplades venues du centre de la Gaule, traînant des caravanes de chariots, franchirent les Alpes par centaines de milliers et déferlèrent sur la Ligurie puis sur le nord de la péninsule, avec pour objectif la conquête de Rome. J'ai retrouvé le nom de leur chef : Ambicat.

Il ne semble pas, étant donné la relative brièveté de cette campagne, qu'ils eussent rencontré beaucoup de résistance de la part des garnisons romaines postées dans les anciennes villes étrusques. Leur intention n'était pas de conquérir des terres et de s'y installer. Ils passaient comme une tornade, pillaient les villes, massacraient ceux qui se défendaient, balayaient les légions et poursuivaient leur route vers le sud, sur leurs petits chevaux robustes et véloces.

Une seule ville, à ma connaissance, se rebiffa, Chiusi, la ville de l'illustre Porsenna. Les Gaulois restèrent une semaine sous ses murs, vivant grassement sur les latifundia des environs et donnant chaque soir aux habitants massés sur les remparts le spectacle de leurs fêtes et de leurs jeux barbares dans la vallée de Chiana.

La ville était trop bien fortifiée pour qu'ils espèrent, sans matériel de siège, en venir à bout. Leurs vagues battirent cet écueil sans l'entamer, puis, la patience n'étant pas leur qualité première, ils se découragèrent vite et prirent le large, droit vers le sud.

Ils livrèrent leur première bataille sur les rives de l'Allia, un affluent du Tibre, près de Rome. On vit pour la première fois des soldats romains faire cause commune avec des Étrusques pour défendre la ville, mais, submergés, ils se replièrent avec sur leurs talons la cavalerie d'Ambicat.

Longeant le Tibre sans trouver la moindre résistance, les ponts étant libres d'accès, les portes ouvertes, la ville désertée par ses habitants qui, pris de terreur, avaient fui vers la Sabine, les Gaulois pénétrèrent dans Rome sans coup férir. Ils n'en crurent pas leurs yeux. Redoutant quelque piège, ils s'y engagèrent à pas prudents, fouillant chaque maison, chaque bâtiment public, chaque temple, de fond en comble, pillant au passage.

Ils ne trouvèrent signe de vie qu'en débouchant sur le forum, entre le Tibre et le Palatin. Assis sur leurs chaises curules, impassibles et muets dans leur toge blanche, quelques vieux sénateurs barbus semblaient les attendre.

Un des guerriers, désireux de savoir si ces momies conservaient encore quelque trace de vie, s'approcha de l'un d'eux et lui tira la barbe. Indigné, le vieillard lui frappa le visage avec sa canne. Ce fut le signal d'un massacre dont pas un sénateur ne réchappa.

Un autre obstacle, plus sérieux, allait se trouver sur leur chemin.

À la fois citadelle et sanctuaire, le Capitole, éponyme du mont Capitolin, se dressait sur un plateau d'accès difficile, entouré des temples des dieux tutélaires, Minerve et Mercure. L'édification de ce lieu sacré était due au premier des Tarquin, l'Ancien. Les derniers défenseurs de Rome y avaient trouvé refuge et ne paraissaient pas décidés à se soumettre.

Après plusieurs jours d'hésitation, ayant essuyé quelques rebuffades, les Gaulois tentèrent une nuit de prendre cette position en escaladant ses pentes envahies par une végétation sauvage.

Ils étaient sur le point de réussir quand les oies consacrées au culte de Junon firent un tapage tel que les gardiens alertèrent le chef de ce détachement, Manlius, qui tira aussitôt ses hommes de leur sommeil. Surpris, les Gaulois prirent la fuite en dégringolant sur le versant qu'ils venaient de gravir à grand-peine.

Manlius et ses hommes ne savourèrent pas longtemps cette victoire. À quelques jours de là, menacés de mourir de soif et de faim, la permission de manger les oies sacrées leur ayant été refusée par leur chef, ils se livrèrent à l'ennemi. Leurs vies furent épargnées, mais ils durent trouver les fonds nécessaires à payer la rançon exigée.

Alors que l'on procédait à la pesée des monnaies, un officier de Manlius accusa un chef gaulois de tromperie. Ce dernier, jetant sa lourde épée de bronze dans la balance, lui lança cette menace brève mais percutante, qui s'inscrivit dans la mémoire des Romains :

— Malheur aux vaincus !

Leurs chariots à quatre roues pleins à ras bord, les Gaulois ne poussèrent pas plus loin leurs incursions et remontèrent vers le nord. Ils ne franchirent plus jamais les Alpes. Une légion composée de Romains et d'Étrusques, glanée sur plusieurs villes, les attendait sur la rive gauche du Pô et en fit un massacre.

À quoi tient le destin d'une ville et d'une nation ? Si cette horde venue des confins de la Gaule s'était mis en tête de se maintenir à Rome et d'en faire sa capitale, notre monde en eût été changé. Sans doute aurait-on assisté à de nouvelles ruées d'aventuriers et à l'anéantissement de la civilisation romaine, celle de l'Étrurie étant déjà consommée. C'eût été en quelque sorte la naissance d'une nation barbare.

Un culte particulier fut consacré aux oies du Capitole. Leur nourriture et leur entretien furent pris en charge par la Curie. À chaque anniversaire de leur exploit, elles étaient solennellement promenées à travers la ville dans un char capitonné. Quant aux chiens, qui n'avaient pas bronché durant l'attaque des Gaulois, ils furent crucifiés.

Lorsque le dernier chariot gaulois eut disparu sur l'horizon du Latium, Rome fit appel à Camille pour réparer les dégâts. Il put, après la bataille du Pô, récupérer le montant de la rançon et une bonne part du butin. Ce qui me toucha le plus, ce fut l'incendie qui détruisit la grande bibliothèque et les archives de Rome, où j'aurais pu trouver une matière précieuse pour mon récit.

2
Le maître des fresques

La mort inattendue de mon ami Péga m'a causé beaucoup de peine.

Un de ses fils, Vana, est venu m'en prévenir un matin. Il m'a raconté que son père était parti, en barque et accompagné de son chien comme chaque matin, pour le marché de Spina. Le soir, il n'était pas revenu. J'ai demandé à Vana s'il avait interrogé l'aubergiste Photidès, où Péga s'arrêtait pour boire, après avoir vendu ses produits. Il l'avait fait. Personne n'avait constaté chez son père un comportement anormal. Il avait vidé une cruche de vin, bavardé avec ses compagnons de table et reprit le chemin de sa barque en titubant un peu, mais guère plus que d'habitude.

— Il faut que nous le retrouvions, ai-je dit à Vana. Tu vas me suivre !

J'ai réuni quelques esclaves. Nous avons passé la journée à parcourir les chenaux et les canaux, nous arrêtant ici et là pour interroger des familles de pêcheurs. Ce n'est qu'à la tombée du jour que nous avons retrouvé Péga, allongé dans sa barque engravée dans une anse de sable où le courant l'avait portée.

Il était mort et son chien avait disparu. Preuve qu'il n'avait pas été agressé par des brigands, l'argent de ses ventes était encore dans sa ceinture et son corps ne portait aucune trace de violence.

— Ton père, dis-je à Vana, a dû, après avoir abusé du vin, être victime d'un malaise qui lui a été fatal.

Je suis remonté dans ma barque, Vana a pris celle de Péga, après l'avoir nettoyée des vomissures vineuses qui en souillaient le plancher, et nous avons ramené le corps à Gouma. Elle s'est répandue en lamentations et en mélopées dans notre langue et dans celle de ses origines africaines en se labourant le visage avec ses ongles.

Je lui ai dit en la pressant contre moi :

— Péga, tu le sais, était mon ami, le plus sincère peut-être, et nous n'avons jamais eu la moindre querelle. Il était connu et apprécié de toute la ville, malgré son franc-parler. Je vais veiller à ce qu'il ait des funérailles dignes du bon citoyen qu'il était. Sache que toi et ta famille pouvez compter sur mon dévouement.

Le lendemain, j'ai fait envelopper le corps de Péga, lavé des pieds à la tête, dans un de mes draps en guise de linceul. Gouma a orné sa poitrine d'amulettes propitiatoires pour son dernier voyage. Il a été mené par sa famille sur le lieu réservé aux crémations, en marge de la ville. Le cadavre, étant donné ses dimensions, a été long à se consumer, mais je suis resté jusqu'au bout et j'ai pris à mon compte le bois et le service assuré par des esclaves libres. Pour toute musique, je n'ai toléré que celle d'une flûte, jouée par une jeune Ibère.

J'ai demandé à Gouma ce qu'elle comptait faire, libre qu'elle était, mais avec encore deux enfants en bas âge. J'aurais pu l'accueillir chez les Gorii où travaillait le reste de sa progéniture et où elle aurait pu se rendre utile, courageuse et robuste qu'elle était, mais elle en avait décidé autrement. Par fidélité à son époux autant que par convenance personnelle, elle souhaita rester sur sa langue de terre. Ce choix était le plus sage ; je l'en ai félicitée, mais sa situation prit une autre tournure.

Une semaine plus tard, Vana vint m'informer que sa mère ne pouvait tenir la promesse qu'elle s'était faite. Seule, contrainte de s'occuper de ses négrillons, elle ne pouvait travailler sur le domaine.

Ma proposition tenait toujours. Je lui promis de m'occuper de la vente de ses terres. Arnath, à qui j'en parlai, se montra intéressé : il en confierait l'exploitation à quelques esclaves. Après une visite, il en proposa un prix si inférieur à la valeur réelle que je protestai mais finis par céder et par ajouter à la somme convenue mes propres deniers. Je devais bien ce sacrifice à mon ami Péga.

J'obtins que Gouma et sa marmaille fussent convenablement logés. Arnath mit à leur disposition une cabane de jardinier proche de notre logis ; ils y seraient un peu à l'étroit mais pas plus que dans leur masure. Gouma fut admise au service de la maison à titre de lavandière, moyennant le vivre et le couvert pour elle et ses enfants.

Par des bateliers descendant de Taglio, j'eus des nouvelles de la tribu gauloise d'Uritaco. Elle avait été emportée dans la tourmente qui avait balayé la vallée Padane et la péninsule.

En dépit des griefs que je nourrissais contre ces Barbares qui m'avaient enlevé et auxquels j'avais faussé compagnie en rompant ma promesse, j'éprouvais à leurs égards un sentiment équivoque, mélange de gratitude pour leur comportement durant ma détention, de mépris pour leurs mœurs grossières et de pitié pour ces migrants qui me rappelaient notre condition originelle.

Sûrs qu'ils eussent renoncé à leur agressivité, nous aurions pu non seulement les tolérer à nos portes mais, peu à peu, les assimiler ; à des signes évidents, j'avais acquis la certitude qu'ils y étaient prêts et n'attendaient qu'une main tendue. Il aurait été difficile d'oublier les hommes que Spina avait perdus dans les affrontements de Taglio, mais, avec de la bonne volonté de part et d'autre, nous aurions coexisté pacifiquement, chacun avec son mode de vie et ses dieux.

Ma captivité ne m'avait pas laissé que de l'acrimonie. J'avais pris intérêt à leur culture, à leur religion pastorale qui donnait des noms de divinités aux fontaines, aux arbres, aux cours d'eau et surtout à leur vie insouciante et libre.

Ce peuple qui ignore l'écriture a ses poètes et ses bardes, souvent un même personnage. Celui qui faisait valoir ses talents dans la tribu d'Uritaco, et dont j'ai oublié le nom, avait une fonction officielle. À la moindre occasion, il entonnait une complainte et déclamait un poème. J'ai recueilli des fragments de ces textes sur des écorces de bouleau, écrits avec une encre d'huile et de suie, mais j'ai dédaigné m'en encombrer lors de mon évasion. Tout ce que je me rappelle, c'est que ces Barbares ont leurs héros et que leur souvenir a résisté au temps.

De ma cohabitation avec Marba je garde un sentiment de gratitude associé à du remords. Je l'ai abandonnée enceinte de mes œuvres. A-t-elle eu de moi un fils ou une fille ? Les lois de la tribu l'ont-elles laissée vivre ? Je songe souvent à ce descendant des Laristal qui, dans les forêts gauloises, s'interroge peut-être sur ses origines paternelles.

Arnath, profitant d'un regain de prospérité dû notamment au commerce des chevaux, décida d'orner son hypogée de Valle Treba de fresques dignes de la renommée de sa famille.

Il ne lésina pas sur la dépense. Au cours d'un voyage à Ravenna pour livrer des poulains, il visita des ateliers de fresquistes et retint une équipe de trois artistes placés sous l'autorité de Maître Caelius. Ce colosse voûté par l'âge, borgne et chenu, était une sommité dans son domaine. Nous allions avoir, lui et moi, de nombreuses occasions de nous rencontrer. Il était bavard ; je suis curieux de nature.

Jadis, à Tarquinii, j'avais été informé de la décision de mon père de procéder aux mêmes travaux. Il avait estimé que la famille lucumonale des Laristal se devait d'avoir une tombe valant, par son décor, la comparaison avec celles des autres clans. La vue des fresques qu'il fit exécuter me fut interdite, en raison, je le suppose, du caractère violent et licencieux de certaines scènes susceptibles de heurter ma jeune sensibilité. Ce n'est que longtemps après que je pus les découvrir sans en être choqué.

Lorsque mes occupations m'en laissaient le loisir, je me rendais à Valle Treba. Lors de ma première visite, j'avais été fraîchement accueilli par Maître Caelius.

— Qui es-tu, toi, et que viens-tu faire ici ? C'est un lieu privé. Fous le camp avant que je te botte les fesses !

Il se calma lorsque je lui eus révélé mon identité et mes fonctions chez les Gorii. Il n'acceptait pas ma présence ; il la tolérait. Les visites l'importunaient car elles risquaient de le distraire de son travail. On n'entrait pas dans ces lieux sacrés, disait-il, « comme dans un moulin ».

Il ajouta, en délayant une pâte de roses de Syrie avec du noir de fumée :

— Dis donc, Laristal, il n'est pas commode, ton patron ! Pète-sec et près de ses sous. Il m'a donné quinze jours pour faire ce travail, alors qu'il en faudrait le double. Ça m'a obligé à marchander, alors que je n'aime pas ça. Le travail, je ne le bâcle pas. Sans me vanter, tu ne trouveras pas un meilleur fresquiste dans tout le pays, et la qualité, ça se paie ! Tu peux le dire à ce morveux.

Je m'en gardai bien.

Si je n'avais pas craint d'agacer ce personnage irascible qu'était Caelius, j'aurais passé des heures à le regarder, lui et ses aides, préparer les parois pour leur donner le lissé du parchemin, y tracer le schéma des dessins à réaliser, broyer les couleurs et la glu en s'éclairant de torches de cire et de résine.

Il avait eu un nouveau différend avec Arnath.

— Ce petit Gorii, me dit-il, commence à me taper sur les nerfs. Il se prend pour qui ? Voilà qu'il veut m'imposer un style ! J'ai le mien et ce n'est pas ce petit prétentieux inculte qui ordonnera quoi que ce soit.

Il accepta de me montrer, « par faveur spéciale », ses ébauches réalisées sur des plaquettes d'argile. Elles représentaient des scènes de chasse et de pêche, des athlètes nus en train de s'affronter, des musiciens, des paysages simplement esquissés et des festins, un genre dans lequel il excellait, et auxquels il apportait quelques touches d'érotisme, ce qui n'était pas pour me déplaire. Comme dans les tombes d'Égypte, presque tous les personnages de cette imagerie étaient montrés de profil.

Désormais, lorsque je descendais les quelques marches de l'hypogée, je n'avais pas l'impression que ma visite importunât Caelius. Il m'accueillait même d'un retentissant : « Salut, Laristal ! », me tapait jovialement sur l'épaule et me demandait mon avis sur l'attitude des deux lutteurs noirs ou d'un cavalier coiffé du cimier et brandissant une lance. Il tenait à soigner le moindre détail.

Je ne venais jamais sans une petite amphore de falerne. J'avais compris que ces libations favorisaient son inspiration et ranimaient son énergie créatrice. L'un de ses aides me confia que, certains soirs, ivre comme un silène, il se mettait à danser et à chanter, comme s'il était soudain habité par un dieu.

Les dieux ? Ils étaient absents de ses fresques. Je lui en demandai la raison.

— Chacun à sa place ! me répondit-il. Les dieux dans les temples et les humains dans leurs tombes.

Cherche dans le temple de Nortia ou de Menerva le portrait d'un homme. Tu n'en trouveras pas. Alors je leur rends la pareille, mais en toute amitié.

Une nuit de printemps, chaude et fleurant le lilas, Sania se coula entre mes bras et me glissa à l'oreille :

— Demain, Aulus, tu m'accompagneras au temple de Nortia.

Je la questionnai sur les raisons de cette démarche. Elle refusa de me répondre et se rendormit.

Je ne voue pas à cette déesse tutélaire de Spina une dévotion particulière, d'autant que je suis un protégé de Menerva. Le panthéon de nos dieux est une forêt dont les gros arbres cachent les plus modestes. Nortia, divinité secondaire et sans affectation précise, était de ces derniers.

Le lendemain, après un bain dans une anse du canal, nous nous sommes rendus à cheval au petit temple, dressé sur une butte de terre envahie par les lauriers roses et blancs, non loin de la colline de Treba et de son cimetière.

En cours de route, sur le ton du bavardage, Sania m'en dit plus sur Nortia, et notamment sur une spécificité singulière de son culte, qui survivait à Volsinii. On trouvait dans son sanctuaire un gros tronc d'arbre nu comme une colonne où, pour marquer un événement important ou exprimer un vœu, on plantait un clou. C'était aussi, ajouta-t-elle, un mode rudimentaire de numérotation du temps.

Je faillis éclater de rire.

— Ainsi, lui dis-je, nous aurons fait tout ce chemin pour planter un clou dans un arbre ?

— Ne plaisante pas, Aulus ! J'ai souvent fait appel à cette divinité dans les moments difficiles, et elle a toujours, ou presque, répondu à mes vœux.

Ce « ou presque » me fit bondir. C'était confondre le pouvoir des dieux et le hasard. Dès lors, autant se fier au hasard. Je lui demandai quelle sorte de souhait allait traduire le don d'un clou, fût-il d'or. Elle me confia :

— Je crains qu'un jour, après une dispute avec Arnath, qui n'a pas un caractère facile, ou pour quelque autre raison, tu ne m'abandonnes. Tu as déjà failli le faire, ne le nie pas !

J'en convins et lui citai une phrase d'Aristote : « C'est de nous seuls que dépend notre bonheur. »

— De nous seuls, Sania, et pas des dieux ou d'un clou d'or !

— Certes, mais si Nortia pouvait donner un coup de pouce à notre destin commun, je me sentirais plus confiante et mieux armée.

Elle sortit de sa ceinture un clou de belles dimensions à la tête ornée de nos initiales. Je me demandai où Sania voulait en venir. Nous lier l'un à l'autre à vie par cette opération grotesque de banale magie ? Sceller notre union par un mariage ? Le premier de ces projets me laissait dubitatif ; le second me semblait irréalisable du fait que j'étais en âge d'être son père. Il m'en aurait coûté de devoir renoncer à elle au point où en étaient nos relations, mais plus encore de lui sacrifier ma liberté.

Il y avait une autre cause à mon inquiétude. Quelques jours avant ce pèlerinage, j'avais appris que Sania avait été l'objet des sollicitations d'un marchand grec de poteries et d'objets d'art, qui avait un comptoir sur le port de Spina et des navires prêts à prendre la mer. Elle n'avait pas jugé bon de m'en parler, mais je devinais que cette visite à Nortia n'était pas étrangère à cet événement et que son choix dépendrait de ma réaction.

Il faisait, à la fin de cette matinée, une chaleur d'orage. Des mouches infestaient nos cheveux et des moustiques s'abattaient sur nous, ce qui ne prêtait guère à des réflexions sur une situation sentimentale. La température était plus supportable dans le temple, désert à cette heure. J'aidai Sania à planter son clou d'or avec le petit marteau réservé à cet usage. Elle prit ce geste pour un assentiment et m'embrassa en oscillant comme pour débuter une danse sacrée.

Un soir, alors que je passais devant l'auberge de Photidès, une voix tonitruante attira mon attention. Je reconnus celle de Caelius et décidai d'aller passer un moment en sa compagnie.

Il se donnait en spectacle, avec des dons d'histrion qui le disputaient à ceux dont la nature l'avait pourvu. Il salua mon entrée en levant sa cruche de vin et m'invita à m'asseoir au milieu de ses aides qui, béats, écoutaient ses sornettes avec un respect religieux.

Il se détourna de son auditoire pour me raconter qu'il venait de terminer une image qui allait figurer, dit-il, parmi ses chefs-d'œuvre. Il m'en montra l'esquisse coloriée. Elle représentait une étrange créature, un monstre composite à corps de poisson au dos hérissé de piquants, aux nageoires en forme de lame de couteau. Doté d'une tête presque humaine, il surgissait d'une mer houleuse, entre deux rochers sombres. Sa bouche, ou plutôt sa gueule, s'ouvrait sur une denture d'ogre.

Interloqué, je lui demandai qui était cette apparition infernale. Je le fus plus encore quand il me répondit en se grattant la barbe qu'il n'en savait trop rien, que l'idée lui en était venue comme ça, sûrement – il ne le dit pas mais c'était facile à deviner – un soir où il avait bu plus que de raison du vin ou de la liqueur de figue que j'avais déposée sur sa table de travail et dont il raffolait.

Il me demanda ce que moi je voyais dans ce personnage. Je fus aussi gêné de lui répondre que lui de s'expliquer. Je bredouillai :

— C'est beau mais étrange. J'y vois… j'y vois l'image d'un monstre marin. Peut-être la préfiguration de Charun, mais je ne vois pas la barque des morts ni la massue dont il nous frappe, l'heure venue.

J'ajoutai :

— Qu'en pense Arnath ? Lui as-tu montré ta maquette ?

— Que crois-tu qu'il m'ait dit ? Il l'a refusée. J'ai tenu bon. Il m'a engueulé mais, quand il a vu cette image à sa place dans la fresque, sais-tu ce qu'il a déclaré ? Que c'était l'œuvre d'un fou ou d'un génie. Qu'en dis-tu, toi qui as un bon jugement en matière d'art ?

Il avala la moitié de sa cruche, des giclées maladroites arrosant sa barbe. Sans attendre ma réponse, il se lança dans un discours pathétique qui me fit pencher pour la folie plus que pour le génie :

— J'ai l'allure d'un paysan, mes amis, mais il y a, dans cette tête hirsute à faire peur, des choses que vous ne pourriez imaginer. Je n'ai qu'un œil, comme le géant Polyphème, mais il voit ce qu'aucun de vous ne pourrait même pas supposer, aveugles que vous êtes, raclures d'hommes, ilotes qui ne pensez qu'à votre soupe ! Et cette main poilue qui tient la cruche, regardez-la bien ! Elle est l'esclave docile du génie qui m'habite. Elle traduit mes pensées, mes rêves, mes révélations. Elle pourrait, si je le lui imposais, dessiner ou peindre vos gueules d'ivrognes et montrer tout ce qu'elles ne montrent pas ! Vous en seriez vous-mêmes surpris.

Il ajouta, après avoir ingurgité ce qui lui restait de vin :

— Qu'on me traite de dément ou de démiurge, je m'en fous. Ce que je crois, c'est que je suis possédé par la magie. Cette image en témoigne. On me paie pour rhabiller les morts et donner l'illusion de la vie. Je m'attache à mériter l'argent qu'on me donne, mais souvenez-vous de Caelius ! Vous raconterez à vos enfants que vous avez eu l'honneur de vous enivrer, dans cette auberge puante, en compagnie du plus grand et du dernier fresquiste étrusque. N'oubliez pas d'ajouter qu'il savait exprimer la quintessence des mystères qui font de la vie humaine un abîme sans fond.

Un patron de pêcherie lui lança en riant :

— Si tu nous parlais plutôt des femmes qu'on voit sur tes fresques ? On dit que presque toutes sont nues…

Il rota profondément avant de répondre d'une voix plus calme :

— Si le porc que tu es avait eu l'honneur d'assister à un festin, dans une grande famille, tu saurais qu'il y a deux sortes de créatures : la femme accompagnée de son mari, vêtue d'une manière qui laisse à peine voir les ongles de ses orteils peints en rose ; la fille délurée qui cherche son plaisir, porte une robe transparente largement échancrée sur le côté, si bien que tu peux voir si son pubis est velu ou rasé. La femme honnête garde sa chevelure naturelle et la fille se fait teindre en blonde, comme c'est la mode dans la jeunesse.

— As-tu toi-même assisté, s'enquit Photidès, aux festins dont tu parles ?

— Et même aux orgies qui les accompagnent, mon ami ! Et là, rideau ! Je préfère me taire. Des innocents nous écoutent.

Un murmure de déconvenue monta autour de lui. Un homme lui demanda s'il gagnait bien sa vie avec ses fresques.

— Mieux que tu ne crois et moins bien que mon talent ne le mérite. L'argent… il me file entre les doigts comme l'eau d'une fontaine, sans que je ne fasse rien pour le retenir. Pauvre je suis né et pauvre je mourrai, mais avec une certitude : on parlera de moi dans les siècles à venir ! Mon maître, que je n'ai pas eu l'honneur de connaître, est Polignotte de Thassos. Retenez ce nom, si vos crânes obtus le peuvent. Il a été le premier à représenter des femmes nues dans ses œuvres et des gens en train de sourire, comme pour dire que la vie vaut d'être vécue. Il a surpris ses contemporains et a payé cher son combat contre l'hypocrisie. Aujourd'hui, c'est le seul fresquiste dont on se souvienne. Il en sera de même pour son successeur, moi, Caelius !

Il ajouta en s'ébrouant :

— Apporte une autre cruche, Photidès, sinon je vais sécher sur pied !

Il grignota une galette de seigle aux raisins et, les coudes largement étalés sur la table, s'endormit. Ses aides durent le soutenir pour le ramener à son logis.

À quelques jours de là, il consentit à m'initier avec plus de précision à son travail. C'était un autre homme que celui que j'avais entendu déblatérer des insanités à l'auberge.

Il surveillait ses aides avec une telle attention qu'il semblait, alors qu'il était borgne, avoir deux paires d'yeux et quatre bras quand il s'agissait de rectifier une erreur ou de leur infliger une bourrade.

Il gueulait – je ne vois pas d'autre mot pour qualifier le ton de ses propos :

— C'est quoi, cet à-plat nu et lisse comme mes fesses ? Donne plus de relief à cette touffe d'asphodèles. J'avais inscrit cinq mouettes sur cette plage et j'en vois que quatre ! Le profil de cet athlète est raté. Refais-le en plus net !

Désireux que l'image de la fresque fût en tout point conforme à la maquette, il mettait souvent la main à la pâte pour corriger un détail fautif ou ajouter une touche d'inspiration subite. Il paraissait à ces moments-là s'inclure dans la paroi et s'y dissoudre comme une ombre. Il ne s'arrêtait que pour boire ou pour chanter dans une langue inconnue.

J'ai retenu peu de chose de ce qu'il m'a dit du choix des couleurs et de leur mélange, qui semblaient relever de la magie : blanc de Mélos, poudre d'argile d'Ibérie, sinople des côtes d'Asie, l'armenium, le minium, le cinabre, la chrysocolle… et j'en passe !

L'application sur le stuc était presque aussi complexe.

— Pour le minium, il faut, sur la paroi bien sèche, étaler de la cire punique fondue dans de l'huile bouillante, puis aplanir avec du suif et donner le brillant souhaité en frottant la surface avec un linge. Le plus simple est d'utiliser de la terre de Chios délayée dans du lait de chèvre…

La tombe avait l'allure d'un laboratoire d'alchimiste. J'avais du mal à croire que ce magicien et l'énergumène de l'auberge pussent être le même homme, comme si une mutation se fût produite en lui et que les dieux l'eussent sermonné et pris par la main pour le ramener à sa mission.

Arnath s'engouffra un matin dans ma chambre, radieux.

— Sais-tu, me dit-il, que Caelius est un génie ?

— Je n'en ai jamais douté, mais qu'est-ce qui te met de si belle humeur ?

— Un portrait qu'il vient d'exécuter de sa main et que je viens d'admirer : le mien ! Il m'a fait figurer dans ses fresques sous les traits d'un lanceur de disque, un de mes exercices physiques favoris. Il faut que tu viennes voir cette merveille.

Il m'y conduisit à cheval, sur un train d'enfer, comme s'il y avait un incendie dans les parages. Le portrait d'Arnath était loin de valoir les louanges qu'il m'en avait faites. La ressemblance était parfaite, mais la facture était banale ; l'œil large et vif, la carapace de cheveux sombres sommée d'une houppette, le fil de barbe et de moustache, l'expression énergique…

— C'est bien toi, dis-je. Tu es beau comme l'Apollon de bronze de Véies et vigoureux comme le discobole de Myron.

Flatté dans son orgueil, il sourit, se rengorgea et lança à l'artiste :

— Dès ce soir, Caelius, tu auras ta récompense, une grande amphore de mon meilleur vin.

Caelius prit le ton humble d'un esclave à qui l'on fait un compliment, pour bafouiller :

— Grâces vous soient rendues, mon bon maître.

Il venait de terminer un groupe de trois danseuses et me demanda ce que j'en pensais.

— Elles semblent, lui dis-je, ne pas avoir de consistance. Le vent et la lumière pourraient passer à travers elles. On dirait qu'elles sont vivantes, qu'un signe mystérieux les a contraintes d'arrêter leur mouvement mais qu'il peut reprendre à l'instant. Pour le style, c'est du grec le plus pur.

Il me prit dans ses bras, me serra contre sa poitrine qui avait l'aspect d'une palette et s'écria :

— Tu entends, Arnath Gorii ? Voilà l'avis d'un connaisseur ! Ce soir, il sera mon hôte et nous boirons ensemble ton vin !

Le début de l'été apporta dans le delta des chaleurs lourdes qui nous firent craindre une épidémie de fièvres. Dès le matin, la maladie se tenait en coulisse dans les brumes qui montaient des eaux mortes, des boues du fleuve et des vasières. L'eau devenait trouble et la mer se couvrait d'une sorte de cendre bleuâtre qui cachait l'horizon.

Heure par heure, avec la complicité d'un soleil voilé, l'atmosphère se faisait plus oppressante, et l'air chargé de nuées d'insectes devenait irrespirable. La lagune prenait l'aspect d'un immense suaire d'où émergeaient la colline de Valle Treba et le temple de Nortia. Seuls les oiseaux de mer apportaient quelque animation avec leurs vols et leurs cris d'écorchés vifs.

Les boutiques n'ouvraient leurs auvents que le soir, lorsque la brise marine apportait une illusion de fraîcheur. La clientèle ne les encombrait pas ; aucune parole inutile au comptoir : on faisait ses affaires, on payait et chacun allait s'enfermer chez soi, fenêtres closes.

Je revenais un soir d'une mission à Adria que m'avait confiée Arnath ; négocier, autant qu'il m'en souvienne, un achat de moutons, quand je fus pris, sur le chemin du retour, en longeant le Pô, d'une fatigue insolite, que la chaleur ne suffisait pas à expliquer. J'arrêtai mon petit cheval ligure sous un bouquet de saules pour me désaltérer de vin coupé d'eau, sans parvenir à calmer la soif qui me brûlait la gorge.

Lorsque je repris ma route, j'avais l'impression que le monde, autour de moi, était en proie à un séisme. Pour éviter une chute, je m'accrochai à la crinière de ma monture et la laissai aller son train, certain qu'elle retrouverait sans peine son chemin. Un étrange délire brassait dans ma tête des idées fantasques.

Arrivé devant la demeure des Gorii, je me laissai tomber sur les planches, à demi conscient, et me débattis comme un damné quand un personnage, qui semblait sorti de l'imagination délirante de Caelius, tenta de me ranimer.

Ce n'était autre que notre médecin, Laris. Alerté par les gardes, il venait à mon aide. Il me fit transporter dans ma chambre, allonger sur mon grabat et ôter mes vêtements trempés de sueur. Je me plaignais tantôt du froid, tantôt de la chaleur et m'agitais comme un histrion pris de vin, en claquant des dents et en débitant des sornettes.

Aux dires de Laris, les battements de mon cœur étaient à peine sensibles et mon pancréas avait triplé de volume. Il en conclut que ma vie était en suspens.

Son diagnostic : la fièvre des marais.

Je n'étais pas le premier atteint par cette terrible maladie. Une bonne partie de la population avait déjà payé son tribut. On sait peu de chose sur ce fléau et son vecteur, sinon qu'il a généralement pour cause la présence de miasmes nés dans les eaux croupies. Aucun remède efficace ne peut en venir à bout, la seule ressource étant de s'éloigner le plus possible des foyers d'infection, mais la plupart du temps, comme c'était mon cas, il était trop tard. Les tisanes, les onguents de Gouma, et moins encore les talismans qu'elle agitait sur mon corps en récitant des prières africaines, ne purent me soulager. Je n'avais d'autre recours, fort aléatoire, que de confier mon destin à Menerva.

J'avais l'étrange impression de me trouver à bord d'un navire que les lames mènent droit aux récifs. Avec mon visage couleur de piment, ma peau sèche et brûlante, des bruits de noix broyées dans la tête, je me sentais proche de la fin. Je n'éprouvais de répit que lorsque de grandes suées, en m'inondant, m'apportaient un peu de fraîcheur. Pour comble, il me vint un herpès aux lèvres. Mon manque d'appétit, que Laris qualifiait de cachexie, allait jusqu'au dégoût et au rejet de la moindre nourriture. Vomissements et diarrhées biliaires accentuaient mon dépérissement.

Laris n'avait pas perdu l'espoir de me sauver. Robuste de nature, disait-il, j'opposais une résistance efficace à la maladie. L'état de mes selles et de mes urines n'avait pas de quoi m'alarmer.

— Tu as beaucoup de chances dans tes épreuves, me dit-il. Il n'en est pas de même pour tous mes malades. Gouma a perdu une de ses filles et six esclaves sont morts en une semaine. Il faudra bien qu'un jour nos édiles se décident à assécher les marécages. Ce que les Romains ont fait, nous pouvons le faire. Voilà des années que je conjure les Gorii d'entreprendre ces travaux. Les marais salants abandonnés sur la côte sont un véritable foyer de miasmes, et les familles de pêcheurs qui vivent dans les parages en sont les premières victimes.

Il ajouta d'une voix brisée par l'émotion :

— Il m'est déjà pénible de ne pouvoir rien faire pour guérir des adultes, mais les enfants, Aulus, les enfants… Rester impuissant devant leur agonie, lire dans leur regard une interrogation à laquelle nous ne pouvons répondre, y voir l'image de la mort…

Il tira de sa ceinture un sachet de cuir contenant deux amulettes de bronze, l'une représentant une tête de bélier, animal réputé échapper à toute épidémie, l'autre une image de la déesse du destin, Nortia. Il s'en servait pour rassurer ses malades, mais sans illusion sur l'efficacité de ces babioles.

Il me rassura quant aux Gorii. Ils avaient fui, dès les prémices du fléau, dans leur demeure campagnarde, à une demi-journée de cheval du delta, où l'air était plus sain. Sania et les Partunii avaient fait de même. Cette précaution me tranquillisait, mais j'étais surpris qu'elle n'eût pas pris de mes nouvelles.

Je mis une quinzaine pour guérir et reprendre mes activités d'écriture, non sans craindre une récidive contre laquelle Laris m'avait mis en garde.

Dès son retour, je suggérai à Arnath de convoquer une assemblée des notables de Spina et des environs. Il s'y résolut sans tergiverser et accueillit dans sa maison une cinquantaine de représentants des grandes familles latifundiaires, pour la plupart affectées par les fièvres.

Je proposai un plan sur l'exemple de Rome pour lutter contre les fièvres. Il consistait à assainir au plus tôt les espaces favorables au développement des miasmes. Malgré les sacrifices que cela supposait en main-d'œuvre, il fut agréé. On décida de remettre en activité les salines retournées aux marécages et de drainer les terres polluées. Il y eut d'âpres discussions quant à la répartition de la charge de travail. Nous dûmes prélever sur notre contingent une quinzaine d'esclaves mâles en bonne santé. C'était un lourd tribut et l'intendance courante allait en souffrir, mais, l'idée venant de nous, nous devions donner l'exemple.

Quand, une semaine après son arrivée à Spina, Sania vint me rendre visite, je lus sur son visage une profonde déception. Elle balbutia, une main sur sa bouche :

— Aulus, est-ce bien toi ?

Je lui tendis les bras ; elle eut un mouvement de recul qui m'affligea et ajouta :

— Comme tu as changé… Pardonne-moi. J'ai cru me trouver en présence d'un spectre.

Elle, en revanche, débordait de santé. D'un air désinvolte, elle me raconta sa vie dans le latifundium des Partunii, dans les parages de Padova, en présence d'un groupe de jeunes aristocrates de cette ville avec qui elle avait partagé jeux équestres, promenades dans les collines et repas nocturnes. L'indifférence qu'elle porta aux épreuves que je venais de traverser me choqua. Elle se retira sans m'en souffler mot, sans m'embrasser ni me proposer une nouvelle rencontre.

Je ne revis Sania qu'une dizaine de jours plus tard, à l'occasion du mariage de Lucilla, la sœur d'Arnath, avec le fils d'un notable de Chioggia qui possédait d'importantes salines. Dans la soirée, alors que l'on s'apprêtait pour le repas, j'attendais quelle me rejoignît pour partager ma banquette. Elle s'avança vers moi, me fit compliment de ma santé retrouvée, de ma bonne mine et prit congé d'un geste de la main. Perdu au milieu d'une ruine d'illusions, je faillis la rattraper pour lui demander raison de ce comportement à la limite du mépris ; par dignité, j'y renonçai.

Devenue l'amie d'une esclave des Partunii, de même origine qu'elle, Gouma en recevait des confidences. Elle fit voler en éclats mes derniers espoirs. Au cours de sa retraite, Sania avait rencontré un négociant en peausseries de Padova ; elle avait été reçue chez lui et, de fil en aiguille, avait accepté de devenir sa femme. On avait prévu la date du mariage. Il aurait lieu à Spina, à la fin de l'été.

Je me retrouvai au repas seul, puis en compagnie d'une veuve d'un âge avancé, grimée comme une princesse crétoise. Ayant perdu son époux durant les fièvres, elle m'entretint des souffrances qu'il avait subies, ce qui ne m'apprit rien. Mon attention se portait plus volontiers sur la tente adjacente où se tenait Sania. Sa voix et ses rires se plantaient dans ma chair comme des épines ; à chaque regard que je dirigeais vers elle, j'avais l'impression de me trouver sur une jetée à regarder une belle galère, toutes voiles gonflées, s'éloigner de moi.

Je quittai brusquement ma place et m'excusai auprès de ma voisine, prétextant mon état de santé, encore précaire, qui m'interdisait de participer trop longtemps à ces réjouissances.

— Toi aussi, s'écria-t-elle, tu as souffert des fièvres ? Il faut que nous nous revoyions et que nous en parlions. Ma maison se situe derrière celle des Volpii, et…

Je n'écoutai pas le détail de cette invitation dont je n'avais cure et m'éclipsai discrètement. Dans les jours qui suivirent, je restai immergé dans un étrange état d'aphasie. En me privant de mes facultés, il me faisait commettre des bévues qui ne purent échapper à Arnath.

Il m'apostropha vivement.

— Par tous les dieux, Aulus, s'écria-t-il, reprends-toi ! Je suis au courant de tes déboires sentimentaux. À ton âge, s'éprendre d'une fille aussi jeune que Sania, c'est de la folie ! Crois-tu que cette aventure pouvait durer longtemps ou finir par un mariage ? Je te croyais plus raisonnable !

Il ajouta en me pressant les épaules :

— Ce dont tu as besoin, c'est d'une esclave pour s'occuper de toi. Je t'offre Gamia. Tu la connais : elle est jeune, assez jolie et t'assurera des nuits agréables. Quant à Sania, son union est compromise. La famille de son prétendant a présenté un contrat inacceptable pour les Partunii ; ils l'ont repoussé. Sania s'en est vite consolée !

Je n'eus pas à me plaindre du service de Gamia. Cette fille, originaire de ce nid d'esclaves qu'est la Corse, accepta sans restriction de partager mon lit encore odorant de la présence de Sania. Je retrouvai chaque soir sous mon drap cette chair brune et l'honorai de mon mieux, en prenant soin de ne pas trop lui sacrifier de mon énergie.

J'avais repris avec une délectation morose mon récit historique, qui touchait à son terme. Mon travail consistait plutôt à compléter certains épisodes des rapports entre Rome et l'Étrurie, sur lesquels, emporté par mon sujet, j'avais passé trop brièvement. Il m'en coûtait de voir comment s'achevait cette histoire, Rome au comble de sa puissance et mon peuple sombrant dans la décadence, sans prendre conscience que les aigles qui tournoyaient dans son ciel étaient des vautours.

Dans les premières semaines de l'hiver, Arnath reçut la visite d'un négociant en outils aratoires et domestiques. Venu d'un village situé entre Rome et Ostia, Probus Velius sillonnait, avec sa caravane de chariots attelés de mulets et une petite escorte armée, les provinces de l'Étrurie. Arnath, qui venait de conclure un marché avec lui, le garda deux jours et trois nuits pour l'entendre raconter ses voyages.

Il avait débuté sa tournée par Véies et Cisra, mais c'est surtout de Volsinii, l'une des plus belles et des plus importantes cités de l'Étrurie, dont sa famille était originaire, qu'il nous entretint.

Les dieux l'avaient-ils abandonnée, ou un vent de folie l'avait-elle condamnée ? Cette ville n'était qu'une ruine, mais la plupart de ses habitants s'y étaient accrochés, certains qu'elle retrouverait un jour sa splendeur et son rayonnement, et avaient été pris d'une fièvre de revanche. Un jour, après avoir tenu quelque assemblée populaire, ils avaient rompu leurs chaînes, pris les armes, exterminé la garnison, immolé le légat de Rome et proclamé l'indépendance.

— Vous pensez bien, nous dit Probus, que Rome ne tarda pas à réagir ! Ce regain de fierté nationale dura le temps d'un feu de paille, d'autant que des troubles intérieurs agitaient la cité.

Volsinii fut le théâtre d'une véritable guerre civile. Mêlée à la chiourme des esclaves, la plèbe avait arraché le pouvoir des mains des notables pour tenter de constituer un gouvernement. Les rebelles avaient fait régner la terreur dans cette ville réputée pour ses mœurs paisibles ; les représailles de Rome furent foudroyantes. Une légion commandée par Tiberus se présenta sous les murs de la cité rebelle et mit moins d'une semaine pour en venir à bout et rétablir les lois bafouées de la République.

— Quand je suis arrivé à Volsinii, dit Probus, j'eus le cœur serré en voyant ces ruines. Le Forum Vultulnea avait été rasé, les trésors amassés dans les temples pillés, par les soldats romains. Les édiles avaient été pendus ou jetés du haut des falaises et la population dispersée autour du lac Bolsena. Les invasions gauloises n'ont pas fait pire, mais elles, au moins, n'ont fait que passer.

— Est-ce à dire, lui demanda Arnath, qu'il n'y a plus aujourd'hui, dans toute l'Étrurie, une seule ville qui ait échappé au pouvoir des Romains ?

— Aucune, sauf en Vénétie. Vous avez pu conserver, grâce à votre éloignement et au peu d'importance stratégique de ce site, votre autonomie. Mais, combien de temps le Sénat restera-t-il aveugle, volontairement ou non, à cette exception ? Le plus longtemps possible, je le souhaite, mais je ne me fais pas trop d'illusions. J'en suis désolé, mes amis. À force de parcourir ce pays, depuis quelques années, j'ai senti peu à peu le sang des Anciens parler en moi et me dire de me fixer dans une de ces villes où Rome a sévi.

Rome s'intéressait à la Vénétie plus que Probus ne le croyait. Il nous arrivait fréquemment de voir des ingénieurs envoyés par la Curie descendre le fleuve, loger à l'auberge de Photidès, prendre des notes en se promenant sur le grand canal et le port, avec des intentions autres qu'esthétiques.

Probus nous avait longuement parlé de Volsinii, mais c'est à Tarquinii qu'il aurait aimé s'installer, dans cette ville qui avait tenu sa puissance de la métallurgie. Il y aurait respiré un air de liberté et exercé son métier de marchand de ferronnerie dans de meilleures conditions qu'ailleurs, car il parlait la langue du pays aussi bien que les habitants.

— Tarquinii... soupira-t-il. Je n'y suis resté qu'une journée, et sans l'envie de m'y attarder. C'est le même spectacle qu'à Volsinii, même si la reconstruction a commencé. Son port de Graviscae est pour beaucoup dans ce qui s'apparente à un renouveau.

Une bouffée d'émotion me submergea lorsqu'il me parla de nos temples pillés et de cette merveille dévastée : les petits chevaux ailés, en terre cuite aux vives couleurs, devant lesquels, enfant, je rêvais de chimères. Ils doivent figurer aujourd'hui dans une riche demeure de Rome.

Je lui appris que j'étais originaire de cette ville et que mon père en avait été le lucumon, aimé et respecté de tous, et lui racontai qu'il avait péri sur le bûcher avec une centaine de notables quand Rome nous avait envoyé ses légions pour mater une tentative de soulèvement.

De ce qui restait de ma famille, je n'avais pas de nouvelles depuis longtemps et je ne ressentais pas le besoin, étant donné mon âge, de m'en procurer. Reviendrais-je un jour dans ma ville natale ? J'en doute. Il faudrait un concours de circonstances que rien ne laisse présager.

Arnath demanda à Probus où il allait se rendre en quittant Spina. Il avait décidé de prendre la direction de Chioggia, où il avait quelques bons clients parmi les propriétaires de pêcheries ou de latifundia.

— Cette ville, dit-il, ressemble à la vôtre par son système de gouvernement qui échappe à Rome, mais gare ! le Sénat a un œil sur vous comme sur elle, avec des vues sur la Dalmatie et la Grèce…

Le lendemain, j'accompagnai Probus dans sa prospection des grands domaines des environs, entre la côte et les bourgades padanes de Corbola et de Bera. Il était accueilli partout comme l'Argus aux cent paires d'yeux qui passe pour ne rien ignorer des activités humaines. Je le vis avec plaisir soulager ses chariots de pelles, de bêches, de socs de charrue, et sa mémoire des dernières nouvelles de Rome.

Il me dit, alors que nous revenions à Spina, assis côte à côte sur le banc de son fardier :

— J'aime ce pays, Aulus. Cette vallée est d'une fertilité extraordinaire et on y est plus libre que partout dans la péninsule. Vous êtes en train de vivre les dernières années d'indépendance avant de voir surgir les enseignes de Rome. Et tu sais ce qui les incite surtout à étendre leur conquête jusqu'au sud des Alpes ? La crainte d'une nouvelle invasion des barbares du Nord et le souci d'installer dans cette province une ligne de défense. Vous allez vivre de durs moments…

Caelius et son équipe nous ont quittés au début de l'automne, après des mois de travail. Arnath y a laissé une fortune mais ne l'a pas regretté : l'hypogée des Gorii peut rivaliser en beauté avec les plus somptueuses tombes de Valle Treba.

Je fus convié, en présence de nos prêtres et de nos musiciens, à une dernière visite et à la cérémonie solennelle qui marquait la fermeture des lourdes portes de bronze à deux battants. L'émotion était à son comble parmi les membres de la famille des Gorii et les principaux serviteurs. À la pluie qui éteignait les cierges se mêlaient des larmes.

La séparation eut lieu à l'auberge de Photidès. Arnath régla leur compte au maître et à ses disciples et leur fit servir du vin de Sicile : celui que préférait Caelius, et dont il était sevré.

En le serrant contre sa poitrine, Arnath lui dit d'une voix brisée :

— Tu es un sacré brigand, Caelius, mais un génie ! Grâce à toi ma famille va retrouver dans l'au-delà son décor et ses plaisirs familiers. Avec ce que tu m'as coûté, j'aurais pu faire construire un nouveau temple à Nortia ou m'offrir la plus belle écurie de toute la péninsule, mais je ne regrette rien ! Après toi, nous n'aurons plus que d'infâmes copieurs grecs. Quant aux Romains, il n'y a que la pierre qui les intéresse...

Caelius n'était pas un ingrat. Le lendemain, veille de son départ pour Padova où un autre chantier l'attendait, il tint à honorer Arnath d'un festin chez Photidès. J'y fus invité, ainsi que quelques fidèles compagnons de beuverie et un groupe de prostituées louées au bordel de Spina.

Il nous avait annoncé des agapes dignes de Babylone et honora sa promesse. Des tentes avaient été dressées entre le local d'abattage et la porcherie, sous une treille où bourdonnaient les dernières abeilles. J'ignore comment les Babyloniens se comportaient lors de leurs orgies, mais celle à laquelle il me fut donné d'assister ce soir-là fut un modèle. Elle dura toute la nuit, malgré les protestations des voisins auxquels Caelius servit son répertoire le plus grivois, disant qu'il était Dionysos en personne, que cette fête avait un caractère sacré et qu'on lui foute la paix.

Je n'ai pas revu Caelius, mais j'ai appris qu'il était encore ivre lorsqu'il a déposé une offrande, sous la forme d'un gigot de sanglier, sur l'autel de Nortia.

Durant l'hiver qui a suivi, ma guérison s'est confirmée, après la récidive sans gravité, annoncée par Laris. J'avais retrouvé mon appétit, avec un seul souci : m'efforcer de le maîtriser pour ne pas devenir obèse, comme certains notables. Je passai en compagnie de Gamia des nuits agitées. La fièvre, en semant de la cendre dans ma chevelure et ma barbe, me donnait, disait Arnath, l'allure d'un patriarche.

J'ai repris ma chronique avec moins de conviction et d'ardeur que par le passé, du fait que la matière est devenue maigre et d'un mince intérêt pour la suite de mon travail. Probus m'a apporté quelques lumières sur la situation présente de notre patrie, mais m'a laissé dans une sorte d'incertitude, comme celle d'un guetteur sur sa tour.

Au cours du siècle qui a précédé le nôtre, la pieuvre romaine a allongé ses tentacules sur la majeure partie de l'Étrurie.

Nous y avions échappé et gardé notre mode de gouvernement, mais nous devinions son approche, sans nous résoudre, nos villes étant en proie à la déliquescence qui marque la fin des civilisations, à organiser une résistance condamnée à l'avance. Nous apprenions que les révoltes des anciennes villes de la confédération étrusque étaient vite réprimées. Pour un officier de la légion assassiné au coin d'une rue, dix otages payaient cet attentat de leur vie. Dans certaines cités, qui se relevaient à peine des combats contre l'envahisseur, on assista au cours du siècle à des exécutions, à des déportations de masse, à des mises en esclavage ; des citoyens romains occupaient les maisons, les commerces et les domaines abandonnés.

Aucune bourrasque ne semblait pouvoir délivrer l'Étrurie du voile de deuil qui s'était abattu sur elle.

Je consignais sur mes feuillets de papyrus ces amères constatations. Quant aux événements du siècle précédent, ils concernent surtout Rome et elle a ses historiens pour les relater ; je n'en ai trouvé aucun qui fasse état des nôtres.

En nous enlevant la Corse, les Siciliens de Syracuse nous avaient privés d'une activité commerciale intense. Avec l'île d'Elbe, qu'ils avaient envahie sans coup férir, ils nous dépossédaient de nos mines et, avec Populonia, de nos fonderies. Les Grecs et les Carthaginois se portaient à la curée ; ils capturaient nos navires, occupaient nos comptoirs et nos colonies extérieurs, sans avoir à nous livrer, comme par le passé, de grandes batailles. Ces vautours consommaient notre agonie et se montraient insatiables. L'Empire étrusque n'était plus qu'un mythe et craquait de toutes parts.

Témoin de ce délabrement général, je me sentais comme une âme en peine ou comme un vieux meuble oublié dans une cave.

Arnath, quant à lui, baignait dans un rêve éveillé, entre ses maîtresses et ses chevaux, insoucieux de ce qui se passait au-delà de son horizon sentimental et matériel. En veillant à ne pas jouer les mauvais prophètes, je tentais parfois de lui faire prendre conscience de la précarité de son aisance et de ses amours, et des dangers que représentaient les tribus barbares au nord et les légions romaines au sud.

Il me répondait, en me tapant sur l'épaule :

— Cesse de te tourmenter, mon vieil Aulus ! Crois-tu que j'ignore ce qui nous attend ? S'il ne nous reste que quelques années à jouir de notre liberté et de nos richesses, le plus sage est d'en profiter. Ne me rebats plus les oreilles avec tes jérémiades !

Après un séjour à Acerra, ville de la vallée du Pô proche de nos frontières avec les Ligures, il s'était pris d'intérêt pour l'athlétisme et souhaitait organiser, à la mode des Grecs, des Olympiades entre les différentes cités vénètes. C'était, me confiait-il, un moyen d'intéresser la jeunesse à des jeux virils et la préparer à leurs qualités de citoyens.

Au terme d'un hiver fort rude qui avait tué nombre d'arbres et d'oiseaux, Arnath me confia la préparation d'un terrain favorable à ce projet. Il souhaitait construire une palestre. Je lui proposai, par mesure d'économie, d'utiliser une parcelle stérile proche de la mer. Les Volpii, qui en étaient propriétaires, n'en refuseraient pas la location pour le bien de la communauté. Nous fournirions les quelques esclaves nécessaires à la débroussailler pour la mettre, en moins d'une semaine, en état de recevoir gymnastes et spectateurs.

Il nous restait à trouver des athlètes pour les jeux.

J'accompagnai Arnath dans une tournée de trois jours, à cheval, pour convaincre les grandes familles de participer, en fournissant comme acteurs certains de leurs membres ou des esclaves valides triés sur le volet. L'accueil fut plus favorable que nous ne l'avions espéré. Tous voulaient en être, d'autant qu'aucune contribution financière ne leur était demandée et qu'il y avait de la gloire et du plaisir à collecter. Arnath comptait sur les recettes des entrées pour remettre des prix aux champions, payer les musiciens et organiser le festin qui mettrait fin aux jeux.

Ainsi naquirent les premières Olympiades de Spina. Je m'impliquai dans cette organisation avec d'autant plus de conviction que j'avais la certitude de voir, dans cette initiative, un moyen de ranimer les énergies et l'esprit fédéral en charpie.

Si j'approuvais les exhibitions sportives, pour m'y être moi-même livré jadis, dans les jardins de Tarquinii, je réprouvais les jeux du cirque copiés sur ceux des anciens Étrusques et remis à l'honneur, si je puis dire, par Rome. Je déteste les combats entre deux gladiateurs armés, mais plus encore entre un homme et un animal ou entre animaux. Cette cruauté nous rabaisse à la bestialité originelle.

Arnath ne partageait pas mon avis. Il voulait, pour satisfaire les spectateurs, que coulât le sang des hommes et des bêtes. « Comme à la guerre », disait-il.

Le spectacle débuta avec les premiers jours d'un printemps radieux. Une foule d'un millier de personnes appartenant à l'aristocratie et à la plèbe s'entassait sur les gradins et aux abords de la palestre.

Arnath fit ouvrir les Olympiades par des combats à main nue qui, s'ils ne révélèrent pas des champions dignes de faire une carrière, amusèrent l'assistance.

J'appréciai moins l'épreuve par laquelle commença l'après-midi de cette première journée. Elle n'était pas digne de l'esprit des Olympiades, mais combla les goûts sanguinaires du public.

Cette exhibition stupide et cruelle porte un nom : le « Phersu ». Elle consiste à faire s'affronter un homme et un chien. L'homme, un robuste esclave, se présenta le visage recouvert par un sac, armé d'un bâton ferré. À peine lâché, le molosse bondit sur son adversaire, rugissant, les crocs à l'air, les babines dégoulinant de bave. Surpris, l'homme s'effondra en agitant son gourdin. Accroché à sa cuisse, le chien refusait de lâcher prise, malgré les coups qui pleuvaient sur lui. L'un d'eux lui brisa les reins et lui fit abandonner le combat. Il se traîna en gémissant vers son maître.

Arnath m'apprit que ce combattant, esclave d'un artisan de Taglio, avait été condamné à être pendu pour avoir molesté une passante. Sa victoire lui donnait la vie sauve. Il se retira en boitant, une main pressée sur sa cuisse ouverte.

Le deuxième duel opposa un autre esclave, un Noir herculéen armé d'un glaive, à un taurillon, et prit fin après un bref engagement. L'animal, les yeux crevés, ne sachant où donner des cornes, fut immolé sans peine, malgré la fureur qui l'animait. Par la suite, un ours, propriété d'un citoyen de Chioggia, dut affronter deux molosses qui eurent du mal à le mettre sur le flanc. Il allait constituer, avec le taurillon, la pièce principale du festin.

Écœuré, je trouvai un prétexte pour me retirer.

La journée du lendemain prit un tour nouveau, Arnath ayant prévu des combats de gladiateurs, à l'instar de ceux des Romains. Les premiers champions se présenter sur la palestre étaient des adolescents défendant les couleurs de leurs familles avec des épées de bois et des boucliers de vannerie. J'y pris un certain plaisir du fait que ces escarmouches n'entraînaient pas la mort.

On assista, l'après-midi, à des joutes plus violentes entre des esclaves motivés par une récompense et des prisonniers de droit commun auxquels on avait promis la liberté pour prix de leur victoire. Ils disposaient d'armes véritables, de cuirasses sous lesquelles ils étaient nus, de jambières, de casques à cimier et de boucliers de guerre, ce qui donnait un attrait supplémentaire au spectacle.

Je ne boudai pas mon plaisir. Autant je répugnais à assister au sacrifice d'animaux, créatures innocentes par excellence et cruelles par nécessité, autant je pris plaisir à ces engagements, malgré le sang qu'ils répandirent, ces volontaires espérant leur affranchissement. Ces engeances de voleurs, de violeurs et de brigands de grands chemins méritaient-elles la pitié ? Ceux qui jetèrent leurs armes furent hués ; on couronna de lauriers les vainqueurs, pantelants et couverts de sang ; l'un d'eux, qui avait achevé son adversaire privé de son glaive, fut lapidé par le public.

Les épreuves équestres, qui se déroulèrent le long de la côte, me divertirent davantage. Des fils de grandes familles vénètes se mesurèrent, vêtus de leurs seuls bijoux, dans les règles les plus strictes de l'honneur.

Au grand dam d'Arnath, une famille d'Adria, les Barii, connus pour leurs élevages de chevaux ligures, figura en tête du tableau, son équipe et lui-même n'arrivant qu'en troisième position sur vingt cavaliers.

Mauvais joueur, il protesta, affirmant que les Barii avaient drogué leurs montures. Je veillai à ce que l'incident n'eût pas de suite.

Le festin qui terminait en apothéose ces Olympiades, à même la palestre, allait réveiller la nostalgie des Dionysies orgiaques du passé. Nous étions une centaine à nous retrouver sur le sable encore humide du sang des bêtes et des hommes, sous de grandes tentes blanches que faisait palpiter la brise venue de la mer. Un des amis d'Arnath, Seth, de la famille des Volpii, drapé d'une toge mitée datant des premiers Étrusques, gardée à titre de relique, entonna un chant de guerre remontant à nos origines lydiennes. Il y était question de la mort, présentée comme une porte ouverte sur une éternité de lumière et de joie.

J'ai gardé en mémoire l'un des couplets :

Quand les dieux t'appelleront
Tes larmes se tariront
Un sourire effleurera tes lèvres
Poussière que tu es
Tu deviendras lumière…

Je connaissais bien Seth ; il était devenu un ami pour moi. Artiste dans l'âme, il jouait de tous les instruments et savait en tirer des sonorités surprenantes. Pourvu d'un goût pour la recherche et d'une mémoire qui tenait du prodige, il avait retrouvé d'anciens chants étrusques, empreints d'une bouleversante mélancolie, et les interprétait à la cithare dans les fêtes de famille et les repas entre amis.

Je me suis souvent interrogé sur l'absence de texte concernant l'art musical. Nous qui avons appris à maîtriser l'expression orale ou écrite, pourquoi avons-nous achoppé à la notation musicale ? Aucune civilisation n'a laissé trace du moindre témoignage d'une transcription écrite. Même les Grecs, avec leur *musiké*, l'art des muses, n'ont pu franchir ce pas. Il faudrait pour cela un génie ; il n'est pas encore né.

C'est du moins ce dont j'étais persuadé. Seth m'a apporté un démenti.

— Les Grecs, m'a-t-il dit, ont découvert un procédé de notation. J'en ai eu connaissance, mais ces documents anciens sont pratiquement indéchiffrables pour l'amateur que je suis. Tout ce que je puis dire, c'est qu'ils utilisent l'alphabet pour traduire les notes. Je possède la copie d'une musique écrite pour accompagner un drame d'Euripide, *Oreste.* Il en existe des fragments gravés sur un rocher proche de Delphes.

Il me raconta en quelques mots la légende du satyre Marsyas. À l'occasion d'un concours de flûte, celui-ci eut la malchance de se trouver en présence d'Apollon et de lui ravir la première place. Le dieu le fit écorcher vif.

Seth, avec sa barbe broussailleuse et sa tenue négligée, offrait quelque ressemblance avec le malheureux satyre dont on retrouve l'image sur les vases grecs. Il avait renoncé à son prénom étrusque, Ranazu, pour éviter, modeste qu'il était, toute ostentation.

Cette digression me ramène à nos Olympiades et au banquet qui les clôtura.

Arnath y avait retrouvé une fille des Volpii, Serena, avec laquelle, à cette date, il n'avait eu que des rapports distants. À une ou deux années près, elle devait avoir son âge. Ce n'était pas une beauté propre à déchaîner les passions. Il s'en éprit pourtant, se proposa de la revoir et la trouva consentante. Peu de temps après, il s'en ouvrit à moi :

— Aulus, me dit-il, cramponne-toi à ton fauteuil ! J'ai une grande nouvelle à t'annoncer : j'ai l'intention d'épouser la fille des Volpii, Serena. Je ne lui en ai parlé qu'à mots couverts, mais tout indique qu'elle acceptera. Ne suis-je pas un beau parti ?

Il ne me cacha pas que ce mariage serait pour lui une « bonne affaire ». Il avait connu quelques revers de fortune dans le commerce de ses chevaux ; la dot de Serena lui serait d'un grand secours.

— Je pourrais, ajouta-t-il, faire des travaux dans notre palais. J'ai honte d'y héberger nos visiteurs.

Je lui répondis qu'il risquait d'être déçu, les Volpii ayant une réputation de grippe-sous. Il éclata de rire et me dit que l'« affaire était dans le sac », et que l'on devait dès à présent penser à la cérémonie nuptiale.

J'étais d'accord avec lui : notre palais risquait la ruine. Il aurait fallu faire daller de marbre l'atrium, réparer les toitures de tuiles vernissées datant de plusieurs siècles, restaurer les cuisines qui sentaient l'auberge, mais de là à en faire supporter le poids financier aux Volpii…

Arnath, en prévision de la cérémonie, et avant même que son mariage fût décidé, fit repeindre le char de parade de dame Ega, se commanda, chez le meilleur couturier de Spina, une tunique blanche, à la romaine, retenue par une fibule à l'épaule, un mantelet en fine laine de Padova, un diadème d'or et de perles…

Timide, au contraire de ses allures conquérantes, il me demanda de l'accompagner chez les Volpii pour faire sa demande. Je refusai ; il insista ; je cédai.

La fortune des Volpii éclipsait de loin celle des Gorii. Ils possédaient non loin de Spina, au lieu-dit Contarina, en face de l'île d'Albarella, une fabrique de matériel de pêche maritime et fluviale, un chantier naval et une pêcherie qui livrait ses produits dans toute la Vénétie.

La visite d'Arnath ne surprit personne, sinon les chiens qui nous firent escorte en grognant. Nous fûmes reçus par le fils aîné de la famille, Torii, qui, après nous avoir salués, continua avec désinvolture à croquer une pomme. Devenu chef de famille après la mort de son père emporté par les fièvres, il tenait, avec une autorité non exempte d'arrogance, les rênes de la famille et de l'entreprise. Son nom lui allait en perfection ; il avait l'allure d'un taurillon, et sa puissance.

Il nous précéda dans sa demeure qui, par ses dimensions et sa richesse, supplantait toutes les autres. Il invita Arnath à s'asseoir sur un banc, dans l'atrium de marbre rose, en marge d'un vaste bassin où évoluaient des cygnes, ordonna à une esclave d'apporter du vin et me fit signe de m'éloigner. Je me retirai de quelques pas et m'assis sous un petit olivier, à même la pelouse, de manière à ne rien perdre de l'entretien.

Si Arnath avait escompté un accueil chaleureux, il allait être déçu. Après qu'il eut exposé ses intentions, il entendit Torii lui répondre que les Volpii avaient déjà des projets pour Serena, disant même qu'elle était promise à « quelqu'un de très important ».

La conversation dura peu de temps. Arnath se leva, tourna le dos à Torii sans le saluer et me fit signe de le suivre. Il me dit sur le retour, encore rouge de colère :

— Ce butor a menti et m'a humilié ! Serena m'a donné des espoirs auxquels je ne vais pas renoncer.

— Que comptes-tu faire ? lui demandai-je. Enlever Serena ? Imagines-tu le scandale ?

— Le cas échéant, oui, Aulus, c'est bien ce que je compte faire. Je vais lui écrire une lettre que je te chargerai de lui porter. Ne proteste pas ! Tu es le seul à qui je puisse confier cette mission.

À mon corps défendant, j'allais être impliqué dans une intrigue sentimentale qui me vaudrait peut-être plus de coups que de compliments, mais je ne pouvais refuser, au risque de provoquer l'irritation de mon jeune maître.

Quelques jours plus tard, la lettre d'Arnath dans ma ceinture, je me rendis à cheval non au domicile des Volpii à Spina, mais dans leur domaine rural de Contarina où la famille avait émigré en raison des premières chaleurs. Je savais où trouver la jeune femme. Elle avait raconté à Arnath qu'elle se rendait chaque matin à sa volière, avec sur son épaule le petit singe dont elle se séparait rarement.

Après une nuit passée à la belle étoile, à me battre contre les moustiques, je laissai mon cheval attaché à un arbre et m'avançai prudemment vers la maison située sur une hauteur dominant la côte. Je repérai sans mal la volière légèrement en retrait par rapport au jardin, peuplée d'oiseaux exotiques qui menaient grand bruit, et attendis que Serena se montrât.

Elle sursauta en me voyant surgir, mais se reprit vite pour me demander qui j'étais et ce que je voulais. Je déclinai mon identité, lui tendis la lettre et lui dis que j'attendrais une réponse. Elle la lut, chancela et me dit en souriant :

— Tu répondras à ton maître que mes vœux correspondent aux siens et qu'il serait bon que nous en reparlions dès mon retour à Spina.

— Il sera fou de joie ! lui dis-je, mais il restera à convaincre ton frère, et je crains que ce ne soit pas une affaire facile.

— Il faudra bien qu'il en passe par ma volonté ! Je suis adulte et libre de choisir mon destin. Ton maître se propose de m'enlever ? Ce ne sera pas nécessaire, mais pourquoi refuser si cela devait m'amuser ? Dis-le-lui et reviens m'informer de sa réaction. Tu sauras où me trouver.

C'est alors que j'eus l'idée saugrenue de faire une câlinerie au petit singe. À peine avais-je tendu la main vers lui qu'il se mit à grincer des dents avec d'horribles grimaces et à pousser des cris stridents qui firent aboyer les chiens et alertèrent deux jardiniers. Ils se saisirent de ma personne et me conduisirent à Torii qui, sortant de son bain, se livrait nu à des exercices physiques sur la terrasse.

Il persifla d'un air faussement joyeux :

— Tiens, un revenant ! Aulus Laristal, si je ne me trompe. Puis-je connaître le but de ta visite ? Il semble que je ne sois pas concerné. Ne serait-ce pas plutôt toi, Serena ? Donne-moi cette feuille que tu tentes de me dissimuler.

Serena la lui tendit ; il la lut et son visage changea d'expression, animé tantôt par le mépris, tantôt par la colère. Il la déchira, en dispersa les lambeaux au vent et se fit envelopper d'une couverture par une esclave. Je ne pus refréner mon admiration pour sa taille imposante, son corps tout en muscles, son visage imberbe au teint bruni de marin.

— Cette démarche, me dit-il, est indigne de toi, général Aulus Laristal. Comment as-tu pu accepter ?

— Arnath est mon maître et mon ami. Je ne puis rien lui refuser.

Il se frotta la joue, avant d'ajouter :

— J'avoue que ta présence me met dans l'embarras, étant donné l'estime que j'ai pour toi. Je pourrais te laisser partir, mais Arnath considérerait cela comme une faiblesse de ma part, et je ne vais pas lui faire ce plaisir. Te retenir m'est pénible mais je ne vois pas d'autre solution. Question d'honneur, comprends-tu ? Si je te laisse libre, me donneras-tu ta parole de ne pas chercher à me fausser compagnie ?

J'avais déjà entendu la même proposition, quelques années auparavant, de la part du chef gaulois Uritaco ; les dieux savent ce que j'en avais fait et les remords qui avaient accompagné ma fuite. Je donnai ma parole sans hésitation, quitte à entendre plus tard mon maître me reprocher cette décision, pour ne pas dire cette lâcheté.

Torii ordonna à Serena de faire taire son singe et de retourner à ses oiseaux. Il me prit le bras, me demanda où j'avais laissé mon cheval et le fit mener à l'écurie par un domestique. Il me demanda si j'aurais plaisir à prendre un bain ; la matinée étant chaude, j'acceptai. Il plongea avec moi dans le bassin.

Alors que nous séchions au soleil, il me dit :

— Aulus, sache que, moi vivant, jamais ma sœur n'épousera Arnath. Sa situation est trop inférieure à la nôtre, bien que son père ait été le lucumon de Spina. De plus, je n'ai guère de sympathie pour ce personnage remuant et prétentieux. Il prétend épouser ma sœur comme on s'arroge une terre par conquête, pour sa dot. Eh bien ! il me trouvera sur son chemin...

Le prisonnier sur parole que j'étais n'eut pas à se plaindre de cette hospitalité forcée.

La résidence de Contarina, située non loin du Pô, sur une colline dominant le fleuve et une immense étendue de terres céréalières, ne manquait pas d'agrément. La forêt proche était giboyeuse ; j'y accompagnai Torii pour de longues parties de chasse d'où nous revenions fourbus. J'avais ma place à la table familiale, en face de Serena, ce qui me mettait dans l'embarras. À aucun moment elle ne tenta de me parler, et je fis de même, persuadé que la décision de Torii, si draconienne fût-elle, était irrévocable.

J'étais depuis une semaine dans cette demeure, quand, à l'issue d'un repas sur la terrasse, sous un dais de pampres, il me dit :

— Mon ami, cette situation ne peut durer éternellement. Je prends plaisir à ta compagnie, mais je ne vais pas faire de toi un prisonnier à vie pas plus que je ne tiens à voir Arnath venir te délivrer l'arme au poing. Alors voici ce que j'ai décidé...

J'appris avec stupeur qu'il avait envisagé un combat à la loyale avec Arnath, « comme au temps des anciens Étrusques », dit-il, ajoutant :

— Je vais te rendre ta liberté. Tu remettras à Arnath une lettre pour lui proposer de régler notre différend suivant les règles de l'honneur. Si je suis vainqueur, il devra renoncer solennellement à son projet. Si c'est lui, Serena sera sa femme. Cela te paraît de bonne guerre ?

Persuadé de l'absurdité de ce mode de décision qui laissait le hasard prendre le pas sur la raison, je hochai malgré tout la tête. Il me félicita d'avoir tenu parole et de n'avoir pas cherché à m'évader, quoique cela m'eût été facile. Le lendemain, avec une pointe de regret, je repris le chemin de Spina.

En cours de route, j'avais redouté qu'Arnath ne refusât cette proposition et ne s'en tînt à son projet d'enlèvement, un scandale qui eût discrédité les deux familles et réveillé entre elles un conflit latent. Il me reprocha violemment de n'avoir pas tenté de prendre la fuite, mais, conscient d'avoir engagé ma parole, il ne m'en tint pas rigueur.

Il fut décidé que le combat à main nue se déroulerait sur la grève, une semaine plus tard.

Le printemps était dans sa splendeur. Je me souviens d'une mer éblouissante sous son voile de brume, d'un îlot de sable doré où se pavanaient des hérons, d'une barque de pêcheurs autour de laquelle des dauphins s'ébrouaient.

Chaque adversaire avait amené ses témoins, au

nombre de trois. Arnath, en plus de moi, avait choisi Galtas, le maître des esclaves, et son médecin, Laris.

Les deux lutteurs ôtèrent leurs vêtements pour combattre nus, comme les anciens Étrusques représentés sur les fresques. Ils étaient, dans la lumière et le vent frais du matin, beaux comme des dieux. Durant quelques instants ils se mesurèrent du regard, Torii froid et méprisant, Arnath frémissant d'impatience.

Un témoin de Torii signala d'un geste le début du combat. Je ne m'attarderai pas à le relater dans le détail, ce qui serait fastidieux. Il dura une bonne partie de la matinée, avec des temps de repos pour permettre aux adversaires de reprendre des forces et de se désaltérer, car, malgré la proximité de la mer, la chaleur était accablante. La sueur les avait revêtus d'une fine carapace de sable aux reflets métalliques, qui leur donnait l'apparence de statues. J'eusse aimé que Caelius fût présent ; il en eût sûrement tiré une inspiration pour ses peintures.

L'affrontement resta incertain jusqu'au bout. J'aurais parié sur Torii, plus puissant que son adversaire, qu'il dépassait d'une tête, mais Arnath était plus vif et plus astucieux. Il attaquait toujours à bon escient, surprenait son rival et le bousculait sans parvenir à le terrasser.

C'est Arnath qui l'emporta, avec l'aide des dieux. Torii s'étant entravé dans le sable et affalé sur le dos, Arnath se laissa tomber sur lui de tout son poids, dans un magnifique envol, et parvint à le maintenir jusqu'à ce que l'arbitre l'eût déclaré vainqueur. Avant qu'ils ne se relèvent, je demandai à Torii s'il acceptait sa défaite. Il hocha la tête ; nous les séparâmes. Remis sur pied, Arnath tendit sa main au vaincu ; j'eus un soupir de soulagement en constatant que non seulement Torii ne la lui refusa pas, mais qu'il embrassa son rival. Il lui dit :

— Tu as eu beaucoup de chance. J'ai été victime d'une maladresse, mais je ne vais pas te chicaner. Faisons la paix ! Tu veux épouser Serena ? Elle est à toi.

Dans le mois qui suivit, le mariage eut lieu dans la demeure des Volpii. Toute l'aristocratie vénète était présente, si bien que nous dûmes héberger une bonne partie des invités. Jamais, au cours de ma longue vie, je n'avais assisté à des noces de cette importance.

Au cœur de l'été, Arnath m'annonça qu'il allait être père. Il ajouta :

— C'est beaucoup grâce à toi que j'en suis venu à mes fins. Veux-tu bien être le parrain de notre premier enfant ? Si c'est un mâle, il portera ton nom.

J'acceptai de gaieté de cœur l'honneur qui m'était fait en me disant que, si j'avais pour une modeste part favorisé cette union, il aurait fallu surtout en remercier le petit singe qui, par son intervention, avait évité des complications et peut-être des malheurs.

Serena donna naissance à une fille. On lui donna un nom étrusque, Gaeta.

3

La révolte des esclaves

Si j'avais consenti à mener chez les Gorii, jusqu'à la fin de mes jours, une vie exempte de souci, il m'eût manqué quelque coup du sort, habitué que j'étais aux revers de fortune.

Je vivais dans un cocon de sérénité, entouré par mes maîtres d'amitié et d'affection. Aucun nuage inquiétant ne pointait à l'horizon de la Vénétie : les tribus gauloises se faisaient la guerre et la pieuvre romaine, ayant digéré ses proies, repue, semblait avoir renoncé à poursuivre ses conquêtes vers le nord, en direction du Pô.

Je suis pourvu, ai-je dit, sinon d'une faculté de divination comparable à une pythie, du moins d'une prescience singulière des événements. Il m'arrive souvent de supputer des tempêtes alors qu'aucun symptôme ne les laisse prévoir. Comment expliquer ce don ? Il se traduit, la nuit surtout, par un sentiment de malaise surgi *ex nihilo*.

Une nuit, je me réveillai en sueur et agité de frissons comme si j'étais pris par une récidive de la fièvre des marais. Mon esclave, Gamia, se proposa d'alerter

Laris ; je l'en dissuadai, disant que j'étais victime d'une insolation, alors que je n'avais pas mis le nez dehors de toute la journée et que le soleil était voilé. Aucune inquiétude précise ne m'agitait ; j'étais simplement en proie à une angoisse prémonitoire, comme certains animaux sont sensibles à des mouvements telluriques que les humains ne peuvent percevoir.

Le lendemain, ayant oublié cette alerte nocturne, j'invitai Vana, le fils de Gouma, à aller pêcher l'anguille dans le grand canal, une activité que je pratiquais parfois en me souvenant de mes pêches solitaires sur les rives boueuses de mon îlot de Strena.

Curieusement, je percevais chez Vana, à travers son silence, une inquiétude latente. Je lui demandai s'il avait quelque souci qu'il souhaiterait me confier. Une fille l'aurait-elle déçu ? Il éclata de rire.

— Non, notre maître, pas de fille. Pas encore.

— Tu n'as pas ouvert la bouche depuis que nous sommes là, et je te sens inquiet. Est-ce que je me trompe ?

— Non, notre maître, tu ne te trompes pas.

Il finit par m'avouer que des bruits inquiétants couraient à travers la ville et les alentours sur les relations entre maîtres et esclaves.

Certains propriétaires, me dit-il, abusant de leur autorité, infligeaient de mauvais traitements à leurs serviteurs, les nourrissaient comme des chiens et refusaient tout affranchissement. À ma connaissance, aucun cas grave n'avait encore troublé la sérénité de notre communauté, et, dans notre propre maison, les esclaves ne se plaignaient pas. Il est vrai qu'avec l'aide de Galtas je m'attachais à ce qu'ils n'eussent aucun motif de récrimination. Nous n'avions qu'à nous féliciter du dévouement de ces créatures qu'Aristote appelait des outils vivants et d'autres une marchandise sans plus d'importance qu'un ballot de laine.

Je rappelle que la loi étrusque, adoptée par Rome, interdit que tout être humain puisse être esclave dans son propre pays. La plupart des esclaves que nous possédions, achetés sur des marchés réguliers, étaient le fruit de la piraterie ou de rafles dans la Corse, la Sardaigne ou sur les côtes de la péninsule Ibérique, mais il se trouvait des propriétaires disposés à contourner cette loi que, pour notre compte, nous nous attachions à respecter.

Il y avait, parmi les esclaves venus de l'extérieur, des notables, des négociants, des militaires, des financiers, et même, chez les Partunii, un ancien chef de police d'une ville de Chypre, employé comme garde-chiourme.

Quelques semaines après cet entretien avec Vana, un incident en apparence banal eut des conséquences dramatiques.

Alors qu'elle était en train d'éplucher une orange dans son jardin, Salvia, une fille des Partunii, avait jeté distraitement un quartier à une jeune esclave occupée à nettoyer le bassin. Le frère de cette enfant ayant avec insolence réclamé sa part, Salvia l'avait repoussé d'un coup d'éventail. Il avait sauté sur la tablette, dérobé ce qui restait du fruit et avait disparu.

Furieuse de ce larcin, Salvia s'en était plainte auprès de son père. Il avait été facile de retrouver le coupable. On le menaça du fouet ; il répondit par une grimace et s'enfuit. On le rattrapa et, bien qu'il fût encore un enfant, il dut subir le châtiment prévu pour les vols et le manque de respect envers les maîtres.

Le supplice connut une fin tragique. On avait attaché la victime à une clôture et, en présence de toute la chiourme, on avait commencé à le fustiger des vingt coups de corde prévus. On en était au dixième lorsque l'esclave, après avoir gémi, hurlé et pleuré, s'était tu. Quand le maître avait fait arrêter la flagellation, l'enfant avait cessé de vivre, son cœur ayant lâché.

Ce qui allait suivre, et qui est resté gravé dans ma mémoire, est parti de cet incident domestique qui aurait dû se conclure par une simple réprimande.

À peine avait-on constaté le décès que des murmures, des lamentations et des cris de révolte s'élevèrent de la chiourme. Les gardiens, eux-mêmes choisis parmi les esclaves, tentèrent à coups de fouet de faire taire la meute qui se retira en emportant le petit cadavre.

Il sembla que l'incident fût clos, sinon oublié. Chez les Partunii, le service ordinaire était assuré sans la moindre réticence, quand, une nuit, la maisonnée fut réveillée par des lueurs provenant des magasins de fourrage et de céréale, des écuries et des étables. Les incendiaires, compatissants, avaient libéré les chevaux, le bétail et les porcs. Au milieu de la nuit, il ne restait de ces bâtiments que des structures de bois projetant des gerbes d'étincelles jusqu'aux nuages.

La maison des Partunii était si proche de la nôtre que, de notre fenêtre, nous pouvions mesurer l'ampleur du sinistre et entendre les cris qui en montaient. Nous nous hâtâmes de porter secours à cette famille amie, mais notre présence fut vaine, la réserve d'eau du bassin étant épuisée à la suite d'une période de sécheresse. À part les locaux d'habitation, il n'y avait plus rien à sauver.

Je constatai avec plaisir que la solidarité entre les familles de notre communauté n'était pas un vain mot. Dans les jours qui suivirent, les secours affluèrent de toutes parts, à pleins chariots. Arnath veilla à approvisionner les victimes en céréales, dont nous étions bien pourvus.

J'appris au cours d'une de ces missions que le vieux Partunii, fou de rage, avait mené une enquête par des moyens peu orthodoxes pour découvrir le ou les coupables. Il avait tenté d'arracher des confidences à quelques esclaves redoutés pour leur mauvais esprit, en les faisant fouetter, sans autre résultat que de susciter un mouvement de révolte.

Ivres de fureur, pareils à des fauves, armés d'outils et de bâtons, les esclaves envahirent de nuit la maison de leurs maîtres. Prévenus de cette mutinerie, les Partunii en avaient confié la garde à des affranchis et, dès les premières rumeurs d'agression, avaient décampé pour demander refuge à leurs voisins. Les rebelles s'étaient vengés sur les gardiens et quelques servantes qu'ils avaient massacrés jusqu'au dernier.

Le lendemain, je dis à Arnath :

— Je crains que cette révolte ne s'arrête pas là. Sur d'autres domaines, où les esclaves sont moins bien traités que chez nous, la même réaction risque de se produire et nous-mêmes pourrions en être victimes. Tu as des armes. C'est le moment d'en faire usage, sinon pour tuer les rebelles, du moins pour les tenir en respect.

Il avait dans son petit arsenal de quoi équiper une vingtaine d'hommes. Arnath me chargea de distribuer ces armes et d'organiser discrètement la défense, de sorte à ne pas créer un début de panique.

Par précaution, je fis rassembler nos esclaves dans une bâtisse servant d'entrepôt pour notre outillage aratoire, les mis sous surveillance et les informai qu'il ne s'agissait pas d'une mesure vexatoire mais d'une simple précaution et que ce serait l'affaire de quelques jours. Je leur fis servir des vivres en suffisance, en proscrivant le vin qui risquait d'échauffer les esprits.

Ils m'avaient écouté en silence, l'air sombre. L'un d'eux, un jeune Sicilien, me reprocha cette mesure, disant qu'elle témoignait d'un manque de confiance, qu'ils n'étaient pas solidaires des violences exercées chez ces mauvais maîtres, les Partunii, et que nous n'avions rien à redouter d'eux. J'en étais persuadé et le leur répétai, ajoutant que, le temps durant lequel ils resteraient dans cet abri, ils n'auraient pas à travailler, ce qui les fit rire et apaisa leur humeur.

Je fis part de ma satisfaction à Galtas. Il ne la partageait pas.

— Il y a parmi eux des meneurs, m'assura-t-il, et nous avons tout lieu de craindre le pire. Les avoir enfermés est une erreur. Outre que cette mesure les stigmatise, ils pourraient bien profiter de ce qu'ils sont tous réunis pour préparer un mauvais coup.

Il y avait du bon sens dans ce jugement, mais il était trop tard pour revenir sur une décision dont j'étais responsable.

Deux jours et deux nuits passèrent sans le moindre incident notable. Nous hébergions de notre mieux des membres de la famille éprouvée, en attendant que les mutins eussent libéré leur maison et repris leur travail. Ils n'y semblaient pas décidés. Je rassurai de mon mieux ce vieux chef de famille, mais sans conviction.

J'avais entendu parler par le marchand Probus d'événements du même genre qui s'étaient produits dans quelques cités étrusques, Véies notamment. Le lucumon avait dû faire appel aux légions de Rome, lesquelles, après avoir écrasé la rébellion, s'étaient installées dans la place comme en pays conquis. Rome elle-même avait connu de tels épisodes, mais d'une plus grande ampleur : l'insurrection avait été noyée dans le sang.

Je frémissais à l'idée qu'il pût en être de même à Spina. Chaque nuit, la moindre lueur suspecte, le moindre bruit, l'aboiement d'un chien ou le cri d'un rapace nocturne me réveillait en sursaut. J'avais instauré avec Gamia un tour de garde ; lorsqu'elle veillait, je dormais ou m'y efforçais, et vice versa. Parfois ce n'étaient que les cris des femmes esclaves des Partunii, plongées dans un mauvais rêve ou hantées par des visions qu'elles ne pouvaient oublier.

Bien que nos esclaves fussent toujours sous bonne garde, nous avions du souci à nous faire.

Les rebelles qui avaient pris d'assaut la maison de nos voisins ne s'en tinrent pas là. Ils s'attaquèrent à d'autres familles des environs de Spina, parfois à des éleveurs qui ne possédaient que deux ou trois esclaves qu'ils libéraient après avoir commis des dégâts, souvent par pure perversité, comme de massacrer des basses-cours ou tuer des chiens.

Nous recevions chaque jour des gens de Spina venus demander conseil au général Aulus Laristal, dont ils n'avaient pas oublié les services passés contre la horde gauloise. Que pouvait faire un général sans troupe, sinon leur prodiguer des conseils, comme de s'enfermer dans leur maison, d'armer leurs proches, d'économiser l'eau en cas d'incendie et surtout de ne pas tenter d'affronter ces forcenés.

Combien étaient-ils à battre la campagne et à parcourir la ville, ivres et débitant chansons, insultes et menaces ? Au jugé, après avoir observé leurs allées et venues du haut de la petite tour carrée qui domine l'atrium, je conclus qu'ils devaient être une centaine environ. Estimation hasardeuse du fait de leur dispersion.

— J'ai appris, me dit Galtas, qui est l'initiateur de cette révolte. Il s'agit d'un Gaulois ou d'un Rhète nommé Brenta, un colosse qui, chez les Partunii, était chargé des écuries. Une forte tête et un véritable tribun dans son genre. Il s'est installé dans la maison de ses maîtres et se fait entourer par une garde, armée ou pas, je ne sais. Il fait régner la terreur et exécuter ceux qui s'opposent à ses ordres.

Chez les Volpii, dans la maison de Torii et de Serena, toutes les précautions avaient été prises contre une agression. Les esclaves qui leur étaient demeurés fidèles avaient été postés avec des armes dans les bâtiments à usage agricole. Ils n'avaient pu échapper au rapt de quelques chevaux et de futailles, mais c'était peu de chose comparé aux dégâts faits chez les Partunii. Ils avaient envoyé à Chioggia, pour demander du secours, un frère de Torii ; il tardait à revenir.

Depuis une dizaine de jours nous baignions dans une latence angoissée, quand une nuit nous reçûmes un sérieux avertissement.

Éveillé par une rumeur sourde alors que j'effectuais mon tour de veille après Gamia, je me précipitai dans l'atrium pour m'assurer que chaque poste était pourvu. J'y retrouvai Arnath en tenue de nuit. Nous montâmes au dernier étage de la tour, d'où un spectacle hallucinant nous attendait ; dans la lumière des torches, une troupe d'une dizaine d'esclaves à cheval hurlait et brandissait en guise d'armes les outils de leurs fonctions.

Nous ne tardâmes pas à comprendre qu'il ne s'agissait que d'une manœuvre d'intimidation, mais elle fut efficace, la maisonnée, affolée, se pressant sous les galeries de l'atrium. La ruée ne fit que passer pour se répandre dans la ville. Je redoutais que ces enragés ne s'en prissent au bâtiment où nous avions enfermé notre chiourme. Ils auraient sans peine fait un massacre des gardiens.

— Ce n'est sans doute qu'une simple alerte, me dit Arnath, mais j'ai peur qu'ils ne reviennent. Nous pouvons nous attendre dès lors à un assaut. Il y a sûrement parmi ces rebelles des gens qui ont fait la guerre et savent se battre.

Par chance, nous accueillîmes le lendemain le renfort d'une cinquantaine d'hommes de la milice de Chioggia, des mercenaires : le secours que nous attendions de cette ville amie. Ils prirent aussitôt position dans les demeures menacées par la mutinerie. Il en vint chez nous une dizaine ; ils furent reçus, sinon en libérateurs, du moins en alliés. Arnath les traita avec largesse.

Les deux jours qui suivirent ne nous apportèrent aucun motif d'alarme. Nous avions célébré des offices propitiatoires, plusieurs fois la même journée, dans le petit temple familial voué aux dieux étrusques, et fait brûler par brassées des chandelles de cire. Nous avions, chaque matin, sacrifié un mouton pour permettre à notre haruspice, Ramthas, de lire dans ses entrailles le sort qui nous attendait. Il n'y voyait que nuit, sang et cendres, et le silence des dieux n'était pas fait pour nous rassurer.

Un soir, à la tombée de la nuit, alors que nous achevions notre repas dans une ambiance aussi morne que d'ordinaire, les guetteurs sonnèrent l'alerte. En quelques instants nous fûmes sur le pied de guerre et nous nous précipitâmes pour défendre nos portes et nos murs.

Les rebelles, au nombre d'une centaine, avaient apporté des échelles et préparaient un assaut général. La hauteur de nos murs, soit une fois et demie celle d'un homme, ne pouvait les dissuader.

Une harangue du chef des mercenaires de Chioggia fit comprendre à ses hommes et aux nôtres que le moment était venu de choisir entre vaincre ou mourir. Il fut salué par une bordée de cris enthousiastes. Venus pour se battre, ils allaient en avoir l'occasion.

Dans les derniers feux du jour, les insoumis, parvenus en haut de leurs échelles, se laissaient tomber de l'autre côté du mur. Le temps pour eux de retrouver leur équilibre nous les transpercions de nos lances et de nos épées. Ceux qui échappaient à nos coups, animés d'une frénésie de meurtre et de dévastation, nous livraient un combat acharné à coups de pelles, de haches et de bâtons ferrés.

À ma grande surprise, je retrouvai en moi les ardeurs guerrières de ma jeunesse, avec l'impression de vivre au milieu d'une fête ardente qui me chauffait le sang et décuplait mes forces. Une hache m'arracha un lambeau de chair à l'épaule, un fer de pelle me frappa le sommet du crâne sans freiner ma fougue, possédé que j'étais par une ivresse sacrée

Abrité par mon bouclier de cuir bardé de bronze, je me trouvais face à deux forcenés qui le frappaient à tour de bras sans m'ébranler, quand je sentis le froid d'une arme pénétrer mon flanc droit. Je tombai à genoux, perdis connaissance et dus passer pour mort aux yeux de mes agresseurs. Je ne l'étais qu'à demi.

Lorsque je retrouvai mes esprits, au milieu de la nuit, allongé sur la pelouse de l'atrium, ceinturé d'une charpie d'où suintait mon sang, je constatai avec stupeur que les séditieux étaient maîtres des lieux. Je tentai de me lever ; Gamia, qui se trouvait à mon côté, me l'interdit.

— Cesse de te démener, me dit-elle. Tes blessures sont graves, celle des reins surtout. Tu survivras, à condition de te montrer raisonnable. Il n'y a plus rien à faire, comprends-le. Nous sommes prisonniers. Les insurgés étaient trop nombreux. Nous avons eu beaucoup de pertes, mais eux plus encore.

Je lui demandai si elle avait des nouvelles d'Arnath et de Serena. Elle me rassura ; ils étaient dans leurs appartements, protégés.

Quelques torches plantées dans les allées et la pelouse baignaient l'atrium dans une pénombre sinistre. Des créatures indistinctes évoluaient autour de moi, comme descendues de la barque funèbre du passeur des morts, que les Romains appellent Charon et nous Tuchulcha. Des blessés se plaignaient, des femmes et des enfants se lamentaient. Au fond de la cour, à l'entrée du vestibule, des rebelles ivres dansaient et chantaient, accompagnés d'une flûte double.

Je voulais en savoir plus sur nos pertes. Gamia avait appris la mort de notre haruspice, Ramthas, et celle de notre chef des esclaves, Galtas, tous deux égorgés.

Une tisane me fit dormir jusqu'à l'aube, malgré mes souffrances. Un ciel rose et brumeux, traversé par des vols de mouettes, s'épanouissait au-dessus de l'atrium. J'allais m'assoupir de nouveau quand une sorte de géant s'assit dans l'herbe près de moi, ses bras entourant ses genoux ramenés contre sa poitrine. Il s'informa de mon état auprès de Gamia ; elle lui répondit que ma vie semblait hors de danger. Il resta un moment silencieux puis me dit d'une voix calme, comme si nous bavardions dans l'auberge de Photidès :

— Tu ne me connais pas. Moi si. Tu es Aulus Laristal, le général qui a mis mes compatriotes en déroute il y a quelques années, non loin d'ici, et tu as du sang étrusque dans le cœur.

J'allais lui demander son nom ; il me devança :

— Tu as dû entendre parler de moi. Mon nom est Brenta et mon maître était Torii, de la maison des Volpii. J'étais le maître des esclaves et le suis toujours, mais l'autorité a changé de mains. Mes propriétaires n'ont jamais eu à se plaindre de mes services ni moi de leur traitement.

— Alors, pourquoi t'être révolté ?

— Pour protester contre l'exécution du petit esclave des Partunii et pour bien d'autres raisons qui tiennent aux mauvais traitements que cette famille et quelques autres infligeaient à mes congénères. Le mépris et l'injustice ont des limites. Il en coûte de les outrepasser, tu en as la preuve. La leçon était sévère mais méritée, et elle servira d'exemple, je l'espère.

Décidé à me parler, comme s'il avait trouvé en moi l'interlocuteur qu'il cherchait pour justifier ses actes, il me raconta qu'il était né à Rome, dans la maison d'un questeur de la Curie. Son père, ancien chef de tribu senone, faisait partie de la chiourme. À la mort du propriétaire, il avait été séparé de son père et vendu sur le marché de Marzabotto, dans les Apennins, à un négociant en étoffe, lequel, à la suite de mauvaises affaires, s'en était débarrassé en le cédant aux Volpii pour une forte somme, car il était bâti en Hercule et avait reçu une bonne éducation.

— Depuis que j'ai quitté Rome, où je menais une vie agréable, poursuivit-il, je nourris un esprit de vengeance contre ces gens qui nous considèrent comme du bétail, alors que souvent nous valons mieux qu'eux. Un jour viendra où les hommes prendront conscience de l'ignominie de ces pratiques et où elles seront abolies.

— Tu rêves, Brenta ! Il y a des esclaves depuis que le monde est monde, dans toutes les nations et dans tous les milieux, et il en sera de même jusqu'à la fin des temps. C'est ainsi. Je le regrette comme toi, mais nous n'y pouvons rien !

Ce qui le révoltait, c'est que, en dépit de sa fidélité, son maître n'ait pas jugé bon de l'affranchir, comme s'il craignait qu'une fois libre il n'aille respirer un autre air, ce qu'il aurait fait, il ne s'en cacha pas.

— C'est à Rome que j'ai appris à lire et à écrire dans la langue du pays et celle de mes ancêtres. Je sais même un peu d'étrusque. Mon ambition était de me mettre au service d'une grande famille à titre de précepteur ou d'intendant et de me rendre utile autrement que sous la menace du fouet. J'avais une autre idée : naviguer. Je rêve depuis ma jeunesse de connaître les îles grecques, les colonnes d'Hercule, les rivages d'Asie…

— Et aujourd'hui, Brenta ?

Il haussa les épaules, se gratta la joue, comme si ma question l'indisposait, et ajouta après un bref silence :

— Je ne suis pas naïf au point d'ignorer ce qui m'attend. Une armée venue de Padova et un corps de miliciens de Ravenna se sont mis en marche. J'ai songé à faire de Spina un nid de résistance, mais ça ne ferait que retarder notre défaite. Certains de mes frères ont proposé un suicide général qui aurait privé nos maîtres de nos services. Je m'y suis opposé. D'autres ont préféré prendre la fuite dans les montagnes du nord où on finira par les retrouver.

— Lorsque les armées se rejoindront à Spina, que

feras-tu ? Tu pourrais reprendre les armes, puisque tu en es pourvu à présent.

— Ce serait un nouveau bain de sang inutile, et nous avons déjà perdu trop de nos frères dans cette révolte. Le mieux est de nous constituer prisonniers. Nos maîtres seront trop heureux de reconstituer leur chiourme, même s'il leur manque quelques esclaves.

Il soupira en se redressant :

— Quant à moi, Aulus Laristal, je ne me fais aucune illusion sur mon sort. Je serai pendu. Auras-tu une prière pour le repos de mon âme ?

— Je laisserai les dieux en décider. S'il ne tenait qu'à moi…

— Eh bien, dis !

— Je te rendrais ta liberté, mais personne ne m'écouterait !

Un large sourire éclaira sa barbe.

— Avant que nous nous quittions, permets-moi de te dire que tu me dois d'être encore en vie. J'étais à quelques pas de toi, lorsque tu as reçu ta blessure au flanc. J'ai retenu le bras d'un des hommes qui allait t'achever. Je te souhaite une longue vie, général, et beaucoup de bonheur !

Le lendemain, dans l'après-midi, les deux armées venues de Padova et de Ravenna, soit un millier d'hommes soutenus par une cinquantaine de cavaliers, s'amassèrent aux portes de Spina. Après des conciliabules, ils se répartirent autour de la ville où ils pénétrèrent à pas prudents.

Ceux qui arrivèrent sous nos murs trouvèrent les rebelles désarmés groupés autour de Brenta, devant le bassin de l'atrium. Avec leurs outils à leurs pieds, ils ressemblaient à des ouvriers revenus des champs et observant quelques instants de repos, sauf qu'il y avait parmi eux des morts et des blessés.

Ils demandèrent à voir le chef de la rébellion ; Brenta se détacha de ses frères et s'avança hardiment vers l'officier qui commandait le groupe. Il dégaina son épée et la lui tendit. Des soldats se saisirent de lui, lièrent ses mains dans son dos et le jetèrent dans une pièce, gardée par deux hommes.

Dans l'heure qui suivit, les armées de secours étaient rassurées : il n'y aurait pas de résistance. Je m'étais fait du souci pour nos propres esclaves, toujours confinés dans la grange et les écuries. Ils avaient, par miracle, échappé à l'attention des insurgés. En revanche, aux abords de la ville, tout n'était que cendres.

Je n'eus de cesse, malgré mes souffrances, que l'on ne m'eût conduit à ma chambre. Un spectacle désolant m'y attendait.

J'avais pris soin, alors que nous allions être assaillis, de placer mes documents dans la panière d'osier sur laquelle j'avais placé la statuette de Menerva et une cruche vide. Précaution inutile ; la serrure de la panière avait été forcée et mes papiers dispersés, piétinés et souillés d'urine. Mon matelas de laine avait été éventré comme s'il pouvait cacher un magot. Par précaution, j'avais confié mes biens à Arnath qui les avait placés dans son coffre dissimulé derrière une penderie.

Les prisonniers furent enfermés dans une annexe de la maison commune, sous haute surveillance. On négligea durant deux jours de leur donner des vivres et de l'eau, si bien qu'ils criaient famine, femmes et enfants surtout. J'obtins non sans peine qu'on les ravitaillât, sinon beaucoup seraient morts de faim, de soif ou de blessures négligées.

Le supplice de Brenta n'allait pas tarder. Le conseil décida qu'il aurait lieu solennellement sur le forum, en présence de la population et des esclaves restés fidèles à leurs maîtres. Les images que j'en garde resteront gravées dans ma mémoire jusqu'à mes derniers jours.

La journée avait débuté par une procession qui, partie du forum et du temple de Nortia, s'était dirigée vers la colline de Valle Treba, plantée de cyprès, où s'étendait la nécropole de Spina. On avait procédé à une ostentation d'images sacrées précédée de musiciens, leur tintamarre se mêlant aux prières des familles, d'autant plus sincères qu'elles pleuraient leurs morts qui rejoignaient leurs ancêtres. Les corps de Ramthas et de Galtas, allongés sur le char de parade de dame Ega, trouvèrent une place sur une banquette de pierre, dans la tombe des Gorii. Arnath avait tenu à rendre un dernier hommage à ces deux loyaux serviteurs. Les esclaves morts en défendant notre maison avaient été incinérés. Leurs cendres, conservées dans des urnes de terre cuite, connurent le même honneur.

Cette procession prit la matinée. Elle fut pour moi l'occasion de revoir les fresques de Caelius et de m'absorber, au cours de la brève cérémonie, dans la contemplation des plaisirs terrestres qu'il évoquait avec des formes et des couleurs semblant inaltérables. Nous avions craint, alors que les mutins étaient maîtres de la ville, qu'ils ne violent ces lieux sacrés ; ils s'en étaient abstenus.

Les blessures que j'avais reçues à l'épaule et aux reins étaient moins graves que je ne l'avais supposé, si bien que je pus me mêler, à demi allongé dans un chariot, à ces cérémonies préludant au châtiment de Brenta, que tous attendaient fiévreusement.

De retour sur le forum de Spina, Gamia tenant ma main, j'assistai au sacrifice d'un jeune bovidé orné de pampres et de colliers de roses, destiné à remercier les dieux d'avoir donné une issue favorable à nos épreuves.

Brenta ne fut pas le seul à payer pour la révolte. Cinq autres rebelles reconnus comme meneurs allaient être exécutés. On en aurait volontiers tué un plus grand nombre, mais les familles y répugnaient : les esclaves coûtaient cher et on aurait besoin d'eux pour réparer les dommages.

On les poussa sur une petite estrade de rondins et de planches construite à la hâte. Chacun, la tête posée sur un billot, eut la tête tranchée à la hache dans les imprécations et les lamentations de la foule.

Détail odieux : des paris avaient circulé sur la peine qui serait infligée à Brenta, les uns tenant pour la pendaison, les autres pour la décapitation. C'est un supplice plus atroce qui lui fut réservé : il allait être écorché vif. Était-il informé de cette fin ? Rien, dans son attitude, ne le laissait deviner. Je l'observais du haut de mon chariot : il se tenait debout, impassible, vêtu d'une chemise qui laissait la moitié de sa poitrine découverte, sous la tribune où se pressaient des notables, des aruspices et des dames fardées comme pour un festin. Son visage tuméfié témoignait des violences qu'on avait exercées sur lui.

Le cinquième esclave décapité, on avait poussé Brenta sans ménagement vers une structure de bois en forme de croix, sur laquelle on le lia par les mains, les jambes et le cou. Il se laissa faire sans la moindre résistance. J'aurais aimé que son regard croisât le mien, mais il ne pouvait me distinguer, bien que l'on eût conduit mon véhicule assez près du lieu de son martyre pour que je n'en perde rien. Il avait un œil crevé et le sang coulait dans sa barbe.

L'un des tortionnaires, le maître des esclaves des Partunii, éprouvé par la perte de son fils, affûta une dernière fois son coutelas sur une pierre, s'approcha de Brenta, lui cracha au visage en l'insultant et, d'un coup, lui ouvrit, de la gorge au nombril, la poitrine, qu'on avait pris soin de raser. Avec une précision d'orfèvre, il détacha la peau petit à petit en évitant de faire jaillir le sang et de faire des accrocs. Le visage de la victime s'était contracté, sans qu'aucune plainte ne s'échappât de ses lèvres.

Le bourreau s'en prit ensuite aux épaules et aux bras, déposant chaque lambeau de chair, d'un geste lent et quasi religieux, sur le linge recouvrant une table. Lorsqu'il s'attaqua aux cuisses, que la victime avait rondes et musclées, des cris se détachèrent de la sourde rumeur qui s'élevait du public et de la masse des esclaves :

— Finissez-en !

— Achevez-le, il a assez souffert ! Pitié pour lui !

— Courage, Brenta ! Tes amis sont là !

Face à cette gerbe de chair à vif, palpitante, d'où suintait une sanie rosâtre, le bourreau demeura indifférent à ces prières, comme s'il écorchait un bœuf, mais fier, semblait-il, de l'application qu'il mettait à son ouvrage.

Le tortionnaire, ayant essuyé son coutelas sanglant sur un pan du linge, reprit son abominable travail. Lentement, avec une délicatesse de boucher, il s'attela aux génitoires. Brenta, qui n'avait manifesté sa souffrance que par des soubresauts, poussa un gémissement profond, se cambra et se débattit avec une telle violence que je craignis que la croix ne s'effondrât avec lui.

Le sentiment de pitié qui m'avait habité tout au long de la torture se confirma par le cri indigné qui jaillit de ma gorge, mais nul ne parut l'entendre, noyé qu'il était dans le concert de protestation qui montait de la foule.

Le bourreau déposa son hideux trophée sur la table puis, saisissant le large pinceau qui trempait dans une cruche, badigeonna de vinaigre cette loque vivante. Brenta poussa un cri sourd puis sa tête tomba sur sa poitrine. Le bourreau renonça à lui écorcher le dos, qui, lacéré de coups de fouet, n'était qu'une plaie.

Je vis avec stupeur un groupe de musiciens s'avancer jusqu'aux premières marches de la tribune et se livrer à un abject concert accompagné de contorsions devant le supplicié. Des esclaves débarrassèrent les planches de l'échafaud des têtes et des corps décapités en les jetant sur un bûcher préparé à cette intention. Les gradins se vidèrent lentement de leurs spectateurs, dans une rumeur de commentaires détestables et de rires.

Encore frémissant de dégoût, je me demandais si Brenta était mort et s'il allait subir le même sort que ceux qui l'avaient précédé, quand Arnath, qui se tenait parmi les notables, vint vers moi et me révéla que le chef des rebelles était encore en vie.

— On a décidé, me dit-il, de le laisser agoniser sur place, avant de jeter son cadavre aux porcs des Partunii. Il est robuste et pourra résister encore quelques heures.

La nuit tombait lorsque s'acheva cet ignoble spectacle. Le lendemain, je me rendis sur le forum pour savoir si Brenta survivait encore à ses souffrances. Un frémissement de ses bras, un mouvement de sa tête me le confirmèrent. Je prononçai son nom mais il était déjà sur les rives d'un autre monde.

Je demandai à Gamia de prendre la gourde d'eau fraîche dont je m'étais muni, et de tenter de le faire boire. À peine avait-elle esquissé son geste que les esclaves affectés à la garde du supplicié la chassèrent, leurs lances pointées sur ses reins. Nous dûmes battre en retraite sous une bordée d'insultes et de menaces.

Ce n'est qu'à la fin de la matinée que l'on constata la mort de Brenta. Des corbeaux avaient fouillé ses orbites, lacéré son visage et s'acharnaient sur cette charogne sans qu'aucun gardien daignât les chasser. Son corps, me dit Arnath, avait pris une teinte violacée et son squelette apparaissait par endroits. Il avait obtenu que la peau du supplicié fût enfermée dans une urne d'argile conservée au temple de Nortia.

À quelques jours de là, Arnath m'annonça avec un air de triomphe que le conseil l'avait nommé au titre suprême de lucumon, détenu jadis par son père. Après la tempête qui avait dévasté une partie de la ville et des installations communes, il allait avoir du pain sur la planche.

— Aulus, me dit-il en me flattant l'épaule, je compte sur toi pour m'aider, dès que tu seras rétabli. À nous deux nous ferons du bon travail...

Ayant regagné ma chambre, où je n'avais pas pénétré durant la tragique semaine que nous venions de vivre, je rassemblai mes documents souillés, piétinés, froissés et je constatai avec soulagement qu'il ne manquait pas un feuillet. Seules quelques plaquettes d'argile, dont je ne me servais plus, avaient été brisées. Il me fallut trois jours pour remettre de l'ordre dans ce capharnaüm et reprendre mon travail en profitant du repos que m'accordait ma convalescence.

Comment les Volpii avaient-ils appris que je travaillais sur le passé de l'Empire étrusque ? Sans doute Serena en avait-elle parlé à son frère, Torii, lequel m'avait informé qu'il possédait des écrits relatifs au passé de sa famille, de la cité et de la nation, et que je pouvais en disposer.

Je ne me fis pas répéter cette proposition. Le jour même, je plongeai dans leurs archives entassées dans un coffre de cuir bardé de cuivre et en retirai à pleines brassées des documents poussiéreux, que le temps avait fragilisés au point que certains tombèrent en poussière à mon contact.

Ravi de cette découverte et persuadé que j'allais y trouver matière à compléter ma chronique, je fus déçu. J'avais, empilés sur ma table de travail, d'épais registres sur papyrus consacrés à des tractations commerciales avec l'intérieur et l'extérieur de la péninsule, et des annales d'intérêt strictement familial. Tout cela n'aurait pas manqué d'attrait pour un économiste et un ethnologue, mais laissait l'historien que j'étais sur sa faim.

Il n'émergeait de cette marée que de rares faits susceptibles de trouver place dans mon œuvre : rappel des escarmouches entre Ligures et Vénètes pour l'occupation de la vallée du Pô (résumé en trois lignes), expulsion *manu militari* des Grecs qui avaient fondé le comptoir de Chioggia (une demi-plaquette d'argile), bataille victorieuse contre une flotte sicilienne qui avait envahi le port de Spina (une page, mais sans date)...

Je ne jugeai pas utile de recopier et d'insérer dans mon manuscrit les quelques textes de fantaisie et les poèmes en langue étrusque vulgaire égarés dans ce monceau de paperasses. Ce n'étaient que des parodies de poètes grecs.

Estimant ma mission terminée, j'enfermai mes liasses dans une sacoche de cuir que je confiai à Arnath. Il me demanda la permission de les lire, que je lui accordai. Il m'avoua que, en dépit de sa bonne volonté, il s'était vite lassé. Le lucumon de Spina étant assailli de requêtes, il n'avait plus dans la journée une heure de liberté à consacrer à la lecture.

Ce précieux dépôt rejoignit dans le coffre d'Arnath mon bien en numéraire et en bijoux.

Arnath… Arnath, lucumon de Spina ! J'en souris encore, mais sans une ombre de mépris.

Les anciens du conseil, hommes d'expérience, n'avaient pas tardé à comprendre que leur choix n'avait pas été judicieux, qu'ils avaient cédé à un simple mouvement de reconnaissance pour son attitude durant la révolte des esclaves et que, pour le nouveau lucumon, les intérêts de la communauté passaient après les siens.

Quelques éléments d'une légion romaine s'étaient mêlés aux secours envoyés par Ravenna. Ces derniers avaient jugé bon de rester à Spina et il était difficile de leur faire comprendre ce que leur présence, la révolte matée, pouvait avoir d'insolite.

Ils avaient été suivis peu après par des civils patibulaires dépêchés par Rome dans une intention inavouée mais évidente pour la population : mettre la main sur le gouvernement de notre ville, comme ils l'avaient fait à Ravenna et s'apprêtaient à le faire à Padova. Ils vivaient à part dans une vaste bâtisse désaffectée qu'ils avaient fait aménager. Ils ne se mélangeaient guère à la population qui leur tournait le dos.

Révolté par ce comportement, Arnath avait promis de les chasser, au besoin par les armes, mais personne ne pouvait croire à cette fanfaronnade.

Le plus éminent de ces Romains, Minius Claudius, avait revendiqué, au lendemain des événements, un droit d'hébergement privilégié. Il avait choisi la maison des Gorii. Dans l'enthousiasme qui avait suivi la fin de la révolte, Arnath, sans m'informer de cette exigence, n'avait pas osé refuser ce qu'il considérait comme un honneur. Il s'en mordit les doigts.

Minius avait retenu plusieurs pièces pour y loger ses deux concubines, ses esclaves et ses chiens. Il exprimait en toutes circonstances son mépris pour les personnes négligeables que nous étions à ses yeux et prenait ses repas à notre table. Nous avions parfois l'impression d'être ses invités et de devoir le remercier de sa générosité.

Le jour où, recevant un fonctionnaire romain d'Adria, il voulut me priver de ma chambre, je protestai, disant qu'il s'agissait de mon cabinet de travail et que je n'allais pas m'installer dans l'atrium ou les jardins pour mes travaux d'écriture. Il y renonça en apprenant que j'avais pris part au combat contre les rebelles et que mes blessures en voie de guérison étaient la conséquence, selon Arnath, de mon « comportement héroïque ».

La cohabitation devint très vite insupportable. Des querelles éclataient, souvent pour des vétilles, moins entre Minius et Arnath qu'entre nos esclaves respectifs. Arnath donnait-il à des amis un repas ou un concert, Minius se plaignait que cela l'empêchait de dormir, mais il était aisé de comprendre qu'il manifestait sa hargne de n'avoir pas été invité. Lorsque Minius recevait des compatriotes, nous faisions en sorte de saboter le service des cuisines et de faire servir du vin aigre.

Que cet importun et sa clique vécussent aux dépens des Gorii nous exaspérait. Arnath et moi tenions des conciliabules pour trouver le moyen de nous en débarrasser sans provoquer un conflit d'où il y avait fort à parier que nous ne sortirions pas vainqueurs.

Nous avions une chance dans notre malheur. Nos bâtiments agricoles et nos bêtes, au contraire de beaucoup d'autres, avaient été épargnés par la révolte, ce qui nous avait permis de remettre sur pied sans trop de mal l'économie familiale. Nous ne manquions de rien et faisions même profiter quelques familles voisines de notre bonne fortune. Cette situation privilégiée n'avait pas échappé à Minius. Le bougre en profitait largement.

Un soir, il nous reprocha de garder le meilleur de nos vivres par-devers nous, ce qui était vrai.

— Aulus, me dit-il, je n'ai aucune aversion pour votre cidre ou votre cervoise, et votre liqueur de figue est excellente, mais quand cesserez-vous de nous servir de la piquette et du vinaigre plutôt que du vin ?

Je faillis lui répondre que, s'il voulait un vin convenable, il en trouverait à l'auberge, mais je redoutais sa colère. La veille, il avait molesté l'un de nos esclaves qui lui avait, disait-il, « manqué de respect ». J'arguai de prétextes fallacieux : vendanges déficientes et de mauvaise qualité, difficulté à nous approvisionner, prix en hausse constante…

— Pourquoi, me dit-il, n'avez-vous pas songé à planter de la vigne ?

— On ne plante pas de la vigne dans la boue ! lui ai-je rétorqué.

Décidé à explorer notre cave, il en demanda la clé à Arnath qui la lui refusa. Minius n'eut pas le toupet de la lui arracher par la force.

Au cours d'un repas, il dit à mon maître :

— Arnath, je sens que tu éprouves des réticences à nous héberger, mais il faut te faire une raison. Sache que la Vénétie est désormais sous la protection de Rome. Tu devrais considérer notre présence comme un don des dieux. Sans notre intervention, ta ville aurait été dévastée par les mutins, et leur révolte se serait propagée dans toute la province.

Je ne pus m'empêcher de lâcher :

— Rome a réservé à Spina le même sort qu'à Véies et à Cisra : une annexion sous couvert de sollicitude.

— D'une façon moins brutale, tu dois en convenir ! Ces deux villes étaient trop proches de Rome et trop agressives pour ne pas les neutraliser. Avant notre intervention, elles vivotaient. Nous leur avons apporté la prospérité, et aujourd'hui…

— Aujourd'hui, elles sont les fleurons de Rome, mais Rome en a fait des vaches à lait et leur a volé leur bien le plus précieux, la liberté. Elles ne s'en consolent pas.

Il fit la grimace et repoussa son écuelle :

— Qu'en sais-tu, toi, l'esprit fort ? me dit-il d'un ton aigre. Depuis quand n'es-tu pas revenu sur les lieux ? Des vaches à lait, dis-tu ? Mais si les vaches sont bien nourries et heureuses, que t'importe ? Apprends que ce qui a fait la puissance de Rome, c'est qu'elle ne donne rien sans compensation. Aujourd'hui nous sommes le seul Empire de la péninsule et le plus puissant de l'Occident. Nous pouvons tenir tête aux Grecs et aux Carthaginois, et nous ne craignons plus les invasions barbares.

Arnath n'avait pas perdu un mot de cet entretien. Je pouvais lire dans l'expression de son visage tantôt du plaisir et tantôt de l'inquiétude, comme s'il appréhendait une algarade. Moi-même persuadé de m'être montré insolent, je mis bas les armes pour ne manifester d'intérêt qu'au poulet aux olives noires qu'on venait de servir. Quant à Minius, sûr de m'avoir cloué le bec, il se répandait en amabilité envers Serena.

Arnath faisait grise mine. C'est à lui qu'aurait dû revenir l'honneur de moucher ce Romain, mais il se méfiait de Minius, certain qu'il aurait risqué une rebuffade de son « invité », peut-être une violence. Je constatais avec stupeur, plus sensible de jour en jour, son manque de dignité envers Minius. Je ne voyais en lui qu'une chiffe molle qu'aucun sursaut de révolte n'agitait, le drapeau mité de l'indépendance, une relique… Son dernier acte d'autorité, refuser à Minius la clé de sa cave, n'avait pas eu de suite.

L'administration du domaine des Gorii reposait sur mes épaules, sous la surveillance tatillonne de Minius.

Je ne pouvais compter sur Arnath, pris qu'il était, disait-il, par son lucumonat. En fait, il passait la majeure partie de son temps dans le gynécée, à bavarder avec son épouse et la nourrice de Gaeta, une fillette bien grasse et bien ronde, aussi bavarde dans ses balbutiements que sa mère l'était peu dans la conversation. Deux à trois fois par semaine, souvent accompagné de Minius et de sa suite, il se rendait dans les forêts du Nord, au-delà du Pô, pour y chasser le sanglier, son gibier favori. Il consacrait une journée au conseil à des projets de travaux, dans le port notamment, auquel, en accord avec Minius, il souhaitait donner une ampleur et une activité dignes de notre cité.

Un matin, débordant de joie, il m'annonça la nouvelle grossesse de Serena :

— Cette fois, s'écria-t-il en me serrant contre sa poitrine, ce sera un mâle ! J'ai sacrifié un mouton et notre nouvel haruspice l'a lu dans ses entrailles. La race des Gorii ne s'éteindra pas avec moi. Je n'ai pas dit mon dernier mot !

Je le félicitai et l'embrassai, heureux moi-même de cette perspective rassurante. Si l'haruspice l'avait dit…

Mais, Sathal, qui remplaçait Ramthas, n'avait pas hérité de sa science. Ce jeune bellâtre prétentieux faisait argent de ses connaissances sommaires. Toujours entouré de musiciens et d'un décorum dispendieux, il avait élu domicile chez les Volpii et vivait comme un sybarite. Indisposé par cet hurluberlu, Torii m'avait confié qu'il comptait s'en débarrasser au plus tôt.

— Que tu aies une nombreuse descendance, dis-je à Arnath, est mon vœu le plus cher. À toi de t'en montrer digne, mais tu n'en prends pas le chemin.

— Que veux-tu dire ?

— Ouvre les yeux ! Tu possèdes l'un des plus vastes et des plus prospères domaines du delta. Ta production de céréales, tes pêcheries, et surtout ton élevage de chevaux ont servi longtemps de modèles à nos voisins et concurrents. Aujourd'hui, il semble que tu t'en désintéresses.

J'ajoutai :

— Pardonne ma franchise, Arnath. Elle est le signe de mon amitié et de mon dévouement.

Il m'attira vers un banc de l'atrium, soupira en s'asseyant près de moi :

— Je ne t'en veux pas. Tout ce que tu me reproches est vrai. Que m'arrive-t-il, Aulus ? Quel démon s'acharne contre moi ? Avant les événements que nous venons de traverser, j'avais de nombreux projets et la volonté nécessaire pour les réaliser. Et aujourd'hui, je ne me reconnais plus ! J'ai parfois l'impression d'être miné de l'intérieur par une créature malfaisante, qui se nourrit de mon énergie.

Il continua en posant sa main sur mon genou :

— Sans toi, je serais incapable de m'occuper de mon domaine, voire de m'y intéresser. Même mon écurie a cessé de me passionner. Je n'éprouve d'intérêt que pour mon épouse et notre fille.

La semaine précédente, la tempête avait jeté sur les récifs deux de nos barques de pêcheurs, et dix hommes y avaient laissé leur vie. La nouvelle l'avait laissé indifférent. Il m'avait suggéré de rendre visite aux familles affectées par ce drame, de les indemniser et d'aller me procurer de nouvelles embarcations à Chioggia.

Je crus qu'il plaisantait lorsqu'il me dit :

— Crois-tu que Minius Claudius et ses gens vont rester longtemps dans notre maison et les légions dans notre patrie ?

— Il va falloir te faire une raison. La Vénétie restera romaine jusqu'à ce que les mille ans de vie qui sont accordés par les dieux à notre race soient arrivés à leur terme.

Je lui appris que Minius avait décidé de punir quiconque oserait parler notre langue en sa présence. Pour ne pas ajouter à sa peine, je renonçai à lui révéler une autre décision de Minius, dont il s'était ouvert à moi la veille : me remplacer par un nouvel intendant venu de Rome.

Il ne tarda pas à l'apprendre. Cette annonce déclencha en lui une fureur qui me combla de joie.

— Je m'y opposerai de toutes mes forces ! s'écria-t-il. Comment ce tyran ose-t-il prendre une telle initiative sans daigner me consulter. Il se comporte comme en terrain conquis. S'il persiste dans son intention, je le tuerai de mes propres mains !

Un doute s'immisça dans mon esprit : si mon maître n'avait pas perdu la raison, il en présentait quelques symptômes. Laris, à qui je confiai mes craintes, m'avoua qu'il les partageait.

Face à l'incurie d'Arnath et à la graine de démence qui germait en lui, j'en vins peu à peu à envisager une solution qui me peinait mais qui me semblait inéluctable ; quitter cette maison où j'avais vécu des années pleines de joie, de sérénité et de détresse.

Je m'abstins de parler de ce projet à mon maître avant d'être certain de mon choix. C'est à Serena que je décidai de le confier en lui demandant de ne pas trahir cette confidence, ce qu'elle me promit.

La sœur de Torii n'était pas une lumière. En revanche, elle était droite, ses jugements étaient sûrs et elle savait garder un secret. J'appréciais qu'à diverses reprises elle manifestât quelque intérêt pour la marche du domaine et me demandât de l'en informer au jour le jour, mais les soins qu'elle donnait à Gaeta et sa nouvelle grossesse lui interdisaient de prendre des décisions dont elle me laissait maître.

— Votre nouvel intendant, Mamers Viturius, lui dis-je, ne va pas tarder à arriver. Ce pourrait bien être le signal de mon départ. Il est probable qu'il ne supportera pas que je continue à exercer mes fonctions.

— Arnath ne te laissera pas partir ! s'exclama-t-elle. Oublies-tu que tu fais partie de notre famille et que tu nous es indispensable ?

— Ce que je n'oublie pas c'est la gratitude que je dois à cette famille. Sans vous, je serais peut-être encore sur mon îlot de Strena ! Arnath et toi vous consolerez vite. Je me fais vieux. Un nouvel intendant apportera un sang neuf au domaine.

Elle versa quelques larmes avant de me demander où je comptais finir mes jours.

— Je n'en sais rien encore, lui répondis-je. Peut-être à Tarquinii, comme un chien perdu retrouve sa niche. Peut-être à Rome. J'aimerais savoir ce qui se mijote là-bas et confier mon travail d'écriture à des scribes.

— J'ai la conviction, me dit-elle en posant sa main sur mon épaule, que tu nous resteras, même si tu dois renoncer à tes fonctions. Cette maison est la tienne, je te le rappelle.

— Je ne sais. Les dieux en décideront.

Je pensais à ma chère Menerva, dont la statuette trônait toujours dans mon cabinet de travail. Depuis quelques semaines, lorsque je l'interpellais, elle faisait la sourde oreille…

En dépit de mes réserves, je convenais que mon remplaçant, Mamers Viturius, n'était pas un méchant homme. Il arrivait même qu'il me consultât pour des problèmes qui le dépassaient, ou simplement pour me marquer sa confiance et s'excuser des ennuis que Minius nous occasionnait.

C'était un assez bel homme, court de taille mais d'allure majestueuse ou autoritaire selon les circonstances, au visage rose comme les fesses de Gaeta et chauve comme une borne milliaire. Il parlait d'une voix circonspecte, comme s'il tenait le compte de ses mots.

Il me raconta qu'il était originaire de la ville d'Emporiae sur les côtes ibériques, où son père, citoyen d'Ostia, tenait une boutique d'huile, de vin et d'agrumes. Peu fait pour le négoce, il avait quitté sa famille pour aller chercher fortune à Rome. Il avait trouvé un logement à deux pas du quartier étrusque, le *Vicus truscus*, ce qui explique pourquoi, possédant quelques rudiments de notre langue et de nos mœurs, il avait été choisi par les autorités pour rejoindre Minius à Spina.

Il me confia que, avant de quitter Rome, on lui avait parlé du général Aulus Laristal, en lui demandant de rechercher en moi sinon un allié, du moins un conseiller.

À peine avait-il mis pied à terre qu'il m'avait choisi plutôt qu'Arnath pour visiter la région. Bien qu'ignare en la matière, il avait été impressionné par l'étendue des terres agricoles du delta et avait regretté de voir laissés à l'abandon tant d'espaces en friche qui auraient pu être exploités, notamment en pâturages et en céréales.

Il n'eut pas à se plaindre de moi. Je me pliais à ses suggestions et à ses ordres et avais même convoqué une assemblée de notables pour les informer de ses intentions. Certains s'étaient dits prêts à étendre la superficie de leurs exploitations ; d'autres lui avaient tourné le dos.

J'avais employé notre chiourme au défrichage, m'étais rendu à Adria pour en rapporter des semences et des outils aratoires et avais entrepris la construction de nouveaux bâtiments. J'avais même, à la demande de Mamers, acheté, sur le marché mensuel de Ravenna, une dizaine d'esclaves qui furent mis au travail sans tarder.

Nous entretenions de bons rapports, d'autant qu'il avait davantage besoin de moi que moi de lui. Il ne tarda pas à me révéler son intention : faire du port de Spina la clé de notre puissance. Nous l'avions un peu négligé, j'en conviens, depuis des années. Il s'attacha à le doter de nouvelles installations, et notamment d'une jetée sur pilotis, assez solide pour résister aux tempêtes et de dimensions suffisantes pour accueillir de nombreux navires de commerce.

S'il n'avait, en matière de productions agricoles, que des vues sommaires et s'il m'honorait de sa confiance dans ce domaine, il avait un don inné, dont je suis privé, pour le change des monnaies. Il jonglait comme un magicien avec les drachmes d'Athènes, les statères de Carthage, les sicles de Phénicie.

Sa venue avait renforcé mon envie de partir.

Un soir, sur la fin d'un repas, alors qu'il était assis en face de moi, je lui dis :

— Mamers, le temps est venu pour moi de quitter cette famille et cette ville.

Il sursauta.

— Que me dis-tu là, Aulus ? Te retirer alors que tu jouis d'une bonne santé et que tu mènes malgré ton âge une vie active ? Je te donne, disons quarante ans.

J'éclatai de rire.

— Tu peux en ajouter quinze et quelque monnaie en plus.

— Minius, ajouta-t-il, m'a fait part de ton désir de te retirer dans ta ville natale, Tarquinii. Permets-moi d'en rire ! Je ne te vois pas assis sur un rocher, à regarder voler les mouettes et passer les galères. Tu t'ennuierais à mourir !

Il resta un moment songeur, à grignoter un beignet aux pommes, puis, ses coudes largement étalés, il continua :

— Que dirais-tu, avant de nous quitter, d'un voyage dans les îles grecques ?

— Qu'irais-je faire dans ces parages ?

— Chercher du vin, de l'huile, des objets d'art... Du vin surtout. C'est Minius qui a eu cette idée. Il est amateur de bons vins et celui que nous buvons à cette table... Dans les îles de la mer Égée, Samos, Lesbos ou Lemnos, il coule pour ainsi dire dans les rues, et ce n'est pas l'infâme piquette que ton maître nous sert ! Consens-tu au moins à réfléchir à cette proposition ?

Je hochai la tête. Cette promesse ne m'engageait en rien.

Il avait bien dit Lemnos. Le mot allait me trotter dans la tête. Je ne pouvais oublier que mon frère, Verthur, avait installé dans cette île proche de la Lydie et de l'antique cité de Troie un établissement pour le compte de notre famille. Sans nouvelles depuis des lustres, je me dis que ce voyage pourrait être l'occasion de revoir mon frère, s'il était encore de ce monde.

À quelques jours de là, Mamers m'invita à le retrouver sur le port. Je le rencontrai sur la jetée, face à un gros navire marchand, *Le Triton*, que des esclaves chargeaient en vivres. Occupé à surveiller l'opération, il s'interrompit pour s'avancer vers moi, l'air radieux :

— Aulus, me dit-il, voici le navire que nous frétons pour les îles. As-tu réfléchi à notre proposition ?

— J'y ai songé nuit et jour. Finalement, j'accepte. Il y a longtemps que je n'ai pas pris la mer. Ce sera mon dernier voyage. Quand faudra-t-il embarquer ?

— D'ici à une semaine, à condition que les vents soient favorables. Ce voyage durera environ un an si tout se passe bien. On trouve de moins en moins de pirates et la paix règne en Méditerranée…

Ma décision prise, un peu à la légère, je demandai à Serena de veiller à la conservation de mes biens placés dans le coffre de la famille, et surtout de mes écrits. Elle me le promit et, le jour de mon départ, elle m'embrassa et me dit :

— Reviens-nous en vie, Aulus Laristal. Je vais prier les dieux pour qu'ils veillent sur toi.

Je ne pus faire mes adieux à Arnath. Il s'était absenté pour une partie de chasse, en compagnie de Minius, dans une forêt proche d'Adria et ne reviendrait qu'à la nuit tombée.

4

Le bon vin de Lemnos

Avant même que Minius et son acolyte Mamers n'eussent envisagé l'idée de m'embarquer dans cette aventure, j'avais été témoin des travaux de réfection du *Triton*.

Le navire n'était pas de la première jeunesse. Minius en avait fait l'acquisition dans un chantier d'Ancona, au sud de Ravenna, avec les fonds des Gorii cela va sans dire, en leur promettant monts et merveilles.

— Minius n'a pas fait une mauvaise affaire, me dit Mamers. Ce vieux renard l'a acheté au prix d'une épave et, après l'avoir inspecté de l'étrave à l'étambot, il a constaté qu'il pouvait tenir la mer encore quelques années, avec l'aide des dieux. Il a fallu remplacer les deux gouvernails dont les pelles étaient pourries, le doter de rames et d'une voile neuves, rafistoler et goudronner la coque et l'armature, le rendre habitable.

Habilement restaurée, cette grosse nave n'avait pas vilaine allure avec sa coque goudronnée de frais brillant au soleil, sa proue ornée d'une effigie de méduse grimaçante peinte de couleurs vives, sa poupe en vol de cygne majestueusement relevée au-dessus de l'étambot, comme un défi aux tempêtes. La frange de bois sculpté, qui courait tout le long de ses flancs, égayait ce vieux vaisseau. La voile rouge quadrillée de cordages, plus large que haute, carguée au sommet du mât, se larguait comme un rideau vertical.

En compagnie de Mamers, j'avais visité l'intérieur du bateau, réaménagé par des ingénieurs de Pisaurum. Il sentait le bois neuf, la peinture et le chanvre des cordages entassés dans les cales. Les éléments d'habitation étaient sommaires mais suffisants.

La veille du départ, une activité intense animait la jetée. Le capitaine supervisait les derniers chargements à coups de sifflet stridents. Cet homme bas sur pattes, presque obèse, vêtu d'une tunique rouge et coiffé du bonnet conique des Étrusques, allait et venait comme une outre pleine à ras bord. Son visage, autant que je pus en juger, n'était pas plus avenant. Son épaisse barbe rousse cachait mal une cicatrice verticale qui courait de la tempe à la commissure des lèvres. Son nez en forme d'aubergine rivalisait de laideur avec les grosses taroupes couleur de rouille qui masquaient ses yeux…

— Je vais te présenter le capitaine Nicéphore, me dit Mamers.

— Nicéphore… C'est un nom grec, il me semble ?

— Il est natif du Péloponnèse, mais il déteste les Grecs sous prétexte qu'ils n'ont jamais reconnu ses qualités, alors qu'il est un maître dans sa partie sous ses allures de rustre. Ne compte pas t'en faire un ami. Son caractère est exécrable. Garde tes distances avec lui et évite de le contrarier si tu ne veux pas te retrouver au fond d'une cale, au pain et à l'eau !

Le capitaine nous demanda d'un ton rogue ce que nous lui voulions.

— Je tenais, lui dit Mamers, à te présenter notre commissionnaire, Aulus Laristal, de Tarquinii.

— Que tu sois d'origine étrusque me plaît, me dit-il. Rendez-vous à l'auberge à la fin de la matinée. Pour le moment, foutez-moi la paix. Vous voyez bien que j'ai à faire.

Nous l'attendîmes sur la terrasse de Photidès. D'un air las mais serein, il se laissa tomber sur le banc et, sans un mot, versa dans sa coupe le vin que nous avions commandé, se torcha les moustaches d'un revers de poignet et me lança joyeusement :

— Toi, l'Étrusque, je te sens impatient de prendre la mer. Je me trompe ?

Il ne se trompait pas ; je le lui confirmai. Il me demanda mon âge ; je le lui révélai. Il s'écria :

— Par la verge d'Hercule ! Cinquante ans bien sonnés, c'est l'âge où l'on cultive ses légumes. Tu crois que tu tiendras le coup et que je vais pas être obligé de te débarquer sur une île déserte ?

Je le rassurai. Outre que je n'avais pas le mal de mer, ma santé ne me donnait guère de souci.

— Bon... fit-il. Faudra pas compter sur moi pour te dorloter. Je te demanderai pas d'aider à la manœuvre, sauf par gros temps. Pour la tambouille, pas de faveur ! Menu unique pour tous et vin interdit, sauf pour les malades. Tu apprendras que je suis le seul maître à bord de cette vieille carcasse et que j'exige de ne pas être emmerdé pour le choix des escales. À bon entendeur...

Il éclata d'un rire tonitruant et sortit de sa ceinture de cuir un rouleau en toile de lin qu'il déploya sur la table de ses mains boudinées et velues, aux ongles noirs.

— La carte du monde, Aulus Laristal, dit-il, ou du moins celle de la Grande Mer, jusqu'aux côtes de l'Asie. Faudra éviter les Grecs. Ils se tiennent tranquilles pour le moment, mais, avec eux, faut s'attendre à des surprises. Pareil pour les pirates. Tu sais te battre ?

— Il l'a montré, dit Mamers.

Je le remerciai d'un sourire complice et d'un hochement de tête.

L'embarquement eut lieu après une cérémonie dans le temple de Nortia et le sacrifice d'un mouton.

Je ne puis ni ne souhaite donner de cette mission une relation détaillée, d'autant que nous connûmes peu d'événements susceptibles d'en affecter le cours : un arraisonnement que nous infligea un navire de guerre phocéen entre Brundisium et Eleuthera, une tempête sévère qui arracha la petite voile au large de Sparte, une attaque, entre la Crète et Rhodes, d'un navire pirate que nous n'avons pas eu trop de mal à repousser…

C'est en Crète que nous observâmes l'escale la plus longue.

Nicéphore connaissait ces parages aussi bien que le ventre du *Triton*. Il avait tenu à saluer une « vieille connaissance » qu'il n'avait pas revue depuis des années, Nika. Elle tenait une auberge de marins sur le port de Myrtos, au sud de l'île, sous la masse imposante du mont Dikti.

Une auberge ? C'est beaucoup dire pour parler d'une longue masure de pisé coiffée de palmes. Elle préparait sa cuisine sur la terrasse, sous une treille muscate, face à la mer et dos aux oliviers. Bordé de quatre ou cinq maisons barbouillées de couleurs fanées, le petit port semblait recevoir autant de visiteurs que d'ours de la montagne.

Nicéphore m'avait confié avant de débarquer que Nika était « la plus belle garce » de l'île. Il ne se trompait pas pour le visage qui rappelait les portraits féminins de Cnossos, mais un arrière-train de jument poulinière démentait cette appréciation.

Le temps que dura cette escale sans rapport avec notre mission, soit un peu plus d'une semaine, je restai chez Nika, pour échapper à l'atmosphère étouffante des cales du *Triton* et aux assauts des punaises. Allongé sur la terrasse, face au mont Dikti paré d'un lait de lune, je passai des nuits suaves, éveillé de temps à autre par les ébats des amoureux. Le matin, une chèvre me tirait de mon sommeil en me léchant les pieds.

Un soir, après un repas arrosé d'un vin fruité de l'île, Nicéphore, au bord de l'ivresse, se délivra d'une obsession ; la haine qu'il professait pour son compatriote, Ulysse, le héros de l'*Odyssée* :

— Ce salaud ! Laisser son épouse, la douce et fidèle Pénélope, attendre des années son retour… Qu'est-ce qui le poussait à courir le monde, alors qu'il n'aurait dû s'occuper que de ses chèvres et de ses oliviers ?

Je protestai. Ulysse était un découvreur, comme Jason, Pythéas, Hanon et quelques autres qui avaient élargi les limites du monde.

— Il a surtout connu, s'écria-t-il, des aventures avec des garces comme Circé, Calypso et Nausicaa. Son seul exploit ? Il a aveuglé le cyclope Polyphème, ce paisible berger qui avait horreur qu'on vienne piétiner ses champs de luzerne et lui voler ses fromages.

— Irais-tu jusqu'à nier que, devant Troie, il se soit battu comme un lion ?

— Dis plutôt qu'il a fait battre les autres ! Il n'avait de bravoure qu'en jactance, comme un vrai Grec qu'il était.

— Il a tout de même fini par revenir à Ithaque.

— Certes, mais il s'est empressé de trucider les petits copains qui tenaient compagnie à Pénélope !

Je devais en convenir. Ulysse avait une réputation surfaite. Dans son drame, *Hécube*, Euripide le traite de « beau parleur » et de « crécelle sonore ».

— Crois-moi, Aulus, si je te dis que j'aurais plaisir, s'il vivait encore, à lui trancher la gorge. Si je connaissais l'endroit où repose sa charogne, j'irais lui pisser dessus…

Cette longue escale en Crète m'a donné, je l'avoue, quelques moments de bonheur. Il n'en était pas de même de l'équipage qui commençait à perdre patience et, en proie à l'ennui, causait des troubles que blâmèrent les autorités de Myrtos. Lorsque je reprochai à Nicéphore de s'attarder inutilement dans cette île, il laissa éclater sa colère :

— Fous-moi la paix, Aulus ! Qui commande cette expédition, seigneur commissionnaire de mon cul, toi ou moi ? J'ai bien droit à un peu de repos et de plaisir, non ? J'ai décidé de rester une semaine de plus dans cette île, et c'est pas toi ni mon équipage qui allez m'en empêcher !

Le lendemain, nous reprenions la mer. De trois jours, Nicéphore ne daigna pas m'adresser la parole.

La traversée de l'archipel des Cyclades fut un enchantement chaque jour renouvelé. Des îles radieuses, Myconos, Ikaria, Chios, se succédaient sur une mer calme. Nous observions des haltes pour soulager nos cales des produits destinés à la vente.

Je profitai d'une de ces dernières relâches, sur les côtes de Lesbos, pour tenter de retrouver quelques traces de Sapho. Nous avions jeté l'ancre dans le port de Mytilène, sur le versant oriental de l'île, d'où nous pouvions apercevoir, à travers une brume de perles, les rivages de la Lydie, lieu d'origine des Étrusques.

Les vignerons auxquels je parlai de la célèbre poétesse m'avouèrent leur ignorance. Je louai un âne pour prospecter les alentours où abondaient champs de céréales, oliveraies et vignobles, interrogeant les bergers au passage, sans découvrir la moindre ruine qui eût témoigné de l'existence de ce personnage. Dans une mine à ciel ouvert, je collectai quelques fragments de pierres précieuses d'un beau noir, les lesbias, dont usent les orfèvres. Le soir, durant les trois jours de notre escale, nous nous régalâmes d'huîtres et de vin blanc.

Lesbos se trouvait à moins de quatre jours de mer de Lemnos, terme de notre expédition. C'est plein d'impatience, en songeant à mon frère, que je mis pied à terre sur cette île. Je n'étais pas certain qu'il fût encore de ce monde ni qu'il eût des enfants.

Le port d'Hephaestia, où nous jetâmes l'ancre, se situe entre la Thessalie grecque et les confins de l'Asie. Il s'étale sous les dernières pentes du mont Mosychlos, un volcan qui passe pour abriter les forges de Vulcain, dieu des forgerons.

De la correspondance de Verthur avec notre famille, j'avais retenu le lieu de son établissement, Myrina.

Je remis à plus tard les négociations relatives à une livraison de vin et d'huile et, comme à Lesbos, je louai à l'aubergiste un âne et un esclave armé, cette île étant réputée dangereuse pour les promeneurs. Je suivis la côte par des sentiers abrupts entre montagne et mer, vignes et oliveraies.

J'arrivai sans trop souffrir de la chaleur dans le paisible village de Myrina, surplombant un port encastré entre des falaises. La rue principale était déserte, à l'exception de quelques vieillards somnolents sur des bancs, leur canne entre les genoux, et de gosses nus qui jouaient dans la poussière avec des chiens. Dans la seule boutique, je demandai à la patronne où je pourrais trouver la maison de Verthur Laristal.

— Tu veux parler de l'Étrusque ? me dit-elle. Tu n'en es pas loin. Au fond du village, tu tomberas sur une stèle. Tu prendras le chemin de gauche, sous le gros pin, qui monte vers la colline entre des genêts et des bruyères. Prends garde à ne pas marcher sur les queues des vipères, elles sortent de partout avec la chaleur. Si tu es mordu, viens me trouver, j'ai de quoi te guérir. Il est vrai qu'avec ton bourricot, tu ne risques pas grand-chose.

Je trouvai facilement la maison de mon frère.

Elle occupait le centre d'un plateau, sous une grande collerette de falaises et de majestueux pins laricio déployés en parasols, qui l'abritaient des ardeurs de l'après-midi. Deux molosses vinrent m'accueillir en grognant, les crocs à l'air, et se mirent à aboyer à la manière des loups, avec lesquels ils paraissaient avoir quelque parenté. Un jeune homme portant un pagne enroulé autour des reins descendit de la terrasse, fit taire les chiens et s'avança vers moi pour me demander qui j'étais et ce que je voulais.

Je lui donnai satisfaction et lui confiai mon âne qu'il mena aux écuries pour le désaltérer, puis il me conduisit à l'habitation. L'allée de lauriers-roses et blancs débouchait sur une longue esplanade à balustrade de marbre, dont l'escalier était encadré par deux colonnes, vestiges, à ce qu'il semblait, d'un ancien temple.

L'homme au pagne me fit asseoir et me dit :

— Patiente, Aulus. Je vais prévenir mon père.

J'avais de toute évidence affaire à mon neveu. Il ne me ressemblait guère, avec sa peau mate, sa chevelure blonde nouée sur la nuque et son allure indolente. Quelques instants plus tard deux esclaves apportèrent mon frère Verthur, allongé dans un fauteuil de vannerie, nu de la poitrine à la taille. Un jeune Noir éloignait de lui les mouches avec un flagellum de plumes.

Je ne pus réprimer un sursaut en découvrant un vieillard blanchâtre, chauve, squelettique, au regard vitreux, au corps parcouru de veines saillantes sous une peau tavelée de boutons et ointe de pommade.

Ses bagues et ses bracelets d'or attestaient néanmoins d'un vestige de coquetterie.

Après avoir donné l'ordre à un esclave de nous servir du vin et de l'eau, Verthur me fit signe d'approcher et me dit d'une voix de crécelle à peine audible :

— Ainsi c'est toi, Aulus, mon petit frère ? C'est une grande joie de te revoir, en pleine santé et à l'abri du besoin, apparemment. J'espère que tu me portes de bonnes nouvelles de Tarquinii. Parle-moi de notre famille. La dernière lettre que j'ai reçue de ta main était pour m'annoncer la mort de notre père. Et depuis ?

Je lui fis un résumé simplissime des circonstances de ma venue à Lemnos et lui demandai de me parler de son domaine.

— Il est vaste, trop vaste même. La montagne que tu vois est à moi, de même que la majeure partie du port et du village. Je mène une vie aisée, mais ça n'a pas été facile, entre les Lydiens d'un côté et les Grecs de l'autre. Je suis veuf depuis longtemps et mes enfants sont partis pour la Grèce. Ceux que tu vois, à part celui qui t'a accueilli, Manda, sont des bâtards. Je possède une trentaine d'esclaves pour ma maison et mes terres, mais…

Il s'interrompit pour s'écrier :

— Manda, prends un bâton et débarrasse-moi de cette vipère, là-bas, sous le pot de géraniums !

Mon neveu saisit le reptile par la queue, l'étourdit par quelques moulinets et lui fracassa la tête sur la balustrade.

— Maudite engeance ! ajouta-t-il. On en trouve jusque dans la maison et dans nos chambres. Une de mes esclaves a été mordue dans son lit. Nous l'avons soignée et guérie avec le meilleur remède qui soit, une application de terre sigillée qu'on trouve dans la boutique de Myrina.

Il me questionna sur ma situation. Je m'attachai à le satisfaire, mais j'avais l'impression de soliloquer. Il prêtait si peu d'attention à mon récit, le regard perdu dans les ramures du pin laricio agitées par une légère brise, qu'il me coupa la parole en bredouillant :

— Ainsi donc, tu vis toujours à Tarquinii ? Les Romains ont-ils pris la ville, occupé notre palais ? Ce serait regrettable…

Verthur me convia à partager son repas du soir et à passer la nuit dans sa maison. Au cours du dîner, il me proposa de rester auprès de lui jusqu'à sa mort.

— Mes jours sont comptés, comme tu le vois, Aulus. Reste donc pour me fermer les yeux et me mettre une monnaie sous la langue.

Je déclinai cette invitation et repartis de manière à arriver à Myrtos avant la tombée de la nuit. Je passai les deux jours qui nous séparaient de notre départ à remplir nos cales de vivres pour le voyage, d'amphores de vin et d'huile, des produits de meilleure qualité et à meilleur prix que dans la péninsule. Je ramenai de la boutique de Myrina un pot de terre sigillée contre les morsures de reptiles venimeux, ainsi qu'une pommade, souveraine me dit la patronne, contre une fièvre, la pellagre, et « les idées de suicide » qu'elle entraîne. Je fis abattre pour le voyage quelques bœufs et embarquer des moutons et de la volaille, des fruits et des légumes.

Le gros temps nous obligea à rester à Hephaestia trois jours de plus que nous ne l'avions prévu. La coque du *Triton* ayant été endommagée par un récif, il fallut réparer cette avarie avant de faire reprendre les rames à la chiourme. Ce ne fut pas une mince affaire. Nous dûmes fouiller les bordels et les auberges des parages et battre la campagne pour retrouver nos effectifs. Nicéphore fit fouetter sur le pont quatre déserteurs retrouvés dans la montagne, avec le concours de bergers.

J'aurais aimé visiter les ruines de la ville de Troie, ces lieux chargés d'histoire et de légende chantés par Homère, mais il aurait fallu sacrifier près d'une semaine et j'avais hâte de regagner mes pénates.

Je n'ai que peu de choses à relater quant à notre retour.

Je faillis me battre avec Nicéphore quand il m'annonça que *Le Triton* allait faire une nouvelle escale en Crète. Il tenait à revoir « avant de mourir », me dit-il, sa chère Nika. Je finis par céder, conscient que toute résistance eût été inutile et pourrait avoir des conséquences fâcheuses sur nos rapports. Sagement, Nicéphore ramena la relâche à trois jours.

Nous assistâmes, au large du Péloponnèse, en face du port de Kalamata, au spectacle fascinant d'une bataille navale entre flottes romaine et carthaginoise. Nous vîmes une galère d'Utique, le port de Carthage, transformée en torche, se coucher sur le flanc avant de sombrer.

Près de Corfou, un tableau plus réjouissant nous attendait ; un ballet de dauphins se déploya autour du *Triton* comme pour nous divertir. J'admirai leurs jeux auxquels ils semblaient nous convier, lorsque Nicéphore proposa d'en faire harponner quelques-uns pour notre subsistance. Je m'y opposai. Je me souvins que des prêtres grecs ont fait de ces créatures mystérieuses le symbole de la sagesse et de la divination. Lorsque le dieu Apollon voulut se rendre à Delphes, il s'incarna en dauphin. Ceux qui nageaient à l'avant du navire nous ouvraient les portes de l'Adriatique.

5

L'adieu à Spina

Nous fûmes accueillis à Spina comme si nous ramenions de notre odyssée l'or de Darius, alors que ce dont nos cales étaient remplies ne suffirait pas à défrayer les Gorii. La foule se pressait sur la jetée, des femmes nous offrirent des fruits et du vin.

Après la brise du large, le temps lourd me fit suffoquer. Avant de me rendre chez les Gorii, je surveillai le déchargement. Il me prit une partie de l'après-midi, car je dus veiller à ce qu'aucun larcin ne fût commis. Nicéphore m'invita à finir la journée à l'auberge, mais j'avais hâte de retrouver la maison des Gorii.

Mamers, en m'accueillant, m'avait embrassé et annoncé avec un air mystérieux, sans m'en dire plus, que j'allais, après une absence de près d'un an, trouver quelques changements dans la maison et apprendre de pénibles nouvelles.

C'est Galia qui m'informa de celle qui m'affecta le plus profondément : la mort de la petite Gaeta. Elle avait été emportée par une nouvelle épidémie de fièvre des marais. Elle n'était pas la seule à avoir payé ce tribut, quatre esclaves et une fille de Gouma l'avaient accompagnée. Folle de douleur, Serena, enceinte de cinq mois, avait perdu son enfant, un garçon qui aurait porté mon nom, comme son père me l'avait promis.

Je reprochai à Mamers de n'avoir pas, dès les premiers symptômes de cette maladie, envoyé la famille dans la montagne pour échapper aux miasmes. Personne n'y avait songé et, négligent que je suis, je n'avais pas suggéré cette précaution.

— Et Arnath ? dis-je à Mamers. Parle-moi de lui.

— Oh, lui ! toujours dans ses rêveries fumeuses. Tu le trouveras méconnaissable. Il souffre d'une maladie de peau contractée dans une auberge d'Adria. Il se croit maudit des dieux et a brisé ou fait brûler leurs effigies.

Je demandai des nouvelles de Minius Claudius.

— Ce vieux filou... Il s'est mis en tête de contraindre Arnath à lui vendre son domaine. Serena s'y oppose. L'affaire est loin d'être conclue et il enrage.

Il ajouta :

— Béni sois-tu, Aulus ! Je vais, plus que jamais, avoir recours à tes services...

Sans plus attendre, je me suis rendu dans les appartements de Serena.

En me voyant paraître, elle ne daigna pas quitter son fauteuil ni me proposer de m'asseoir auprès d'elle, ce que j'ai fait sans lui en demander la permission. Elle avait grossi ; des tavelures rosâtres maculaient ses joues pendantes et des traînées grisâtres sillonnaient sa chevelure dont elle était jadis si fière.

— Aulus, a-t-elle soupiré, tu es resté absent bien longtemps, mais te voilà et mon cœur déborde de joie.

Il n'en paraissait rien. Je lui répondis :

— Trop longtemps, maîtresse, mais j'ai beaucoup pensé à toi et à ta famille, et je t'ai rapporté ce modeste présent.

Je déposai sur ses genoux le coffret à fards en argent, capitonnée de soie pourpre, acheté à un orfèvre du Péloponnèse. Elle me remercia d'un mince sourire et posa le coffret, sans l'ouvrir, sur une tablette. Je m'attendais à ce qu'elle me congédiât ; mais elle préféra se confier :

— Mon bon ami, depuis ton départ, plus rien ne va dans cette maison. Tu aurais dû refuser de nous quitter. Je suis certaine qu'avec toi auprès de nous, les choses auraient tourné autrement.

— Permets-moi d'en douter. Je ne suis pas le magicien qui aurait pu arrêter les fièvres. Les dieux seuls…

— Les dieux nous ont trahis. Ils n'ont plus leur place dans notre foyer.

Elle continua :

— Je dois me battre contre ce brigand de Minius qui s'est mis en tête d'acquérir notre domaine ! Arnath serait d'accord, mais il n'a plus toute sa raison, et je suis seule à tenir tête à ce maudit Romain. Jamais je ne renoncerai, tu entends, Aulus ? jamais ! Il devra attendre ma mort.

Je lui demandai où je pourrais trouver Arnath. Elle laissa éclater sa colère :

— Où veux-tu qu'il soit ? À la chasse, avec son cher Minius, ou dans un bordel d'Adria. Il ne rentrera qu'à la nuit, s'il daigne rentrer. Il lui arrive de partir pour deux ou trois jours sans prévenir ! Alors tu fais comme moi, tu l'attends.

J'ai décidé de patienter dans ma chambre où j'avais fait déposer mon bagage. Elle était telle qu'à mon départ, sauf que la poussière avait recouvert mon mobilier et mes objets et que des carcasses de rats crevés jonchaient le parquet. J'ai changé de vêtements, revêtu une tunique légère et me suis allongé, accablé par la chaleur, après avoir mangé une galette de seigle à la cuisine.

Arnath revint à la tombée du jour, en compagnie de son mentor et de deux esclaves, suivi d'un chariot léger tiré par un cheval et chargé de gibier.

À peine avait-il mis pied à terre dans la cour où je l'attendais qu'il m'embrassa, ses mains battant mes épaules. Il était amaigri, hideux, son visage et le haut de sa poitrine couverts de croûtes.

Il s'écria :

— Toi, Aulus ! Toi, enfin ! Sais-tu que tu m'as manqué ? J'avais l'impression d'avoir perdu à jamais un ami et un confident.

Il me questionna sur mon expédition ; je la lui relatai en quelques mots et lui dis, pour le rassurer pleinement, que j'avais fait de bonnes affaires et que nous aurions du vin et de l'huile en suffisance pour des mois.

Je lui demandai où il avait contracté son mal. Il me répondit en faisant la moue :

— À Adria, dans un bordel. C'est surtout de démangeaisons dont je souffre. Elles me gênent dans mon sommeil.

Je lui parlai de la mixture contre la pellagre que j'avais rapportée de Lemnos. Il exigea de prendre ce remède sur-le-champ.

En le reconduisant, je l'interrogeai sur la conduite de Mamers durant mon absence pour savoir s'il s'était correctement acquitté de ses fonctions d'intendant. Il s'exclama, au comble de la fureur :

— Ne prononce plus ce nom devant moi, Aulus ! Je trouve toujours ce tyran en travers de mes projets. Ma parole, il se prend pour un consul ! Même Minius doit céder à ses ordres et à ses fantaisies !

Je m'enquis de sa présence au banquet que Mamers avait prévu pour le retour du *Triton*. Il eut un mauvais rire et bougonna :

— Les banquets ? C'est fini pour moi ! Je suis devenu laid et je pue au point de faire fuir les convives ! Je le regrette. Il m'aurait été agréable de bavarder avec toi, comme par le passé.

— Arnath, sache que tu as toujours en moi un ami fidèle. Je ne puis oublier les bienfaits dont je vous suis redevable à ta famille et à toi. C'est une dette que j'assumerai jusqu'au bout.

Il flatta mon épaule de sa main et me tourna le dos. Il me sembla avoir surpris des larmes dans son dernier regard.

C'est le même accueil, à peu de chose près, que je reçus de Minius. Il venait d'avoir un entretien avec Nicéphore.

— Aulus, me dit-il, nous sommes fiers de toi. Vous avez perdu quelques hommes sur *Le Triton*, mais c'est le prix à payer pour ce genre de mission. L'essentiel est que tu nous aies rapporté du vin et de l'huile. Du vin surtout ! Je t'ai promis une récompense. Patience… Mais, dis-moi, comment as-tu fait pour supporter cette brute de Nicéphore durant près d'un an ?

Le soir venu, au cours du repas qui rassemblait une dizaine de convives dans le jardin, Minius dit à Nicéphore :

— Capitaine, tu vas répéter ce que tu m'as dit au sujet de notre ami.

Nicéphore gratta sa barbe déjà humide de vin et de graisse.

— Minius, tu sais que je suis avare de compliments, dit-il. Mais, j'hésite pas à le dire : naviguer en compagnie d'Aulus Laristal a été un plaisir, si je passe sur quelques querelles, inévitables avec le vieil ours que je suis. Je suis prêt à réembarquer avec lui quand il le voudra.

— J'en suis ravi, dit Minius. Aulus, cette déclaration me met à l'aise pour te faire une proposition.

Il souhaitait restaurer le temple de Nortia, pour laquelle le citoyen romain qu'il était s'était pris d'une singulière dévotion.

— Je veux, me dit-il, un édifice en marbre, sur le modèle de celui de Volsinii, que tu connais, je crois. Ce marbre, il faudra le chercher dans les carrières de Carrare. J'ai décidé de vous charger de cette mission, Nicéphore et toi, à bord du *Triton*, qui vient de faire ses preuves.

Je protestai, lui rappelant ma volonté de faire de cette expédition mon dernier voyage avant mon départ pour Tarquinii. Il balaya cette objection d'un revers de main. Saisi de stupeur, je l'entendis ajouter d'un air désinvolte, en tournant entre ses mains sa coupe de vin de Lemnos :

— J'ai mieux encore à t'offrir. Rome compte créer une colonie sur la côte des Ibères, autour d'Emporiae et de Rosas. La guilde des marchands navigateurs d'Ostia m'a fait l'honneur de me confier cette mission. Je leur ai répondu que j'avais assez à faire en Vénétie, mais que je pouvais mettre à leur disposition un homme d'expérience, toi, Aulus Laristal ! Je t'avais promis une récompense ? La voici.

Elle ne lui coûtait guère.

Peu soucieux d'accéder à sa requête, je motivai mon refus par une supercherie :

— Je semble jouir d'une bonne santé, lui dis-je, mais ce n'est qu'une rémission. Je suis atteint d'une maladie qui ne me donne que quelques mois à vivre et m'interdit toute aventure. Je suis sensible à l'honneur qui m'est fait, mais il me serait impossible de mener à bien cette mission. Notre médecin pourra te confirmer mes dires.

Nicéphore protesta :

— Tu plaisantes ! À aucun moment, à mon bord, tu n'as donné l'impression de souffrir !

— J'ai appris à dissimuler, et cela m'est facile, étant donné que mon mal n'est pas apparent. Le reste est affaire de dignité. Je déteste me plaindre.

Je prétextai une fatigue bien réelle pour me retirer avant la fin de ces agapes. Mon premier soin, avant de regagner mon logis, fut de prévenir Laris de mon faux-fuyant et de lui demander de confirmer mes dires au cas où Minius s'informerait de ma santé. Il y consentit sans réserve. L'affaire l'amusait.

Je lui demandai de me parler d'Arnath.

— Ce pauvre homme est vraiment malade, me dit-il. Il donnait déjà, avant ton départ, des signes d'aliénation. Ils n'ont fait que se confirmer. Dire qu'il en est au stade de la démence serait prématuré, mais la maladie de peau dont il souffre ne fait qu'aggraver son état mental. Il est sujet à des violences, dont je suis le premier à pâtir, impuissant que je suis à le guérir.

Il ajouta :

— En confidence, je vais quitter cette maison. Le vieux médecin des Partunii a dû abandonner ses fonctions. Je me suis proposé pour le remplacer. Mon départ est une affaire de jours.

Le remède contre la pellagre eut un effet bénéfique sur Arnath. Il eut d'abord un mouvement de recul, disant que l'odeur était infecte. Il refusa qu'on lui enduisît le visage et le corps avec ce qu'il appelait une « mixture de sorcière », mais finit par céder.

En l'espace d'une semaine, le mal avait régressé. Lorsque j'annonçai au malade que la provision que j'avais rapportée s'épuisait, il m'ordonna sans rire d'aller en quérir quelques pots, puis libéré de ses souffrances, il ne m'en parla plus.

Guéri, Arnath reprit goût à la vie, avec une frénésie inquiétante.

Il dépensait son énergie retrouvée lors de longues courses à cheval sur la côte. Il éreintait sa monture et revenait lui-même fourbu mais radieux. Il nourrissait d'étranges lubies. Fasciné par les reptiles, il avait fait installer en bordure d'un marécage un vivier clos d'un haut mur, dans lequel il jetait tout ce qu'il pouvait trouver dans les parages : des vipères et des couleuvres qu'il nourrissait de grenouilles, ainsi que des lézards, des salamandres et des scorpions. Il passait des heures à regarder ce grouillement répugnant comme s'il y voyait un condensé de la perversité humaine.

Le jour où, possédé par je ne sais quel démon, il voulut armer une dizaine d'esclaves pour aller chasser une paisible tribu de Gaulois en amont du delta, ce fut un tollé. Avec l'aide de Mamers et de Minius, je tentai de le dissuader d'accomplir cette folie. Il riposta en disant qu'un rêve lui avait montré ces Barbares en train de fondre sur Spina, et qu'il se devait de prendre les devants !

L'affaire eut des conséquences tragiques. Il était parti escorté de ses dix hommes de pied qui n'en menaient pas large. Une semaine plus tard, cette expédition dérisoire était de retour. Arnath avait perdu cinq de ses hommes ; on l'avait ramené couché en travers de son cheval, souffrant de quelques blessures sans gravité. Il garda la chambre une dizaine de jours, refusant toute visite, excepté celle de Laris et des esclaves chargés de sa toilette.

Le pire faillit se produire, quelques jours après qu'il eut renoncé à rester enfermé. Il s'en était pris à Mamers, dont la présence lui était de plus en plus insupportable, à propos de l'entretien du bassin. L'algarade prit un tour si vif qu'Arnath se rua sur lui. Je me trouvais à quelques pas de là et arrêtai le bras du forcené alors qu'il venait de dégainer son coutelas.

Le soir même, Mamers me confia qu'il était sur le point de quitter la maison des Gorii, où sa vie était désormais compromise. Les Volpii étaient prêts à l'accueillir.

— J'en suis désolé, me dit-il, au nom de notre amitié, mais nous nous reverrons si tu as besoin de moi.

— Quand tu partiras, lui ai-je répondu, je ne tarderai pas à faire de même.

J'assistai, peu de temps après que Mamers nous eut quittés, aux débuts de la construction du nouveau temple de Nortia. Minius désespérait de venir à bout de son projet. Je ne regrettais pas, quant à moi, d'avoir refusé de m'occuper, à bord du *Triton*, du transport du marbre entre Carrare et Spina. Cette navette m'eût épuisé et ce projet battait de l'aile : une tempête avait coulé deux barges chargées de blocs, au large d'Ancona. L'artiste qui devait exécuter une statue de la déesse s'était désisté ; il avait fallu se rabattre sur un simple tailleur de pierre de Ravenna. Les dépenses s'étaient révélées si lourdes que le conseil avait hésité à les prendre en charge.

Le départ de Mamers eut pour conséquence un surcroît de travail pour moi. Je devais le remplacer en tout et n'y parvenais pas. C'est une chose de tenir une maison et une autre, plus redoutable, d'assurer la production d'un domaine aussi important que celui des Gorii. Cela me décida à mettre à exécution mon projet de départ. Lorsque j'en fis part à Minius, je crus que la foudre venait de le frapper.

— Que me dis-tu là, Aulus ? J'ai cru que tu avais renoncé à cette idée absurde. Tu m'abandonnerais alors que ta présence m'est plus que jamais nécessaire ! Aurais-tu trop de charges ? Je puis t'adjoindre un assistant. Souhaiterais-tu un salaire plus élevé ? Nous pourrons en discuter. Mais, de grâce, reste !

Ma résolution était prise : j'allais attendre le printemps pour partir, le trajet au cœur de l'hiver, à travers les montagnes, présentant trop de risques.

— Où comptes-tu aller ? me demanda-t-il.

— À Tarquinii. Ma maladie me fait souffrir de plus en plus. C'est sur la terre de mes ancêtres, dans la maison de ma famille, que je souhaite finir mes jours, ce qui ne saurait tarder.

Lorsque les premières chaleurs du printemps réactivèrent les miasmes des marais, j'effectuai une dernière inspection de nos chantiers avec, je dois le dire, une pointe de regret. Je constatai avec un brin de fierté que les travaux de défrichage, d'assainissement et de mise en culture des terres vierges avaient produit les résultats escomptés. Ce n'est pas sans émotion que je vis germer les semences de céréales et les jeunes arbres fruitiers porter leurs premiers bourgeons. Je devais bien convenir que Minius, puis Mamers, avaient donné une vigueur nouvelle à une économie stagnante. Le paysage avait changé et cette saison serait exempte de fièvres.

Un incident retarda mon départ.

Un matin, Gamia, avec laquelle j'avais renoncé à partager ma couche, vint me réveiller pour m'annoncer qu'Arnath avait disparu. Il s'était livré la veille à des galopades sur la côte puis avait pris le repas du soir seul dans sa chambre. Ce n'est qu'au matin que sa masseuse avait constaté son absence.

Je m'informai de cette fugue auprès des serviteurs. Personne, pas même Serena, ne l'avait vu quitter la maison, mais son cheval favori manquait à l'écurie.

Minius me demanda de rassembler nos esclaves mâles pour partir à la recherche du fugitif. Une récompense fut promise à qui retrouverait sa trace.

Serena m'avoua, au cours de la matinée, qu'elle se

tenait pour responsable de cette fuite. Pris de désir au milieu de la nuit, il avait pénétré dans son alcôve et avait tenté d'abuser d'elle. Elle l'avait violemment repoussé ; il l'avait injuriée et s'était enfermé dans sa chambre.

Elle ajouta :

— Aulus, il faut le retrouver. Dans l'état où il est, il pourrait bien se suicider.

Parti à mon tour, en compagnie de Minius, à la recherche du fugitif, je me souvins qu'Arnath aimait se rendre pour des parties de chasse ou de plaisir dans la résidence rurale des Volpii, à Contarina. Nous y arrivâmes au début de l'après-midi, après avoir épuisé nos montures.

À peine nous étions-nous engagés dans l'allée menant à la résidence, je poussai un cri ; le cheval d'Arnath était en train de brouter la pelouse. La maison, inhabitée durant l'hiver, était close de toutes parts, mais nous n'eûmes pas à forcer porte ou fenêtre. Allongé sur la terrasse, Arnath semblait sommeiller dans un fauteuil de vannerie. Il avait les poignets ouverts, et son coutelas baignait dans une flaque de sang.

Sur une tablette, à portée de main, était posée une feuille de papyrus sur laquelle, avant de quitter Spina, ce malheureux avait tenté de justifier son geste. L'écriture était fiévreuse, presque illisible, mais je parvins à la déchiffrer en partie. Il avait écrit : « Moi, Arnath, de l'illustre famille des Gorii, ai décidé de mettre fin à une existence qui m'est devenue insupportable. J'en demande pardon à tous les miens et exige de reposer dans la tombe de… »

La suite était incompréhensible. Je ne pus y reconnaître que deux noms : Serena et Nortia.

Après avoir nettoyé à grande eau les traces de sang, nous avons installé son corps en travers de sa monture, comme lorsqu'il était revenu de sa campagne dérisoire contre la tribu gauloise.

Serena manifesta dans sa peine une retenue qui pouvait passer pour de l'indifférence ou même du soulagement. Elle nous dit, après avoir embrassé les lèvres blanches du cadavre et glissé une monnaie d'argent dans sa bouche :

— J'avais le pressentiment qu'il finirait ainsi. Sa folie était incurable et devait le mener dans cette impasse.

Le corps fut porté dans la tombe des Gorii et allongé sur une banquette de pierre, à côté de celui de la petite Gaeta, en attendant qu'un artiste eût réalisé un sarcophage. Je n'oubliais pas, en suivant le cortège funèbre, ce qu'Arnath m'avait déclaré, au cours d'une visite au fresquiste Caelius :

— Tu vois ce personnage monstrueux qui semble rugir, gueule ouverte ? Caelius s'est montré muet sur son identité, mais j'y vois l'image du batelier des morts.

Il avait ajouté avec un rire :

— Je ne suis pas pressé de faire sa connaissance !

J'avoue que, lorsque les portes de bronze se sont refermées, je n'ai pu retenir mes larmes.

La décision concernant mon départ était prise ; j'en avais même fixé la date, et ce n'était pas de gaieté de cœur. J'ai connu dans la maison des Gorii, à côté de quelques jours pénibles, bien des instants de plaisir et de bonheur. La pensée que les affaires et les soucis retomberaient sur mes épaules, alors que Minius, devenu une espèce de gouverneur de province, se flatterait de la prospérité de notre domaine et en ferait un modèle, m'était insupportable.

La veille de mon départ, au moment d'apurer nos comptes, j'eus avec lui une violente dispute. Ayant consenti, lors de moments difficiles pour la maison, à des retards de règlement de mon salaire, j'en exigeai le remboursement, de même que le versement de la prime due pour mon expédition à Lemnos.

Il protesta, disant que j'avais prévu de le ruiner et me proposa la moitié de la somme exigée. Je le traitai d'escroc, lui reprochai d'avoir dilapidé les fonds des Gorii et le menaçai d'un procès en m'appuyant sur la comptabilité que je tenais avec une extrême rigueur et que je lui montrai. Il ne daigna pas en prendre connaissance et se plia à mes exigences.

Cette scène se déroulait le lendemain de la consécration du temple de Nortia, qui, je dois en convenir, avait belle allure, bien qu'il ne fût pas achevé. Minius avait fait édifier pour la circonstance un arc de triomphe sur le fronton duquel figurait son image couronnée de laurier, peinte sur un cul de barrique. Il s'était fait confectionner pour cette cérémonie un faisceau à la manière de Rome, insigne de ses nouvelles fonctions de gouverneur de la Vénétie, qu'il fit porter devant lui par un licteur. Il avait siégé, durant l'inauguration, sur une *sella curulis*, sorte de trône destiné aux grands magistrats romains.

C'est sans la moindre émotion que je fis mes adieux à Serena, le seul membre de la famille encore présent, les frères et sœurs d'Arnath ayant choisi de faire leur vie à Rome, avec l'appui de Minius. Elle me remit le dépôt conservé dans le coffre de fer : mes biens en espèces et en bijoux et, ce qui m'était le plus précieux, mes documents et mes écrits. Je lui fis cadeau d'un bracelet d'argent qui avait appartenu à ma sœur Annia ; elle m'en remercia du bout des lèvres. Je m'avançai pour lui donner un baiser ; elle se détourna. J'embrassai le bas de sa tunique.

Mes adieux avec Mamers furent différents.

Il avait tenu à célébrer mon départ à l'auberge de Photidès, en présence de quelques amis communs. Il n'avait rien épargné pour que cette ultime rencontre fût inoubliable, si bien qu'au moment de nous séparer quelques larmes se mêlèrent au vin de Lemnos.

Gouma, à qui je réservai ma dernière visite, laissa s'épancher un chagrin bruyant. Elle avait laissé l'un de ses fils, Tulio, m'accompagner. Ce garçon éveillé, consciencieux et dévoué avait hérité de son père une stature puissante mais bénéficiait d'un caractère plus souple. Je lui promis de l'affranchir et versai à sa mère un généreux dédommagement. Il se montra fier de l'équipement et des armes que je lui confiai.

Nous quittâmes Spina sur la fin de l'été, dans la brume du petit matin.

6

Le sourire étrusque

J'avais choisi, pour ce dernier voyage, un petit char à deux roues pleines abandonné dans les écuries. Serena avait souhaité m'en faire cadeau, mais elle avait fini par accepter la somme convenable que je lui proposais. C'est alors de son plein gré qu'elle m'avait embrassé. Tulio me suivait sur le petit cheval gaulois, laid mais robuste, qui m'appartenait et servait à mes promenades.

Il y avait un long chemin de Spina à Tarquinii. Nous allions traverser l'ancienne Étrurie devenue romaine, en passant par Ferrara et Bologna, l'ancienne Felsina des Étrusques. Nous parcourûmes des pays riches et paisibles, longue suite de collines et de vallées, couvertes de champs de céréales et d'oliveraies, un peu monotone, l'opulence se mariant rarement au pittoresque. Peu importait ; je n'avais pas entrepris une promenade d'agrément.

La pluie qui précédait les premières neiges nous contraignit à nous réfugier dans des granges ou à l'auberge.

Je restai deux jours à Ferrara pour reposer nos montures et déposer chez un notable le courrier que m'avait confié Minius. La route descendait ensuite vers le sud, en direction de Bologna, importante cité romaine bâtie au pied des Apennins, cette interminable épine dorsale de la péninsule. Je profitai d'un temps doux et lumineux pour affronter la montagne.

Les Apennins ayant mauvaise réputation, nous avons chevauché de nuit, lorsqu'elle était assez claire pour nous permettre de trouver un refuge au creux d'une vallée. Nous nous sommes néanmoins égarés, un soir d'orage, dans les parages de Palena, la route se perdant dans des guérets ou des marécages.

J'avais éprouvé une cruelle désillusion en arrivant sous les murs de Marzabotto, où Minius m'avait chargé de déposer un autre courrier.

Jadis prospère, cette cité étrusque, aux quartiers en damier, célèbre pour son immense nécropole et ses temples, n'était plus qu'une ruine habitée par trois ou quatre familles misérables. Ce que les Romains avaient épargné, les Gaulois en avaient fait table rase.

Alors que j'amorçais ma descente vers la mer en direction de Populonia, avec l'intention de suivre la côte jusqu'à Tarquinii, je me souvins des richesses procurées à ma famille par l'extraction du fer de l'île d'Elbe et des fonderies installées de l'autre côté du bras de mer. Je retrouvai en ces lieux la stèle de marbre, où est gravé le nom des Laristal.

La fin du voyage fut un enchantement. Alors que des orages de fin d'automne éclataient à l'horizon, nous profitâmes d'un temps clair propice à de longues chevauchées.

Nous fîmes halte au village de Grosseto, domaine de saulniers. Bâti dans un décor minéral, il domine une immense étendue de salines. J'avais l'impression de galoper le long des laisses, entre ciel et mer sur des miroirs éblouissants.

Quand nous quittâmes Grosseto, Tulio se plaignit d'une forte fièvre, de maux de tête et de troubles de la vue, disant que le monde « avait perdu ses couleurs ». Je lui reprochai d'avoir négligé de porter son chapeau de paille, comme je le lui avais conseillé.

— C'est une insolation, lui dis-je. Tu n'en mourras pas. Je sais comment te soigner.

Pour trouver un peu de fraîcheur, nous nous sommes arrêtés sous une voûte de platanes, au bord de la rivière Ombrone. Après l'enfer des salines, l'endroit m'avait paru accueillant pour une journée ou deux, le temps pour mon serviteur d'être en mesure de reprendre la route.

J'avais fait preuve d'un optimisme fallacieux. J'avais moi-même été victime naguère, par forte chaleur, d'une insolation au cours d'une promenade sur la plage de Spina. Laris ne m'avait pas caché que cette affection peut être grave et peut même entraîner la mort chez des personnes fragiles, ce qui n'était pas le cas de Tulio.

La douceur de la nuit et l'eau de la rivière que je lui fis boire d'abondance eurent pour effet de faire tomber sa fièvre et d'améliorer sa vue. Je n'avais pas d'autre remède à lui proposer.

Le lendemain, il fut le premier à se réveiller. Ses idées étaient confuses ; il me demanda si nous étions arrivés à Tarquinii ! Il n'entendit pas ma réponse, ses oreilles, me dit-il, « bourdonnant comme un essaim d'abeilles ».

À cours de vivres, je pêchai à la main deux truites, les embrochai et les fis griller entre deux pierres. Privé d'appétit, mon malade refusa d'y goûter, se contentant de boire, bien que sa fièvre eût perdu de son intensité. Il peinait encore à respirer et son visage basané de métis avait pris une couleur cendreuse.

Je suis resté trois jours sur les rives de l'Ombrone, trompant mon ennui par la lecture et de courtes promenades à pied le long de la côte. Assis sur un rocher, je regardais passer les galères et les navires de charge grignotés par le feu du soleil.

Je regrettais que l'insolation de mon serviteur, en me faisant perdre trois jours, m'interdît une halte dans la petite ville étrusque d'Ortobello, plantée plus au sud sur une péninsule ronde comme un sein. J'avais passé là, dans ma jeunesse, en compagnie de mon père et de Verthur, quelques journées radieuses, nous gavant de poissons, de homards et d'oursins. Mon impatience grandissait du fait que Tarquinii n'était plus qu'à quatre jours de notre refuge, autant dire rien comparés aux deux mois de notre randonnée.

À ma grande surprise, en m'éveillant au matin du troisième jour, je vis Tulio occupé à examiner mon char.

— Maître, me dit-il, je crains qu'il ne puisse résister jusqu'à Tarquinii. Une des roues donne des signes de faiblesse et le moyeu, en partie brisé, ne tiendra pas longtemps.

Son diagnostic allait s'avérer pertinent. Nous avions repris notre marche avec précaution quand l'inévitable se produisit. Le moyeu se cassa net et je faillis être projeté dans un ravin avec mon bagage. Nous dûmes abandonner notre véhicule sur place. Je montai sur mon cheval pour poursuivre notre route, mes affaires en croupe.

Je ne fis à Ortobello qu'un bref séjour. La demeure de nos amis était en ruine et déjà envahie par une végétation sauvage. Le cœur serré, je ruminai mes nostalgies. Il restait une auberge que je reconnus à la grosse amphore carthaginoise plantée sur le seuil. Nous nous y arrêtâmes pour un repas roboratif et une nuit paisible. Tulio me confia que son mal n'était plus qu'un mauvais souvenir.

Pour éviter la chaleur de la côte, nous fîmes un crochet par la montagne. À chaque pas renaissaient des souvenirs : ici une fontaine, là un hameau ou un sommet coiffé de pins laricio. J'aurais aimé m'arrêter près du lac de Vico où mes ancêtres avaient fait édifier une résidence, mais j'étais las et il me tardait d'en finir.

Quelques années avant de quitter Tarquinii, j'avais laissé notre port de Graviscae, jadis prospère, dans un état de délabrement pitoyable, les Gaulois s'étant livrés à des déprédations gratuites, rasant ou incendiant entrepôts et comptoirs. Je le retrouvai remis à neuf, débordant d'activité, doté d'une longue jetée à laquelle étaient amarrés des navires de toutes les nations.

J'accédai à Tarquinii en longeant la rivière Marta. Nous ne rencontrâmes personne en cours de route, à l'exception d'un ânier qui se rangea pour nous livrer passage et ôta son bonnet conique pour nous saluer. Les champs de blé, qui s'étendaient sur les espaces plats de la vallée, avaient fait place à de mornes friches d'herbe jaune et d'épineux ponctuées de bouquets de jeunes saules roussis par l'été. De temps à autre des lézards traversaient le chemin dallé mal entretenu.

Passé un boqueteau de hêtres où les cigales s'en donnaient à cœur joie, apercevant soudain la haute colline et les remparts de Tarquinii, je lançai à mon serviteur :

— Un dernier effort, Tulio ! Regarde ! Nous sommes presque arrivés…

La ville avait conservé ses fortifications et la porte cyclopéenne qui en commandait l'entrée, sur le fronton de laquelle on peut lire un texte en langue étrusque rappelant le nom de Tagès, le vieil enfant de la légende, fondateur de la cité, et celui de Tarchum, mon ancêtre, premier lucumon de notre histoire.

En m'engageant dans l'artère principale où se situe notre domaine, je n'en crus pas mes yeux. La ville était dans l'état où je l'avais laissée en partant pour Spina. Je croyais visiter une ville nouvelle restaurée par Rome et je trouvai une succession de ruines, habitées néanmoins, la présence de chiens me le confirma. Là où est le chien, dit-on, l'homme n'est pas loin.

Au fur et à mesure que nous avancions vers l'ancienne demeure familiale, portes et fenêtres s'ouvraient. Des gens nous regardaient passer avec une curiosité dépourvue d'hostilité, comme si nous étions les envoyés d'un autre monde.

C'est accompagné d'enfants loqueteux et de chiens efflanqués que j'arrivai à ce qui avait été naguère le palais des Laristal.

Une surprise m'y attendait.

Je constatai avec plaisir que le mur d'enceinte avait été reconstruit, l'entrée dotée de piliers massifs couronnés de géraniums et flanquée d'une lanterne de bronze. J'en restai ébahi. Ainsi cette demeure – la mienne ! – était occupée. Par qui ? Je n'allais pas tarder à le savoir.

Un battant de la porte étant resté ouvert, je franchis le seuil à pied, Tulio sur mes talons. Une partie du palais avait été restaurée et le reste paraissait en chantier. L'allée, courant entre des buissons d'acanthe, était bien entretenue. Des enfants jouaient sur une pelouse, autour d'un bassin où barbotaient des canards, ce qui me fit bonne impression sans pour autant me rassurer complètement.

À notre arrivée, une grosse femme s'était avancée vers nous, l'air peu amène ; elle tendit un bras, paume écartée, pour nous arrêter, puis m'invectiva, les poings sur les hanches :

— Notre maison n'est pas une auberge ! De quel droit es-tu entré ?

Je répliquai sur le même ton :

— Du droit qu'a un propriétaire de reprendre son bien sans avoir besoin de demander l'hospitalité !

Elle éclata de rire puis, avec l'air d'une harpie, me jeta :

— L'hospitalité ? Tu ne manques pas de toupet ! Tu vas foutre le camp où j'appelle mes chiens. Tes armes ne m'impressionnent pas.

Je lui répondis en m'efforçant de ne pas dépasser les limites de la courtoisie :

— Je te le répète, ce n'est pas l'hospitalité que j'attends, mais la restitution de mon bien.

Sans bouger d'un pied, elle se retourna et, deux doigts dans la bouche, émit un sifflement modulé qui fit sortir de l'arrière de la maison deux garçons en sarrau, armés de haches, l'air menaçant. Elle me lança :

— Tu vas me dire clairement ce que tu veux. Je t'écoute !

— Mon nom, lui dis-je en gardant mon calme, est Aulus et cette maison est celle des Laristal. Si tu sais lire, tu as dû voir ce nom gravé sur le fronton. Ton mari ou toi-même seriez-vous de ma famille ?

— Assez plaisanté ! Nous avons signé des papiers. Cette maison et le domaine sont notre propriété depuis deux ans et personne ne nous en fera partir !

Elle me révéla avec une pointe d'arrogance que son mari, Servius Fidenas, citoyen romain, était parent d'un tribun consulaire et qu'il avait acquis cette ruine « légalement » en l'achetant à une certaine Annia Grasi.

Je sursautai.

— Légalement, dis-tu ? Il se trouve que dame Grasi est ma sœur et qu'elle a usé d'un passe-droit. Je pourrai facilement le démontrer par les documents que je porte dans mon bagage.

Elle chancela comme si une flèche venait de l'atteindre et balbutia :

— Va falloir que tu t'expliques avec mon mari. Il est absent mais il ne va pas tarder à rentrer.

— Je vais donc l'attendre, et pas dans la rue. Je sais où sont les écuries. Je vais y conduire nos chevaux. Ils ont besoin de boire et de se reposer. Ton mari saura où me trouver.

Je laissai Tulio prendre soin de nos montures et m'endormis sur une gerbe de paille. Mon attente fut brève.

La nuit tombait quand des cliquetis de harnais m'éveillèrent. Accompagné de deux esclaves à cheval, Servius Fidenas s'avançait dans l'allée, à bord d'une voiturette chargée de sacs et d'amphores. J'appris plus tard qu'il venait de vendre des chevaux au marché de Civitavecchia, la ville la plus proche. Avant qu'il eût mis pied à terre, sa femme, Nana, vint à sa rencontre et s'entretint avec lui en faisant de grands gestes des bras. C'était un homme dans la cinquantaine, de rude apparence, chauve comme un galérien et qui portait de petits anneaux aux oreilles.

Aux regards qu'il dirigeait vers les écuries, je m'attendais à ce qu'il se présentât. Il dut ordonner à ses deux esclaves de rester sur place en attendant ses ordres, se dirigea vers la terrasse et disparut dans la maison, sans doute pour se présenter à son avantage.

J'avais vu juste. Lorsqu'il daigna apparaître en suçant un cure-dent, il portait une tunique blanche bordée de rouge, des sandales lacées, un bonnet de laine de façon étrusque et, sur la poitrine, un collier d'ambre. Un rouleau de parchemin dépassait de sa ceinture.

Rassuré, je me dis qu'il avait changé de toilette pour nous marquer quelque considération. Campé sur le seuil de l'écurie, il me lança :

— Sors donc, que je te voie mieux ! Il va falloir qu'on s'explique au grand jour.

À peine avais-je émergé de la pénombre qu'il cracha son cure-dent et me dit d'une voix bourrue :

— Ainsi, tu prétends que cette maison est à toi ? Elle l'était peut-être ; elle ne l'est plus. Tu en veux la preuve ? Eh bien, si tu sais lire, lis ! Regarde bien la signature et le petit mot qui l'accompagne : « Dame Annia, veuve Grasi, sur le Palatin, derrière le jardin de Palès, en l'absence de tout héritier connu... » Tu vois, je n'invente rien.

— Sans doute, mais on t'a induit en erreur. Il reste deux héritiers, moi et un de mes frères. J'ai lu tes documents. Voici les miens... si tu sais lire.

Je fouillai dans mon bagage et les lui mis sous le nez en ajoutant :

— Veux-tu une preuve supplémentaire de mon bon droit à occuper cette maison ? Mon frère aîné et moi avons gravé notre nom à l'entrée de la cave : Verthur et Aulus.

Il blêmit et soupira :

— Je te crois. Il n'empêche. Presque toutes mes économies sont passées dans l'achat et la reconstruction de cette ruine. Alors, on pourrait peut-être s'entendre, si tu n'es pas trop gourmand. Je suis une bonne pâte et j'ai en horreur ce genre de chamailleries.

— Je ne vois pas, lui dis-je, d'autre solution que de régler ce différend devant un tabellion. Il doit bien s'en trouver un à Civitavecchia. Tout ce que je demande, c'est de retrouver mon bien, mais je ne vais pas t'attaquer pour occupation illicite, d'autant que tu as sauvé cette maison d'une dégradation irrémédiable.

Il gémit :

— Autant nous livrer, ma famille et moi, à la misère. Je tenais un commerce de drap à Rome. Je l'ai vendu pour revenir à mon véritable métier, l'élevage et la culture. Je suis trop vieux pour reprendre le négoce du drap. J'en aurais ni le goût ni les moyens. Si je suis obligé de quitter Tarquinii, je suis foutu !

Touché par cette émotion qui paraissait sincère, je lui proposai :

— Nous pourrons peut-être convenir d'un contrat. Tu pourrais me laisser cette maison et moi le domaine, moyennant un loyer.

— Ça me semble honnête, sauf que j'ai une famille de cinq enfants, et que je ne vais pas les loger dans la grange !

Je le tranquillisai. Mon grand-père avait fait construire pour ses vieux jours une demeure adossée à la forêt, assez vaste pour abriter une famille nombreuse.

— Je ne te mets pas le couteau sur la gorge, Servius. Tout ce que je demande pour le moment c'est de pouvoir loger entre quatre murs, avec mon serviteur, le temps que tu aménages là-haut. Ça me semble raisonnable. Il restera à convaincre ton épouse. Elle n'a pas l'air commode, dis-moi !

— Elle est comme elle est, mais c'est moi le maître. Je sais comment m'y prendre avec elle.

À la nuit tombée, Servius envoya un de ses fils, porteur d'une lanterne de corne, me dire qu'on m'attendait pour le repas.

Le moins qu'on puisse dire, c'est que ce ne furent pas des agapes aussi joyeuses que celles données à l'auberge de Photidès. Je dus me gendarmer contre Nana pour qu'elle fît une place à Tulio, que je présentai comme mon factotum.

Pour dérider Servius, je lui demandai de me parler du domaine. Il n'avait pas desserré les dents depuis le début du repas mais se montra soudain prolixe : il avait acheté une dizaine d'esclaves, mâles et femelles, en provenance de la Corse et de la Sardaigne ; il produisait du blé et des olives, avait un troupeau de bovidés et de chèvres, un élevage de chevaux, une importante porcherie que j'avais devinée à l'odeur… Il n'inspirait pas la pitié.

Si l'ambiance était pesante, le repas nous changeait de notre ordinaire. Nana nous avait préparé des sèches farcies au fenouil, des champignons frits avec de l'ail, et le falerne me fit oublier la piquette de Spina.

Mon hôte, après le fromage, s'engagea dans la description des aléas de son ancien métier de drapier, quand je lui annonçai mon besoin de me reposer, fatigué que j'étais par notre dernière chevauchée. Il protesta, disant qu'il attendait de moi que je lui raconte ma vie à Spina, mais je maintins ma décision. Tulio et moi allâmes passer la nuit à l'écurie.

Ma première journée à Tarquinii, je la passai en promenade à pied dans l'immense nécropole où reposent mes ancêtres, en laissant à Tulio le soin de veiller sur notre bien.

Envahie jusqu'aux voûtes par une végétation luxuriante, elle ressemblait à un immense champ de courges. Les allées qui traversaient cette ville du silence étaient recouvertes d'une herbe brûlée par la canicule, grouillante de reptiles et vibrante d'insectes. La plupart de ces hypogées présentaient un spectacle navrant : portes ouvertes, fresques aux couleurs fanées par la lumière, statuettes de pierre brisées, sarcophages éventrés, graffitis charbonneux laissés par les Romains…

Près d'un petit temple dédié à Menerva, je retrouvai sans peine la sépulture de ma famille. L'un des hauts phallus de pierre érigés par les premiers Laristal se dressait encore à l'entrée de la tombe, où je n'eus aucun mal à pénétrer, sa porte de bronze ayant été forcée.

J'écartai avec ma canne une grosse couleuvre verte qui se prélassait au soleil sur la dernière marche et pénétrai dans notre caveau à pas comptés, comme si je m'attendais à ce qu'il se refermât sur moi. J'eus soudain l'impression, plongé dans ce puits d'ombre et de fraîcheur, de remonter le temps et de naviguer au-delà de la mort, dans un monde qui me restituait une vie factice mais fastueuse.

Les fresques avaient perdu de leur éclat mais avaient mieux résisté que celles des autres tombes. Je pouvais deviner sans peine des scènes de pugilat, des combats au poignard, des taureaux noirs, alternant avec des représentations de banquets et de cortèges de musiciens et de danseuses…

Les objets que j'avais autrefois admirés avaient disparu et doivent trôner aujourd'hui dans de riches demeures romaines. Les sarcophages, en revanche, étaient toujours à leur place, ouverts sur des squelettes encore enveloppés d'un suaire. Il restait sur une banquette de pierre la dépouille d'un homme en habit de guerre, tué dans je ne sais quelle bataille.

Je sentis mon cœur se serrer en voyant surgir de la pénombre, sur un couvercle simplement déplacé, la statue représentant un couple allongé sur le lit d'un banquet, la femme blottie contre l'homme dans un mouvement témoignant d'une parfaite intimité. L'identité de ces deux personnages m'a été révélée jadis par un prêtre de Tarquinii : il s'agissait du lucumon Lars Laristal et de son épouse Aïta qui vivaient au temps des Tarquin.

Je restai fasciné par leur sourire. Il témoignait d'une grande tendresse et d'une joie aujourd'hui révolues. Je me dis qu'à lui seul ce sourire pourrait témoigner de l'art de vivre qui, durant des siècles, a marqué notre civilisation dans toute la péninsule. Il semble nous dire que le plaisir, sous quelque forme que ce soit, est nécessaire à l'homme.

Cette confrontation a été une leçon pour moi, à un âge où, entre la vie et la mort, subsiste un espace ouvert à une liberté dont il faut jouir sans retenue. Ce sourire signifie que le bonheur n'a pas de limites strictes, que l'absence au monde n'est qu'une césure et que le temps, à l'image des plages rectilignes qui bordent la mer des Étrusques, est infini. S'il faut franchir avec peine une barrière de rochers, on retrouve toujours, au-delà, la douceur et l'éblouissement.

La demeure de Servius Fidenas était un modèle d'ordre et de propreté. Lorsque j'en fis compliment à Nana, elle haussa les épaules et m'écrasa d'un sourire méprisant. Elle me conduisit à une pièce située au fond de l'atrium, sous une galerie à l'auvent éventré, que l'on n'avait pas eu le temps de réparer. À la vue des murs ponctués d'insectes écrasés, j'exigeai une moustiquaire pour nos deux lits ; Nana allait y veiller. En attendant mieux, cette chambre était suffisante pour moi et mon factotum.

J'y préparai un autel de dimensions réduites pour y placer la statuette de Menerva encadrée de deux bougeoirs de bronze aux chandelles de cire rouge et d'un vase en céramique de Cisra. Puis je tentai, avant mon sommeil, de reprendre nos dialogues muets, mais elle n'était guère loquace, nostalgique peut-être de la vie que nous menions à Spina.

Dorénavant, je passe une partie de mon temps à lire ou relire d'anciens auteurs grecs et étrusques, par plaisir autant que pour acquérir des notions de sagesse. Je procède aux dernières corrections de ma chronique, trouvant à chaque fois des digressions à abréger ou des événements historiques à développer. Les jeunes enfants du couple, agglutinés comme des mouches à ma fenêtre, paraissent s'interroger sur l'occupation insolite à laquelle je me livre.

Tulio souhaitait apprendre à lire et à écrire. J'ai pris plaisir à lui donner satisfaction. Loin d'être sot, il apprend vite et profite de mon enseignement. Il apprécie particulièrement les lectures que je lui fais le soir, comme à un enfant, de l'*Odyssée* et de l'*Illiade*. Ces récits font souffler dans sa tête les vents de l'aventure et de la guerre.

Il m'accompagne dans mes promenades à Civitavecchia, située à moins d'une demi-journée de cheval de Tarquinii, et ne se lasse pas d'en parcourir les rues, passant de longs moments à flâner devant les boutiques, heureux quand nous nous arrêtons dans une taverne pour y boire du falerne ou manger une pâtisserie en regardant évoluer les serveuses. Il a pleuré de joie lorsque je l'ai conduit auprès d'un représentant de l'administration romaine pour rompre ses chaînes et faire de lui un citoyen.

— Désormais, lui ai-je dit, tu es un homme libre. Tu as le choix entre rester près de moi ou retourner auprès de ta mère. Si tu pars, je te donnerai le pécule nécessaire à ton voyage.

Sa réponse ne me surprit pas : il souhaitait rester.

Avec Servius, je me garde de brusquer les événements. Je lui sais gré d'avoir sauvé ma maison de la ruine qui la menaçait, ce que je n'aurais pu faire, même avec l'aide de Tulio. Quelques autres demeures patriciennes de Tarquinii reprennent vie, soit que des habitants du quartier étrusque de Rome aient décidé de retrouver leurs racines, soit que de riches romains les aient acquises à bon compte pour en faire des résidences estivales.

J'ai reproché hier à Servius d'avoir vendu à l'encan notre collection de terres cuites de Cisra, rassemblées par mon père, et celle d'armes anciennes de Verthur.

Il a fait sa contrition avec tant de sincérité que je lui ai pardonné.

Si je m'accommode sans trop de mal de la cohabitation avec Servius, il n'en est pas de même avec Nana et leurs deux fils aînés, petites brutes sournoises que j'ai surprises en train de battre des chiens ou des chevaux rétifs. Quand je les ai blâmés, j'ai lu dans leurs yeux une envie de meurtre. J'ai dû affronter l'un d'eux alors qu'il fouettait une jument gravide en proie à une diarrhée qui avait souillé son sarrau. J'ai arrêté le bras qui tenait le fouet ; il m'a bousculé sans peine, m'a terrassé et m'aurait meurtri le visage à coups de poing sans l'intervention de Tulio. Il s'est écrié en me lâchant :

— Aulus Laristal, je jure qu'un jour ou l'autre j'aurai ta peau !

Je me le suis tenu pour dit et, depuis, j'évite de me trouver en sa présence. Servius, à qui je me suis plaint de ce comportement, l'a réprimandé et m'a promis que de tels incidents ne se reproduiraient plus.

Pour ne pas marquer trop d'impatience à recouvrer ma demeure, j'ai attendu quelques semaines avant de faire régulariser ma situation par un homme de loi. La procédure ne pouvait manquer de tourner à mon avantage. Il m'a été demandé de patienter une dizaine de jours avant qu'elle n'aboutisse.

Pour m'éviter un déplacement fastidieux, alors que je souffrais des suites d'une chute de cheval, j'ai envoyé Tulio chercher le document destiné à me restituer mes droits de propriété. Le soir, ne le voyant pas revenir, je me suis inquiété. Le lendemain, en m'éveillant, j'ai constaté qu'il n'était toujours pas rentré. Dans la matinée, alors que je m'apprêtais à partir à sa recherche, je trouvai son cheval, seul.

Je l'ai enfourché et me suis lancé sur la route de Civitavecchia, inspectant les abords, interrogeant des bergers et les rares passants que je croisais, sans obtenir la moindre indication. Ce n'est que sur le retour, alors que je désespérais de revoir un jour Tulio, que mon attention a été attirée par des gémissements. Il gisait dans un ravin, au milieu d'un buisson d'épineux. Je dus chercher du secours dans une masure de paysans. Ils m'aidèrent à remonter le blessé sur la route et à le hisser en travers de la croupe de mon cheval pour le ramener à Tarquinii.

Avant même d'être en mesure de me raconter cet attentat, il m'a dit dans un souffle :

— Le document, Maître... Il était dans ma ceinture...

Il n'y était plus.

Mes soupçons se portèrent sur les fils de Servius Fidenas et de Nana. Qui d'autre que ces brigands aurait eu intérêt à délester Tulio de ce précieux dépôt ? Le tort, que je ne me suis pas pardonné, a été d'informer Servius de cette mission au cours du dernier repas.

J'ai réuni la famille pour lui faire part de l'événement et de ma détermination à porter plainte auprès des autorités, en laissant à mots couverts planer les soupçons que je nourrissais à l'encontre des deux jeunes brutes qui, de tout le temps qu'a duré mon propos, ont gardé la tête baissée pour éviter mon regard.

Le lendemain, Tulio, dont la vie n'était plus en danger, me dit d'une voix brisée :

— Maître, prends garde... Un jour prochain... c'est à toi que ces brigands s'en prendront... et je ne serai peut-être pas là pour te protéger...

Je n'ai pas eu de mal à persuader Servius de la culpabilité de ses deux fils ; il en avait lui-même la certitude.

— Tulio sera vengé, me dit-il. Je vais m'en charger à l'instant même. Suis-moi.

Accompagné de tous les siens et de leurs esclaves, il a conduit ses deux aînés derrière la maison, les a fait mettre nus, attacher à une palissade, et leur a infligé à chacun une vingtaine de coups de la large lanière de cuir dont il se sert pour le bétail. Je dois le reconnaître ; ils ont subi leur châtiment sans une plainte.

J'ai tenté de leur faire avouer où ils avaient dissimulé le document que me rapportait Tulio ; ils sont restés muets.

Je n'ai pas tardé à comprendre qui était la véritable responsable de cette agression et de ce larcin : leur mère. De leur propre initiative, ils eussent été incapables de monter une telle machination. Durant la flagellation, j'ai observé Nana ; elle est restée impassible, le visage figé, les yeux clos et la mâchoire serrée, pétrissant d'une main nerveuse l'amulette pendue à sa poitrine.

Je dus revenir à Civitavecchia pour exposer aux tabellions les conditions dans lesquelles le document attestant de ma propriété avait disparu, sans lui faire part de l'identité des coupables. Il me promirent d'en faire une nouvelle copie.

Tulio rétabli, j'ai fait en sa compagnie quelques promenades sur la côte, autour du port de Graviscae.

Mon plus grand plaisir est de m'allonger sous un gros tamaris, au bas des falaises de marbre qui dominent le port et la petite agglomération qui l'entoure, et de me laisser aller, dans le bruit des vagues, à des rêveries stériles mais pleines d'agrément.

Reviennent alors à ma mémoire les élans qui, dans ma jeunesse, me portaient à m'affranchir de la tutelle familiale pour prendre les chemins de la mer. J'y avais été incité par la lecture de l'*Odyssée*, le seul ouvrage que tolérât mon précepteur grec, Scopas. Je n'ai rien d'un héros mais je portais cette vocation de navigateur dans mes fibres.

Les dieux en ont décidé autrement. En ai-je du regret ? Je ne saurais le dire. Il faudrait effectuer le recensement des temps de bonheur et d'épreuves, de paix et de guerre que j'ai traversés. Je n'en ai aucune envie.

Après de longues courses à cheval le long de la plage, à la lisière des vagues, Tulio et moi nous installons entre deux rochers, sur le sable sec. Parfois je lui demande de danser pour moi.

Il ne se fait pas prier, se lève, bondit vers la mer. Les mains sur ses hanches, il semble durant quelques instants dialoguer avec les vagues, puis, peu à peu, son corps se délie et s'anime. Il déploie ses membres avec une lenteur et une grâce féminines, entame une des danses apprises au son de la flûte, au cours des banquets chez les Gorii, où l'esclave qu'il était servait le vin des lourdes œnochoés de Rhodes.

Le temps que durent ces danses est variable. Parfois, selon son humeur, il les interrompt brusquement, mais, le plus souvent, elles continuent jusqu'à ce que je le rappelle. Il me revient parfois, après une incursion dans les rochers, couvert de la tête aux pieds de chapelets d'algues, disant qu'il est le fils de Poséidon, envoyé par son père pour me convier à un dernier voyage aux confins du monde. Il se laisse tomber contre moi, me jette autour du cou un collier d'algues humides et rit en me voyant me débattre contre cette fraîcheur soudaine sur ma peau chauffée par le soleil. Nous nous étreignons comme pour une lutte sauvage. Ses lèvres effleurent les miennes, il prend ma main pour la porter à son sexe, mais je me refuse à ces jeux pervers. Ils ne sont plus de mon âge et risquent de dénaturer nos rapports.

Il nous arrive de nous adonner, avec Servius ou ses enfants, à des parties de pêche. Tulio s'y refuse, prétextant sa répugnance pour cette activité et les malaises qu'il éprouve lorsque la mer est grosse. Au bout de quelques semaines, j'ai appris à lancer le filet, à tirer les palangres, à reconnaître les poissons et à les nommer par leurs noms.

Un matin de cet hiver aux journées radieuses, le temps changea subitement. La pluie menaçait. Tulio tint malgré tout à prendre son bain. Il ressortit de l'eau grise en grelottant ; je le frictionnai et le couvris de mon manteau.

— Mon garçon, lui dis-je, je crois bien qu'il est temps de nous replier dans notre coquille, comme les escargots. De plus, il faut que je me soucie de mes titres de propriété. Ce tabellion ne semble guère pressé de conclure.

Il se blottit contre moi en frissonnant. Pour l'éprouver, je lui rappelai notre entretien relatif à l'usage qu'il pourrait faire de sa liberté. Il laissa s'épancher son humeur :

— Si ma présence te devient insupportable, il faut me le dire avec franchise, et je reprendrai la route de Spina. Sinon tu m'auras près de toi jusqu'à la fin de tes jours, et les dieux savent que ce n'est pas pour demain !

— L'hiver va être pénible, mon petit. Une cohabitation plus étroite avec la famille de Servius ne sera pas de tout repos, je le crains, et tu n'auras guère de distractions. Jeune que tu es, le supporteras-tu ?

Il me répondit avec une pointe d'emphase :

— Maître, s'il le fallait, je te suivrais jusqu'aux enfers !

Je ne lui en demandais pas tant ! Il ajouta :

— Imagine que je souhaite prendre femme, ce qui est dans l'ordre des choses, il me semble. Comment te comporterais-tu ?

— Eh bien ! Elle sera la bienvenue et je ne ferai que m'en réjouir. Si c'est ta volonté, je puis m'en occuper. Les filles à marier ne manquent pas. La fille aînée de Servius, tiens, Laelia, par exemple…

Il éclata de rire.

— Ce laideron acariâtre ? Merci bien ! Être le gendre de Servius et de Nana ? Jamais !

J'avais un autre projet à lui exposer :

— Tulio, j'ai pris une décision importante : t'adopter et faire de toi le légataire de tous mes biens.

Il me regarda d'un air ébahi et bredouilla :

— Maître, je ne me sens pas digne de tant de générosité. Tu as encore de la famille, un frère à Lemnos, une sœur à Rome, et…

Je lui coupai la parole pour lui dire qu'ils s'étaient désintéressés de mon sort depuis des lustres et n'avaient aucun droit à s'opposer à ma volonté. Célibataire, sans héritier, je pouvais disposer de mes biens à ma guise.

— Il me suffira, ajoutai-je, d'apposer ma signature aux documents préparés par le tabellion.

Il protesta, disant que j'avais encore des années à vivre.

— Peut-être, lui répondis-je. C'est aux dieux d'en décider…

Épilogue

Récit de Tulio

Le calame tremble dans ma main et les mots se refusent à moi. Il faut pourtant que j'assume la mission que je me suis imposée ; relater les derniers jours d'Aulus Laristal, mon père adoptif.

Nous étions depuis moins d'un an à Tarquinii et sa santé ne laissait rien à désirer, quand s'est produit l'événement dramatique qui mit un terme à sa vie.

J'avais pris l'habitude, lorsqu'il se livrait à son activité favorite, la pêche, de le suivre, assis sur la berge, pour observer son comportement et le secourir en cas de défaillance. Cette tutelle l'indisposant, je me dérobais à sa vue.

Un matin d'automne, à peine m'apprêtais-je à le rejoindre, Nana me demanda de l'aider à sacrifier un porc. Comme cela ne prenait que peu de temps, je ne pus refuser. Alors que l'on commençait à découper la carcasse crucifiée sur une échelle, je demandai à me retirer. Enveloppé d'un manteau de pluie, je me dirigeai à cheval vers la côte.

Le spectacle qui m'attendait m'emplit de stupeur. Ballottée par les vagues et les bourrasques, la barque tanguait dangereusement en s'approchant du rivage.

Je distinguai les deux rameurs, les fils aînés de Servius, mais pas mon père. En engravant la barque, ils m'expliquèrent que, en voulant retirer une palangre, il avait fait une mauvaise manœuvre qui l'avait jeté à la mer.

— Et vous n'avez rien tenté pour le sauver ? m'écriai-je.

— C'était impossible ! me dit l'un. La barque aurait été entraînée sur les récifs.

— Ton père est un bon nageur, ajouta l'autre. Nous allons le retrouver.

Nos efforts furent vains. Les deux acolytes repartis avec leur chargement de poisson, je poursuivis seul mes recherches et y passai le reste de la matinée. Alors que j'allais renoncer, j'aperçus un échouage brunâtre dans une petite anse balayée par les vagues. C'était mon père ; il était mort. En retournant son corps, je constatai avec stupéfaction qu'il avait la nuque fracassée.

Ma première idée, après l'avoir ramené à Tarquinii sur mon cheval, et avoir effectué sa dernière toilette, fut d'alerter les autorités de Civitavecchia. J'obtins la venue de deux officiers de police. Le corps examiné, informés par mes soins des circonstances de cet événement, leur conclusion rejoignit la mienne : Aulus Laristal avait été victime d'un meurtre.

Interrogées, les deux brutes se défendirent mal et ne purent expliquer la blessure de la victime, occasionnée, dirent-ils, par sa chute sur un rocher, alors que la barque se tenait loin du rivage, en eau profonde.

Enchaînés, les deux monstres furent conduits à l'ergastule de Civitavecchia et passèrent en jugement quelques jours plus tard. L'affaire fut vite expédiée, après qu'ils se furent accusés réciproquement, sans souffler mot de leur mère, ce tyran familial qui, de toute évidence, avait manigancé cet attentat, comme celui dont j'avais moi-même été victime quelques mois auparavant. Les juges les condamnèrent à la peine capitale.

Le courrier du tribunal m'informant du supplice m'invitait à être présent. Je refusai, n'étant pas, de même que mon père, friand de ces spectacles sanguinaires. Ils eurent la langue arrachée, la tête tranchée et leurs dépouilles furent jetées au bûcher.

Le châtiment, ajouté au déshonneur qui souillait sa famille, affecta si profondément Servius qu'il décida de quitter Tarquinii. La famille partit pour Rome dans la semaine qui suivit. J'assistai à son départ et les aidai à transporter leurs effets et leurs meubles. Depuis, je n'ai plus entendu parler d'eux.

La mort de mon père adoptif me confrontait à un dilemme : retourner à Spina auprès de ma famille ou poursuivre l'exploitation du domaine. Je décidai de rester à Tarquinii, en me souvenant de ce que mon père m'avait dit, peu avant sa mort : « Tulio, mon fils, avec ton aide, je redonnerai à notre maison sa richesse d'autrefois. »

Régir un domaine de cette importance, encore qu'il fût déjà productif, n'était pas une mince affaire. À plusieurs reprises je fus sur le point de renoncer, mais, chaque fois, les propos de mon père me revenant en mémoire, je m'obstinai. Je n'ai jamais eu à regretter mon choix.

Au cours de ses pérégrinations et de son séjour à Spina, mon père avait amassé une petite fortune, malheureusement insuffisante pour les projets que je nourrissais. Je fis appel à un financier grec de Civitavecchia ; il m'avança les fonds nécessaires pour acquérir une dizaine d'esclaves que je m'attachai à traiter avec humanité. Certains, affranchis de par ma volonté, restèrent travailler à la propriété comme salariés et n'eurent pas à s'en plaindre. Mon intention était de créer un élevage de chevaux, une activité à laquelle Arnath m'avait initié. Les débouchés ne manquaient pas ; Rome en réclamait pour ses légions.

Dans la lourde sacoche de cuir, bardée de lamelles de bronze ornées de tête de lion, j'ai retrouvé les documents et l'œuvre de mon père : son *Histoire des Étrusques*, ainsi que la chronique de sa propre existence jusqu'à son retour à Tarquinii. Je me plongeai dans ces lectures dont il ne m'avait révélé que quelques extraits. J'y ai pris autant de plaisir que d'intérêt.

Je réfléchis longtemps sur ce qu'il convenait de faire de ce précieux dépôt. Plutôt que de le laisser moisir dans la sacoche, je décidai de le confier au magistrat chargé de la bibliothèque de Civitavecchia, avec qui mon père, grand amateur de livres, avait noué des relations amicales. Après avoir pris connaissance de ce texte, il décida de l'adresser à la Curie romaine, laquelle le confia à des scribes afin qu'il demeure dans la mémoire des hommes.

Je ne pouvais rester seul dans la grande maison des Laristal.

Il me fallait en premier lieu un intendant ; j'eus du mal à en trouver un qui fût à la fois honnête, compétent et travailleur. Soucieux que j'étais de fonder une famille, il me restait à trouver une épouse.

Le choix de l'ancien esclave que j'étais se porta sur la fille d'un voisin, propriétaire d'une exploitation de céréales et d'oliviers. Polia n'était pas d'une beauté et d'un esprit capables d'inspirer un amour fou, mais ce que j'attendais de mon épouse, c'est surtout qu'elle fût fidèle, courageuse et fertile. Mon père m'avait mis en garde contre les méfaits de la passion, qui brûle parfois et se consume le plus souvent.

Avec Polia, j'étais à l'abri de ces pièges. Elle ne m'a pas déçu. Je lui avais fait un brin de cour durant une fête dans la maison commune dont on célébrait la reconstruction ; elle ne m'avait pas repoussé. La semaine suivante j'avais fait ma demande à la famille et avais été agréé sans réticences.

Notre premier enfant est né un an tout juste après notre mariage. C'était un mâle. Nous lui donnâmes un nom étrusque, celui de mon père, Aulus.

Il avait trois ans lorsque je l'ai conduit à la tombe des Laristal où mon père repose. Je lui ai fait poser la main sur le sarcophage qu'Aulus, dans son testament, avait voulu de pierre nue comme une auge, avec juste, autour du couvercle, un simple cordon de volutes qui rappelait le mouvement des vagues.

Table

PREMIÈRE PARTIE

DEUXIÈME PARTIE

TROISIÈME PARTIE

Du même auteur :

Les Lions d'Aquitaine, Robert Laffont, 1985
La Porte noire. Le dernier jour de Rome, Robert Laffont, 1986
Amour du Limousin, Fanlac, 1986
Le Bal des ribauds, Robert Laffont, 1988
Orages lointains, vol. I : *La Montagne terrible*, Robert Laffont, 1989
Orages lointains, vol. II : *Demain après l'orage*, Robert Laffont, 1990
Napoléon, vol. II : *L'Aigle et la Foudre*, Robert Laffont, 1991
Balade en Corrèze, Les Trois Épis, 1993
Le Beau Monde. Histoire d'Anna Labrousse, servante, Robert Laffont, 1994
L'Orange de Noël, Robert Laffont, 1994
Martial Chabannes, gardien de ruines, Seghers, 1995
Henri IV, vol. I : *L'Enfant roi de Navarre*, Robert Laffont, 1997
Henri IV, vol. II : *Ralliez-vous à mon panache blanc !*, Robert Laffont, 1997

Cléopâtre, reine du Nil, Robert Laffont, 1997
Henri IV, vol. III : *Les Amours, les passions et la gloire*, Robert Laffont, 1997
Orages lointains, vol. I : *Les Dames de Marsanges*, Robert Laffont, 1997
Lavalette, grenadier d'Égypte, Robert Laffont, 1998
Henri IV, Robert Laffont, 1998
Jeanne d'Arc, vol. I : *Et Dieu donnera la victoire*, Robert Laffont, 1999
Jeanne d'Arc, vol. II : *La Couronne de France*, Robert Laffont, 1999
La Lumière et la Boue, vol. I : *Quand surgira l'étoile absinthe*, Robert Laffont, 1999
La Lumière et la Boue, vol. II : *Les Roses de fer*, Robert Laffont, 1999
Brive aujourd'hui, Les Trois Épis, 1999
La Cabane aux fées, Corps 16, 2000
La Tour des anges, Robert Laffont, 2000
Les Chiens sauvages, Robert Laffont, 2000
Suzanne Valadon, vol. I : *Les Escaliers de Montmartre*, Robert Laffont, 2001
Les Portes de Gergovie, Robert Laffont, 2001
L'Auberge rouge. L'énigme de Peyrebeille, Pygmalion, 2001
Soupes d'orties, vol. I, Anne Carrière, 2001
Suzanne Valadon, vol. II : *Le Temps des ivresses*, Robert Laffont, 2001
Le Roman des croisades, vol. I : *La Croix et le royaume*, Robert Laffont, 2001
Le Printemps des pierres, Robert Laffont, 2001
Le Roman des croisades, vol. II : *Les Étendards du Temple*, Robert Laffont, 2001

L'Aigle des deux royaumes, Lucien Souny, 2001
Le Roman de Catherine de Médicis, Presses de la Cité, 2002
La Divine. Le roman de Sarah Bernhardt, Robert Laffont, 2002
La Passion cathare, vol. I : *Les Fils de l'orgueil*, Robert Laffont, 2002
Le Bonheur des Charmettes, Table ronde, 2002
Fille de la colère. Le roman de Louise Michel, Robert Laffont, 2003
Soupe d'orties, vol. II : *Balade des chemins creux*, Anne Carrière, 2003
Un château rose en Corrèze, Presses de la Cité, 2003
Les Grandes Falaises, Presses de la Cité, 2003
Les Bals de Versailles, Robert Laffont, 2004
Soupe d'orties, vol. III : *De granit et de schiste*, Anne Carrière, 2004
La Caverne magique. Le roman de Lascaux, Robert Laffont, 2004
Le Château de la chimère. Le dernier amour de George Sand, Table ronde, 2004
Les Amants maudits : George Sand, Musset, Chopin, Robert Laffont, 2004
Le Pays du bel espoir, Presses de la Cité, 2004
La Passion cathare, vol. II : *Les Citadelles ardentes*, Robert Laffont, 2004
Les Fêtes galantes, Robert Laffont, 2005
Batailles en Margeride, Rouergue, 2005
Le Bal des célibataires, Robert Laffont, 2005
Les Fleuves de Babylone, Presses de la Cité, 2005
Le Parc-aux-Cerfs, Robert Laffont, 2006
Les Tambours sauvages, Presses de la Cité, 2006

Les Trois Bandits, vol. I : *Cartouche*, Robert Laffont, 2006
Le Temps des moussons, Presses de la Cité, 2006
Chat bleu… Chat noir…, Robert Laffont, 2006
Les Trois Bandits, vol. II : *Mandrin*, Robert Laffont, 2007
La Petite Danseuse de Degas, Bartillat, 2007
Les Trois Bandits, vol. III : *Vidocq*, Robert Laffont, 2007
Les Roses noires de Saint-Dominique, Presses de la Cité, 2007
Le Chat et la Plume, La Lauze, 2007
La Vallée endormie, Robert Laffont, 2007
La Reine de Paris. Le roman de Madame Tallien, Robert Laffont, 2008
La Porte du non-retour, Presses de la Cité, 2008
L'Ange de la paix. Le roman d'Olympe de Gouges, Robert Laffont, 2008
Les Grandes Libertines. Le roman de Sophie Arnould et Françoise Raucourt, Robert Laffont, 2009
Les Prisonniers de Cabrera. L'exil forcé des soldats de Napoléon, Presses de la Cité, 2009
Les Flammes du paradis, De Borée, 2010
La Confession impériale, Robert Laffont, 2010
Tempête sur le Mexique, Calmann-Lévy, 2011
Un vent de paradis, Robert Laffont, 2011
Un château rose en Corrèze, Presses de la Cité, 2011
Mourir pour Saragosse, Calmann-Lévy, 2012

Composition réalisée par PCA

Achevé d'imprimer en janvier 2012 en France par
CPI BRODARD ET TAUPIN
La Flèche (Sarthe)
N° d'impression : 67348
Dépôt légal 1re publication : février 2012
LIBRAIRIE GÉNÉRALE FRANÇAISE
31, rue de Fleurus – 75278 Paris Cedex 06

31/6222/9